不容青史尽成灰

【明清篇】

最后的荣耀

张嵚 著

红旗出版社

图书在版编目（CIP）数据

不容青史尽成灰 . 最后的荣耀 / 张嵚著 .
— 北京：红旗出版社，2018.2
ISBN 978-7-5051-4136-0

Ⅰ . ①不… Ⅱ . ①张… Ⅲ . ①长篇历史小说—
中国—当代 Ⅳ . ① I247.5

中国版本图书馆 CIP 数据核字 (2017) 第 245450 号

书　　名	不容青史尽成灰：最后的荣耀			
著　　者	张　嵚			
出 品 人	高海浩		责任编辑	赵智熙
总 监 制	李仁国		封面设计	王　鑫
出版发行	红旗出版社		地　　址	北京市沙滩北街 2 号
邮政编码	100727		编 辑 部	010-57274504
E－mail	hongqi1608@126.com			
发 行 部	010-57270296			
印　　刷	北京温林源印刷有限公司			
开　　本	787 毫米 ×1092 毫米　1/16			
字　　数	200 千字		印张　18	
版　　次	2018 年 2 月北京第 1 版　2018 年 2 月北京第 1 次印刷			
ISBN 978-7-5051-4136-0			定价　45.00 元	

欢迎品牌畅销图书项目合作 联系电话：010-57274627
凡购本书，如有缺页、倒页、脱页，本社发行部负责调换。

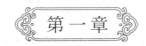

第一章

朱元璋成功的另类奥秘

大明王朝近 300 年的沉浮沧桑，自然从开国皇帝朱元璋得天下开始。

朱元璋得天下，在朝代更迭里，是一段草鱼化苍龙的传奇：放牛娃出身的苦孩子，削平群雄北逐暴元，开创享国近 300 年的大明王朝，赫然成为中华五千年出身最贫寒的开国皇帝。成功之神奇，为历代所称颂。而数个世纪以来，一个问题却始终争论不休：他是怎样做到的？

历朝看法各不相同，主修《明太祖实录》的明初大儒董伦感叹："盖因天命所属，时运眷顾也。"一句"天命"，颇有君权神授的味道。改革家张居正言："太祖得天下，因不拘成法也。"说"不拘成法"，赞朱元璋，顺便也给自己的改革贴金。清朝史学家赵翼评："明祖一人，圣贤，豪杰，盗贼之性，实兼而有之也。"草根出身的淮右布衣，成了清朝史家眼中的复合型人才。近现代台湾史学家李光涛则归结出了朱元璋成功的六字要诀：用贤、善学、敢战。时代更迭，后世旁观者清的见解，各有千秋。

各有千秋的见解，串联起朱元璋的成功史。无数的历史画卷中，被遗忘的却是发生在大元朝至正二十年（公元 1360 年）的一个盲点，恰是这个盲点，藏着朱元璋问鼎江山的答案。

一

这个盲点，是一次普通的问答，主人公是朱元璋与刘基。背景简单：一个是已占有南京，基业初立，却身处元朝廷、张士诚、陈友谅三强夹缝中，争天下局面正走到十字路口的红巾义军将领朱元璋；一个是声名在外的江东大儒，乱世中久历沉浮，经多次邀请方投奔而至，初来乍到的大谋士刘基。

对话的内容很复杂，后世多注意了刘伯温进献的堪比《隆中对》的《时务十八策》，却忽略了其中朱元璋的一个问题以及刘基的回答——义军九恶论。

朱元璋的问题是：天下义军（红巾军等反元农民军）之所以屡起屡灭，难以成事，其根由在何处？刘基答：所谓义军，虽一时兵势浩大，却多难长久，其原因正在于九恶。九恶者，一恶"不敬孔孟，亵渎圣人之道，败坏天理人伦"；二恶"攻伐无度，形同流寇"；三恶"时降时反，相互猜疑"；四恶"粮饷不能自足，临阵不知兵法"；五恶"掠人妻女财产，只知取之于民，而不知养于民"；六恶"为将者心胸狭隘"；七恶"为士者缺乏训练，作战形同群殴"；八恶"胜时聚集，败时作鸟兽散"；九恶"此义军与彼义军之间，相互猜疑，互相攻伐"。史载朱元璋边听边"闻之勃然色变"。而刘基却毫无惧色，继而总结发言："九恶不除，虽称义军，实则草寇流贼。"

这番宏论实在是大胆，彼时的朱元璋虽已是割据一方的吴王，却依然奉红巾军头领小明王为正主，所谓九恶论其实是当面骂了朱元璋。刘基话音刚落，朱元璋"愤然而起，掷杯怒目"，眼看着，刘基仿佛要人头不保了。

然而片刻之间，朱元璋朗声大笑，满面怒气化作乌有，一句赞叹脱口而出："千古名骂，万载相传！"

刘基没有骂错，朱元璋更没笑错，所谓九恶论，虽条条如刀刺中朱元璋死穴，却是他从此打开帝王之门的钥匙。

二

九恶论如此重要，究原因：首先，九恶点出了朱元璋军队自身的弱点，可谓振聋发聩；二者，九恶点出了与朱元璋同时代的诸多豪杰不能成大事的根本原因，预言了他们最终失败的命运；最后，九恶点出了两千年历次农民起义虽轰轰烈烈，却大多只能走向灭亡，徒为他人做嫁衣的根由。甚至之后的明末农民起义，乃至清末太平天国运动，其结局也终不幸被九恶所言中。提出九恶的刘基，果不负他"开国文臣第一，渡江策士无双"的评语。

刘基能够总结出九恶，实非偶然。面见朱元璋时的九恶论，其实早在4年前，就写在他致元顺帝的《平贼十策》中，那时他还是一个深受国恩的大元进士，并曾在浙东自募兵勇，尽心竭力围剿方国珍等义军，直到眼见元朝廷已腐败至不可救药，方才愤然离去。所谓九恶，是因他常年站在农民起义的对立面，耳濡目染才看得清楚。刻骨铭心的悟语，化作朱元璋逐鹿天下的利器。

且让我们以九恶为线索，串一下元末农民大起义的风云景色。

元顺帝至正十一年（公元1351年）五月，内外交困的元王朝征15万民夫治黄河，因官吏暴虐导致民怨沸腾，终在"石人一只眼，挑动黄河天下反"的感召下，由白莲教首领刘福通、韩山童率领，在河南黄陵岗起事，推倒了元末农民大起义的多米诺骨牌。

这以后就是群雄并起，风云际会。同年八月芝麻李等人在徐州起事，占领徐州。徐寿辉、邹普胜在湖北蕲州起事，十月称帝，国号"天完"。

郭子兴、孙德崖等人在安徽凤阳起事，这些都属红巾军派系。作为红巾军核心的刘福通一部，更是在4年后建都亳州，立小明王韩林儿为帝，国号"大宋"，正式扯起了反元复宋的大旗。浙江的方国珍和江南张士诚，虽不是红巾军一脉，却也割据一方。大江南北，可谓沸反盈天。

可起得快，灭得更快。身为核心的刘福通起势猛，一度攻克宋朝旧都汴梁，接着挥师三路北伐，气焰滔天，却犯了九恶中"攻伐无度，形同流寇"一条。三路北伐只知流窜攻城略地，毫无战略目的。接着又不幸"胜时聚集，败时作鸟兽散"。西路军攻陕西凤翔失利，一路溃散。东路军受挫后起内讧，两位主将赵均用和毛贵窝里斗，先是赵均用杀了毛贵，接着赵均用又被毛贵手下杀掉。赫赫大军，群龙无首，顿成流寇。虽一度攻克元上都甚至占领高丽，却终在元朝镇压下全军覆没。元气大伤的刘福通连连败阵，至正十九年（公元1359年）被元廷击破后，携小明王于滁州投奔朱元璋，反元复宋，昙花一现。

其他诸路豪杰犯九恶更甚。郭子兴与孙德崖联合占领凤阳，接着"时降时反，相互猜疑"，几个主要领袖明争暗斗。郭子兴本人也"为将者心胸狭隘"，甚至几度听信谗言，欲治死彼时身为他部将的朱元璋。徐寿辉的天完政权更甚，建国后攻伐无度，很快因战线太长，遭元朝反扑。做"皇帝"的徐寿辉，被部将倪文俊篡权，倪文俊又被天完政权另一悍将陈友谅干掉，连国号也改成了汉。这何止是相互猜疑，简直是窝里反。南方的张士诚以及方国珍，则是"时降时反"，割据了一块土地就不思进取。所谓各路豪杰，终不是成大事之人。

有几恶，各路豪杰很有共同语言。如"掠人妻女财产，只知取之于民，而不知养于民"，以刘福通的红巾军及方国珍为最。刘福通的红巾军三路北伐，导致主战场山东"赤地千里，乡民纷纷结团练以自保"。方国珍居浙东，常"大掠沿海，荼毒生民"。至于"不敬孔孟，亵渎圣人之道，败坏天理人伦"这条，更是通病。红巾军以白莲教为思想支柱，所过之处，甚至发生过焚烧学堂，拆毁宗庙等事。对所掠的读书人，也无不"极尽羞辱斯文之能事"。这里面例外的是张士诚，在占领苏州后"修儒尊孔，礼敬文士"不假，却很快沉溺于和文人们的饮宴诗文唱和，全然是宋徽宗做派。至于"为士者缺乏训练，作战形同群殴"，元末农民军，多未受过正规训练，起事时遇到腐败元军，尚能战而胜之，后来元廷启用察罕帖木儿、王保保等名将，整顿了正规军的战斗力，便使多路义军连连败绩。最要命的恰是"此义军与彼义军之间，相互猜疑，互相攻伐"。诸路反元豪杰几年征战下来，相互之间的征伐次数，远甚于和元政府军的作战次数。

如此九恶泛滥，又何谈一统天下。

所幸彼时元朝气数已尽，虽有王保保等名臣辅佐，但朝政腐败，皇帝昏庸，宗室王公之间相互倾轧，内战不休，比南方的义军好不到哪里去。于是有了朱元璋逐鹿天下时的情形，元朝灭不得南方诸豪杰，可诸豪杰也成不了大事。长江为界，南北分裂割据，互相对峙，最终问鼎天下的会是谁？

在这场天下纷争中，最终的胜利者，必然是一个九恶犯得最少的人，若能把九恶变成九不恶，这个人，终将成为这个时代的王者。

于是，朱元璋脱颖而出了。

三

朱元璋怎样开始做九不恶？他又怎样做到？朗声一笑容易，条条付诸实施可就难了。在这之前，他本是草头百姓，家中闹饥荒，父兄横死，无奈之下出来闯世界。先做僧人，后来僧人做不下去，投奔了郭子兴的红巾军，得到赏识成为爱将，却屡次卷入当地红巾军的权力斗争中，终于下定决心提兵另闯天地。之后步步为营建立根据地，及至打下南京，有了自己的地盘，等来了元末第一谋士刘基。

众所周知的事实是：虽说"王侯将相，宁有种乎"，可历代争天下，最终得势的多是世家豪族，所谓农民起义，虽喧嚣一时，却免不了给别人做嫁衣裳，逃不了覆灭的厄运。

从大泽乡起义至元末，一代代有人揭竿而起，一代代重复相同的失败，根由恰是九恶难改。之所以难改，应了英国历史学家汤因比的一句话："农民起义之所以重复相同的失败，只因为他们是农民起义。"

既是农民起义，招兵买马，自然脱不了古代各类怪力乱神，所谓明教、白莲教甚嚣尘上，自然为读书人所不齿，也自然多瞧不起读书人，于是"亵渎圣人之道"也就正常。起义者多是官逼民反的贫民，既敢起义，心中自然有恨，有恨则仇富，仇富则免不了滥杀滥抢。起义领导者也多为草寇，有长远眼光的不多，于是更杀伐无度。庄稼汉出身的农民，从将领到士兵，皆没受过正规军事训练，除却少数无师自通的军事天才，大多数是乌合之众。起义多是自发，没有明确的纲领与目标，一旦遇挫，自然内部涣散，分崩离析，各支起义队伍所属不同，既无眼光，自然计较眼前利益，自相残杀也就不奇怪……所谓九恶，换位思考，发生在农民起义身上，却是正常。

但正常的后果很严重，滥杀的结果是民心丧失。失民心，如何得天下？"亵渎圣人之道"看似快意，但封建社会，朝廷是上层建筑，读书人和中小地主是基石，基石坍塌，又怎能成大业？

所以封建社会历代反封建的农民起义领袖，面前只有两个选择：一、覆灭；二、决裂"反封建"的身份，成为封建主。两个选择间命运拐点的信号灯，就是这来自农民起义自身的弱点，无法避免的九恶。

刘基之所以选择了朱元璋，就是因为九恶，朱元璋之前已经避免了一些。

比如"不敬孔孟，亵渎圣人之道，败坏天理人伦"这条，起初的朱元璋也曾轻视文人，但是自招纳了李善长后，开始着力笼络知识分子。其军队每攻下一城，必设礼贤馆，用以招纳知识分子。对当地的名士才俊，更是软硬兼施，试图收为己用，刘基就是在这样的背景下来到朱元璋身边的。"攻伐无度，形同流寇"这条也极力避免，从白手起家至占据南京，可谓步步为营，层层推进，且采用朱升的"高筑墙，广积粮，缓称王"之策，耐心壮大自己的实力。"粮饷不能自足，临阵不知兵法"这条，朱元璋也是另类。从至正十六年（公元 1356 年）晋升为吴国公开始，他就在所辖的淮西地区推行屯田之策，占领南京后，又将此政策推广至南京地区。其部将徐达、常遇春、李文忠等人，更为不世出的名将，所谓"为士者缺乏训练，作战形同群殴"，虽有存在，却不严重。在当时的众豪杰里，论九不恶，朱元璋无疑是做得最好的。

但是，要得天下，这些还远远不够。作为一个农民起义领袖，战胜九恶，化九恶为九不恶，是需要有与其出身，乃至劣行，勇敢决裂的勇气，战胜自己的勇气。

四

九恶中有几条是朱元璋注定无法避免的！

最重要的一条，就是"此义军与彼义军之间，相互猜疑，互相攻伐"。摆在朱元璋面前的事实是：一统天下的最大障碍，并非苟延残喘的北方元王朝，而是身边同为义军的陈友谅、张士诚两大强敌，两强中陈友谅兵最强，张士诚财最富，互相攻伐，是免不了的。

不可避免，就要继续讲策略，绝不可攻伐无度，先打陈友谅，这之间拼命结好张士诚以及北方元王朝。即使张士诚在陈、朱交兵时，屡屡发动侵扰，也极力隐忍，按兵不动。直到鄱阳湖一战歼灭陈友谅后，以迅雷不及掩耳之势对张士诚下手，却不急于一口吃个胖子，先夺张士诚江北领土，继而迂回湖州、杭州，吞并张士诚南方领土，对坐镇苏州的张士诚形成包围之势，最终发起总攻。从至正二十五年（公元1365年）十月举兵，至至正二十六年（公元1366年）十二月平灭张士诚，拿下北伐中原一统天下的最大本钱，可谓步步为营。之后的北伐灭元之战，方略更是稳妥。先取山东、河南，最后汇攻元大都，水陆并进稳打稳扎，兵不血刃收复中原，再集中力量，彻底摧毁西北王保保的有生力量，终于洪武元年（公元1368年），大明王朝在战火中屹立而起。

在这之间，朱元璋除了做到的事关争天下的九不恶，还做了另外几件看似微不足道的事。

还是回到"不敬孔孟，亵渎圣人之道，败坏天理人伦"这条，设礼贤馆，招纳贤才，远远不够。他还要在辖区内遍开学馆，修缮宗庙，尊孔敬儒。所谓"贤才"，不是招出来的，而是养出来的。元至正二十一年（公元1361年），其于南京设国学馆，以大文士宋濂为经师，这就是大明开国后国子监的前身。各州府亦遍设学馆，此为明建国后地方府学、县学的前身。当然过程不是一帆风顺的，自开馆以来，连下严令，敢有骚扰学馆者，无论何人，严惩不贷。次年，发生了傅友德部乱兵勒索亳州学馆，殴打教习的事，朱元璋惩一儆百，参与滋扰的乱兵各领军棍五十，主将傅友德扣俸半年，重典频施，才算让众将领教了圣人之道的分量。

对"攻伐无度，形同流寇""胜时聚集，败时作鸟兽散""掠人妻女财产，只知取之于民，而不知养于民"这几条则是从根子上治。还是至正二十一年，设大都督府，统辖各兵将，设军政奖惩制度，定各级军官俸禄，立军规83条，严肃军纪。恰如海外学者黄仁宇所指出："朱元璋之胜利，在于其军队相比于诸路'义军'，最具国家军队的形态。"可这更难办，严令初下时，不少军将置若罔闻。至正二十三年（公元1363年），朱元璋于南京玄武湖畔设刑台，公斩 32 名违纪军将，其中大部是跟随他从凤阳出来打天下的老班底。事后，朱元璋着孝服，亲往吊祭，声泪俱下一番，恩威并施煞费苦心，从此纲纪一新。

有了军队，当然要有国家政府。文官的建制也与大都督府同时建起，邀各地士绅出仕为官，安抚地方。李善长为大都事，也就是未来的大明帝国宰相。"粮饷自足""养于民"两条，有了"政府"自然做得好，自至正二十三年起，凡军队征战过处，即在当地计丁给田，招募流民垦荒，进而编订户籍，保甲连环。赋税方面则轻徭薄赋，在至正二十四年决战陈友谅，至正二十五年平灭张士诚的两次关键时刻，连续两次下令减免税赋，招募垦荒，元朝派往朱元璋处的使节杨思义，是当时出名的农业专家，朱元璋闻知后将其硬留下来，成为后来大明王朝的第一任户部尚书。

建政府，定兵制，肃军纪，兴儒学，敬大户，点点滴滴微不足道的事，让一个脱胎于农民起义的朱元璋的吴政权，破茧化蝶，渐具封建国家雏形。刘伯温的断言，实则该补充一句：九恶者，若尽数做成九不恶，所谓义军，实则封建国家。

恰如海外明史学家黎东方先生所说："元末各类割据政权，多徒有'国家'之表，却无'国家'之实，唯朱元璋，先立其形，再行其实，逐鹿天下之根基，由此而定。"

既是国家当然就要与红巾军决裂了。元至正二十四年（公元 1364 年）十二月十二日，平灭陈友谅的朱元璋命部将廖永忠将依附于他的红巾军名义领袖小明王从滁州接至南京，途经江苏六合时，凿船将其溺死。这场谋杀不仅意味着元末农民大起义的彻底终结，更意味着，一个叫朱元璋的农民起义领袖，从今天起成功洗底。

明洪武元年正月初四，平灭南方群雄的朱元璋在百官拥戴下称帝，建国号为大明，年号洪武。同年八月，明北伐大军兵不血刃攻入元大都，元朝末代皇帝元顺帝北逃大漠，元朝灭亡。

做到"九不恶"的朱元璋，至此将这个草根英雄得天下的神话，演绎完成。

从农民起义领袖到封建国家的开国帝王，评价他的成功，或许《亚洲史》主编、美国学者罗兹·墨菲的话最为客观恰当：

> 一个平民出身的起义者，用战胜自己的方式，战胜天下，开创了足可比肩成吉思汗的奇迹。成吉思汗的奇迹，是一个关于勇敢者探险的奇迹，朱元璋的奇迹，却是一个更接近于普通人奋斗脉络的奇迹。

第二章

谁缔造了洪武盛世

一

说起明太祖朱元璋在位的洪武朝时期（公元 1368～1398 年），今人的印象多是屠戮功臣，北征蒙古，金戈铁马，权谋厚黑。但有一个不容回避的史实，却在历史长河里被忽略了。

这个史实，是一组数字——洪武二十六年（公元 1393 年），天下田 8577623 顷，户 10652804 家，人口 60545812 人。国家岁入米、麦合计 32789800 石，官仓储粮 71800000 石，不计民间百姓储量，亦可供全国官民支用 3 年。全国棉花总产量 11803000 余斤，果木种植总量 10 亿株。全国各府县共开塘堰 4000987 处，疏通河道 4162 处，修筑堤岸 5048 处。《明史·食货志》如此评价这一时期："宇内富庶，赋入盈羡，府县仓储甚丰，至红腐不可食……"

把眼光转向中国封建社会前朝后世，纵向对比：300 年后的康雍乾盛世，耕地总数最高未超过 600 万顷。前代被称为"富宋"的北宋王朝，最高人口数字不过 4500 万。大诗人杜甫无比追忆的"稻米流脂粟米白"的盛唐时代，国家粮税总收入不过此时的三分之一……再横向对比同时代的世界：根据英国学者李约瑟的记录，14 世纪欧洲人口的最高水平，仅为此时中国的四分之一，西欧列国的政府农业税总和，为此时中国的三十二分之一……

这样的数字，只能用一个词形容——国富民强。可以用这个词形容的时代，是盛世——洪武盛世。

说洪武盛世，论权谋，解厚黑，总不计国计民生来得近，不妨细解下，如此骄人的 GDP 成就，究竟是如何缔造的。

二

英国戏剧家莎士比亚曾在一部剧作中如此形容盛世："盛世是一座瑰丽的宫殿，伟大的君王在顶端指引我们，沉默的柱石，托起他的高高在上。"

说起洪武盛世这座"瑰丽的宫殿"，自然首推朱元璋。众所周知的是他开国后推行的"休养生息"政策：轻徭薄赋，官田税五升三合，民田税三升三合，为中国历代田赋之最低（江南地区除外）；奖励垦荒，无主荒地一经耕种即为田主所有，新垦田地免徭役 3 年；厉行节俭，禁铺张奢华……

还有今天已鲜为人知的宏观调控：一是大规模移民屯垦，数次迁移南方无地农民及世家豪门往山东、山西、辽东等省垦荒定居，既解决北方劳动力不足问题，又打击江南豪强。出台政策鼓励多种经营，规定有地 5 ～ 10 亩的农民，必须栽桑、麻、木棉各半亩，否则增收税赋。10 亩以上加倍，每百户农户必须种枣树 200 株，违者充军，政府选派大量技术员下乡，推广先进农业生产技术，花大力兴修水利工程。商业方面也不放松，全国厉行海禁，"片板不得入海"，禁止私贩盐，食盐、外贸等高收入行业一律国营。当然也没忘了适当照顾，工商业减免税收，仅为三十税一，不到元朝的一半，全国官民登记入籍，分民户、军户、匠户三类，严禁人口随意流动，制《黄册》《鱼鳞图册》，登记全国土地户口……

廉政工作也不放松，以"农绩"为考核官员的第一标准，严查贪官污吏，甚至屡次以"惩贪"为名兴起大狱，地方官要带头种田，名为"责任田"……

处心积虑，费尽心机，一个延续整个大明王朝的经济体系建立起来，这是一个高度集中、权责分明、律令严苛、法网严密、层次分明、壁垒森严的封建农业国经济体系。以后世的眼光看，或许死板僵化，却在当时元末明初百业凋敝的大背景下，迸发出无比的生命力。骄人的经济成就，便是结晶。

在这骄人的成就下，功勋卓著的人物——洪武时代的能臣们，他们以默默无闻的行动，缜密无漏的心思，呕心沥血的劳苦，似沉默的柱石，托起洪武盛世的金碧辉煌。其中最重要的，是三个人。说这三个人是无名英雄，是因为在群英荟萃的洪武朝，他们的身份、职业、受关注程度，较之诸多功臣名宿，实在只能算是籍籍无名的小角色，他们担负起治理天下的大责任，不够高光，却足够举足轻重。

三

第一个人，便是我们上一章中曾略带提及的，大明朝首任户部尚书——杨思义。

在二十四史中堪称编修最为完整齐全的《明史》中，对杨思义的介绍只有数百字的几笔，寥寥几笔中，生卒年不详，籍贯不详，字号不详，实在是惜墨如金，但惜墨如金的背后，是他金子一般的贡献。如果说洪武朝大明王朝建立的经济体系，来自朱元璋的铁腕手段，那么身为大明朝开国首任户部尚书的杨思义，就是这个经济体系的设计者。

杨思义是个贰臣，原为元朝中书省平章行走，虽贤名在外，在元朝廷却常年得不到重用。直到元至正二十一年，奉命出使朱元璋处，急需人才的朱元璋从刘基口中得知杨思义乃元廷大贤，欣喜非常，杨思义一到即热情招待，继而策反成功。从此，行将覆灭的元王朝少了一个跑腿儿的小秘书，孕育而生的大明朝，多了一个14世纪中国最杰出的经济学家。

刘基的眼光没有错，归附朱元璋的杨思义果然大贤。身为儒生，却博学多才，天文地理无所不精，先是辅助徐达、常遇春等人革新装备，改良火龙枪，使之成为明军初期骑兵的主战火器，后协助刘伯温修订《大统历》，使之成为大明开国后的通用历法，闲暇之余顺便研究数学问题，改良朱元璋军中计算账目用的算盘，更创"珠算新诀"，很快推广使用，计算效率加倍。在朱元璋草创时代的各位栋梁里，这位身负大贤之名的贰臣，是块放到哪儿都闪光的好钢。

好钢自然要用在刀刃上，不久杨思义被任命为司农卿，主管明军征战天下的后勤工作。屯田、生产、税收、收支计算和分配，样样做得有条不紊，大明开国后，更摇身一变，成为户部尚书。这一任户部尚书，堪称历任大明尚书里，最难做的一位。

难做，是因为从洪武元年至洪武五年（公元1372年），明军正南北出击，向北攻克元大都，进而乘胜追击，追剿漠南以及大西北的元朝残余势力，向南则南进湖南、广东、四川、广西一带，扫荡南方割据势力，力图南北一统，这都是必须打的仗。可但凡战争都免不了开支巨大，彼时的明王朝，国家百废待兴，百姓疲敝，正是休养生息，人心思治之时，绝不能摊派加税，用来满足前线的钱粮用度，身为户部尚书，实在是巧妇难为无米之炊。

杨思义有办法：不加税，就推广屯田，与民休息，大力鼓励垦荒，尽量在不增加赋税的情况下增加财源；前线用度庞大，就发挥数学特长，精打细算。尤其是对北方战事，不顾前线将领反对，几乎缩减各类开支达一半，更不辞劳苦，将各类开支的用法详细开列清单，交前线诸将执行。财政实在吃紧的情况下，就减少宫室修建开支，拆东墙补西墙缓解燃眉之急。苦心终于没有白费，至洪武五年，徐达、李文忠的北路军北逐蒙古，在定西和上都会战里接连消灭元朝的有生力量，虽有岭北之败，却暂时解除了元朝残余势力对大明边境的威胁。南征军也捷报频传，攻克福建、广东诸省，平灭四川明玉珍的割据政权。堪称奇迹的是，这几年间，明朝国内生产恢复有条不紊地进行着，百姓未增加负担，国家财政收入年年增长，既不过分劳苦百姓，又保证前线供应，完成一统江山的伟业。奇迹的背后，是杨思义呕心沥血的劳动。

战争结束了，而属于杨思义的差事却刚刚拉开帷幕。自担任户部尚书以来，始终兢兢业业，事事以安民为先，其建议的多项政策，都切中了大明朝经济建设的脉搏。各省水旱灾频繁，杨思义建议国家设"预备仓"，以备水旱灾害赈济之用。此举沿用整个明、清两朝，惠泽无数苍生。屯垦大兴，杨思义建议国家出台优惠政策，鼓励农民种植桑麻。不几年国家桑麻产业大兴，更带动丝绸纺织等手工业的发展。朱元璋为防备元朝残余势力入侵，在北方设九边军事重镇，但九边初设，边关钱粮匮乏，国家用度也捉襟见肘，杨思义提议设"开中法"，即在国家经营食盐贸易的前提下，允许商人以向九边送粮的方式换取盐引，获得贩卖食盐的特权。此法一出，全国商人纷纷响应，争相在九边购地屯垦，招募流民耕种。结果就是多米诺骨牌效应，九边从此钱粮充足，边防大振；商人们换取盐引，获利颇丰；山东、陕西、山西、河北、辽东等饱受战火荼毒的边关地区，因商人竞相屯垦，重现阡陌纵横，经济繁荣之相。在开中法中获利颇丰的商人们，渐形成了两个影响中国近现代历史的商人集团——晋商集团和徽商集团。

身负大才的杨思义，却从不恃才傲物，刘基的《诚意伯文集》里称他

"宽宏容达"，特别是与朱元璋的相处中，杨思义性格宽厚，说话讲究分寸，即使是与朱元璋相左的意见，也能以合理的说话方式获得朱元璋的认同。生性多疑的朱元璋，对这位大贤始终器重有加，这不仅仅因为他会做人，更因为出身农民的朱元璋知道，这位思维缜密、眼光卓越的户部尚书，从来都是位急农民之所急的干才。《明史》上的评价虽简略，却客观："虽本帝意，而经画详密，时称其能。"

北方屯垦迅速发展后，因陕西一带劳动力匮乏，杨思义主动请缨去陕西，落实朱元璋移民实边的国策。不久后担任陕西参知政事，在任期间呕心沥血，安抚移民，发展生产，令陕西在短期内经济勃兴，移民们安居乐业。做完这一切后，这位洪武朝时期最杰出的经济学家积劳成疾，溘然长逝。

这位思维缜密、谋划周详、眼光卓越的能臣，以其宽厚的人品，精细入微的行政方式，撑起了洪武朝经济恢复的大局。论无名英雄，他可称翘楚。

四

以杨思义为户部尚书的大明王朝，经济恢复有条不紊地进行，但仅有善于谋划的杨思义显然不够。古人云"治国之道，柔猛相和"，宽宏容达的杨思义显然属于柔的一面。再精细的谋划，也需要严格的律令保驾护航，因此，有了第二位无名英雄，监察御史韩宜可。

汇聚明朝宦海英杰的《明史》里，诸多直臣皆被大书特书，流芳百世，其中着墨最少的韩宜可，堪称他们中间的祖师爷。

韩宜可，字伯时，浙江山阴人。与杨思义类似的是，他险些成为贰臣，元朝至正二十一年，焦头烂额的元王朝张榜求贤，壮志满怀的韩宜可欣然前往，应征监察御史一职，却因身份低微无门路而失败。之后闲住于家，洪武元年，在刘基的推荐下，先任山阴教谕，兢兢业业数年，终引起朱元璋的注意，等来了那个迟到多年的任命——监察御史。

朱元璋时代的监察御史一职，和元朝大不相同，朱元璋改革言官机构，全国设十三道，共110名监察御史，官职为正七品，任务是代天子巡狩，又称巡按御史，以纠劾官吏不法行为为要务，官职低却权位重。而履任的韩宜可也用行动证明，他仿佛天生就是为监察御史一职而生的。

在洪武年间，韩宜可是个人见人怕的人物，特别是有不法劣迹的权贵，几乎对其又恨又怕。他为人刚直，不畏权贵，甚至敢捋朱元璋的虎须。洪武初期李善长退休，胡惟庸继任中书省左丞相，堪称万人之上，刘基也被其排挤害死，旁人敢怒不敢言，唯独韩宜可不惧。某日胡惟庸伙同朋党御史大夫陈宁，中丞涂节方觐见朱元璋，正亲热谈笑间，韩宜可突然闯入，当面弹劾胡惟庸等人"大奸似忠"，恳请朱元璋杀胡惟庸以谢天下。说话不分场合，又对准皇帝的宠臣，自然惹得朱元璋龙颜大怒，当场骂道："快口御史，敢排陷大臣。"即刻命锦衣卫捉拿入狱，然而受尽酷刑的韩宜可毫不屈服，始终大骂胡惟庸不止。消息传到朱元璋处，冷静下来的朱元璋终为之动容，下令将其释放。

后来胡惟庸果然事败，株连无数大臣，韩宜可却得到朱元璋的重用。韩宜可再接再厉，成日纠劾重臣，被其弹劾的名单上，是一连串大明朝开国的功勋人物：傅友德、王弼、陆忠亨、廖永忠、蓝玉……却不是如朱元璋所说的"排陷大臣"，每次弹劾都条理分明，掌握真凭实据。也曾有权贵嫉恨，比如蓝玉就曾放言说要让韩宜可好看。韩宜可闻言大笑，每夜睡觉下令全家打开大门，酣然入眠。消息传到蓝玉处，这位一生杀人无数的跋扈将军也不得不敬而远之。

以恶对恶的韩宜可也有让权贵们难以想象的一面——宽容。但凡大案，他总力主反复核查，避免株连无辜。任陕西按察司期间，曾上书朱元璋，对因罪发配凤阳的官员们进行重新核查，解救不少无辜者。震撼明朝官场的"胡蓝案""空印案"，韩宜可周旋其间，竭力解救无辜官民，却将自己牵连进去。后来朱元璋亲自核查，将其开释。曾有人告发韩宜可贪污，朱元璋也怀疑，特意微服私访至韩宜可家，只见韩家破屋烂瓦，一家老小穿着补丁摞补丁的衣服，朱元璋还是怀疑：莫不是钱都偷偷藏起来了。韩宜可坦荡，当着朱元璋的面将家中钱箱倒空，自嘲说"我从无攒钱，也无钱可攒"。

在朱元璋眼里，韩宜可有时候很不识时务。比如有一次，朱元璋欲将犯罪大臣的家属赐给臣僚，别人都叩谢皇恩浩荡，唯独韩宜可坚决反对，并力陈查案不该祸及妻女，此种做法更有悖天理人伦。朱元璋接受了韩宜可的意见，作为褒奖，将韩宜可提升为山西布政使。韩宜可到任后的第一件事，就是弹劾朱元璋的儿子——晋王的不法行为，这次又捋了虎须，被朱元璋贬官到云南清棉做知县，到任后安抚地方，体恤当地少数民族，兴修水利。好人，到哪里都是好人。

朱元璋过世后，洪武三十一年，即位的建文帝下诏，提升韩宜可为都察院左副都御史，这是韩宜可一生里得到的最高职务。因长年劳顿，赴任途中，行至杭州时病逝。《明史》载，"是夜，大星陨，柄马皆惊嘶，人谓'宜可当之'。"

尽管史料的说法有神话色彩，却不容否认一点，这位一生让朱元璋又爱又厌，用之嫌烦，弃之又不忍的直臣，是整个洪武一朝，政绩最为惊天动地的铁面御史。洪武一朝吏治之清明，为整个明王朝之最，以韩宜可为代表的直臣们居功甚多，他的价值，恰如朱元璋对他的一句评语：清廉股肱之臣。

五

"猛"的韩宜可，"柔"的杨思义，是大明王朝定国安邦的两位重要人物。但说到底，两人都为中央人物，国家政策若要顺利实施，更少不得地方官的落实。这其中的杰出人物，就是第三个人——费震。与上两位相比，他是个"猛柔相和"的人物。

与杨思义相同，费震在《明史》中的记录同样简略，字号不可考，生卒年不可考，唯独籍贯列了出来——江西鄱阳人。与杨思义相比，这位同样儒生出身的能臣在前元时代却默默无闻，既未考取过任何功名，更未担任过任何要职，直到洪武元年，才在旁人的荐举下入朝为官，得到的第一个职务，是江西吉水知州。

看似起点要高于韩宜可，却是一个比御史难当的苦差事。此时的吉水几经战乱，乡民大量逃亡，在册的人口，仅为元朝时期的四分之一，在册的土地，荒芜更达四分之三。恢复民力，发展生产，谈何容易。

费震迎难而上了，土地荒芜，就出告示，广招流民耕种。人丁逃亡，就下乡走访，挨家挨户劝说，更派衙差四处寻访，招纳外逃乡民回乡。春耕钱粮捉襟见肘，便把上面拨付的修缮衙门的钱尽数拿出，发给乡民做安家之用。他颁布严令，严查玩忽职守的官吏，到任仅 3 个月，就参劾罢免渎职官吏 7 名，还规定辖区各地府衙衙差要定期轮班，下乡给孤寡乡民们做义工。历经 3 年，吉水地区终于经济恢复，生产发展，到其任期满时，吉水当地土地不但全部复耕，产量更远超前元时的水平。

卓越的政绩传到中央，恰好陕西汉中发生变乱，在李善长的推荐下，朱元璋大笔一挥，升费震为汉中参政。可到任后才知道，这是一个更苦的差事。汉中当地，多年来一直是明元战争的主战场，屡遭兵祸下，民生遭重创，赤地千里，白骨累累。这些还不是最严重的，最严重的是盗匪横行，且画地为牢，时常打家劫舍骚扰地方，甚至劫掠官仓，抢夺官粮，直闹得怨声载道。明王朝曾派几任酷吏署理此地，更屡派大军围剿，却终是劳而无功。这次的担子，落在了费震身上。

没有悍将的骁勇，没有酷吏的狠辣，费震迎难而上了。到任后安葬战乱中死难的百姓，拨专银抚恤死者家属，走家串户访问，请旨朝廷减免赋税，暂时安定了民心。可盗匪问题仍是大患，不久后盗匪果然大起，肆虐州府不说，更大肆劫掠官粮。费震不慌，一不调兵镇压，二不撒网搜捕，相反贴出安民告示，允许民众从官仓借粮，秋收后按数归还，不加官息。消息传出后，让同僚们惊讶的事情发生了，昔日气焰嚣张的盗匪们，而今成群结队主动缴械投降，费震则既往不咎，拨划土地妥善安置。不几年，杀气腾腾的盗匪尽成务农守法的良民，肆虐汉中多年的盗匪之患，就这样不费一兵一卒地解决了。同僚问原因，费震解释：当地盗匪只劫粮不劫财，可见尽是衣食无着的穷苦百姓，只能宽柔安抚，方得安民之效。

宽柔的费震，对待贪官污吏的"猛"却不亚于韩宜可。治理汉中时，治下一官吏违法，其靠山恰是对费震有保举之恩的李善长，费震不徇私情，令其遭到严惩。铁面无私的结果当然就是恩公李善长的报复。不久后，中书省右丞杨宪犯罪被诛，本与杨宪无瓜葛的费震莫名其妙地成为杨宪一党，幸好朱元璋以其之前的善政，允许他出钱赎罪。而后，他继续自己洪武朝最佳地方官的生涯，山东闹水灾，湖广闹旱灾，广西闹民乱，都是他受命于危难之际，结果也都将这些大明朝最穷、最苦的不毛之地，治理成欣欣向荣的乐土。

洪武十一年，久历地方的费震终于被调回京城，出任户部尚书，主持了洪武朝定制官吏的俸禄工作，而后胡惟庸案大发，株连官员无数，其中包括某位曾得李善长授意诬陷他的仇敌。费震则不计前嫌，倾力营救，终使这位仇敌从宽发落。之后湖广水灾，他受命出任参知政事，在完成了安抚地方，恢复生产后，因年老请求退休，最后善终于鄱阳老家。朱元璋时代屡兴大狱，株连官员无数，沉浮其间的费震却能全身而退，殊为不易。

纵观他一生的执政履历，可得出四个字——以德服人。做知州，以德服百姓；做参政，以德服盗匪；做尚书，以德服仇敌。宦海一生，几乎善良地对待了身边每一个人。在大案频生、杀戮频频的朱元璋时代，甚至在整个中国两千年封建社会黑白交织的官场上，这样的人物，诚为异类。

第三章

倭寇是怎样炼成的

说到曾经席卷中国东南沿海和朝鲜半岛，杀掠中、朝两国平民百姓无数的日本倭寇之乱，今人第一印象无不是明朝中后期嘉靖时代东南沿海的倭寇大起，以及谭纶、戚继光、俞大猷等明朝军民可歌可泣的抗倭事迹。但实际上，倭寇对中国沿海百姓的祸害，远比此时要早得多。早在元末明初之时，这场历时200余年的抗倭战争就已开始。

中国有史记载的最早倭寇入侵事件，是元朝武宗至大元年（公元1308年），倭寇连船数百，掳掠宁波。今人说倭寇，总说是日本破落武士以及沿海奸民自发组织的海盗团伙，似与日本政府无关。但根据有关日本史料记载，这有历史记载的第一次倭寇入侵，确为日本的政府行为。彼时日本正是镰仓幕府倒数第二任统治者久明亲王（日本后深草天皇之子）统治时期，他在位时确立日本的武士道精神，并开始组织船队劫掠朝鲜和中国的沿海地区，曾有大臣后草建司劝他不要激怒中国，他答道："唐（中国）已不复从前，不足惧。"元朝忽必烈时期的征日失败，让日本对中国从仰视变为平视。虽如此，彼时倭寇的主要掠夺对象，仍然是距离其最近的朝鲜。

元末至正年间天下大乱时期，倭寇对中国沿海的侵扰一度达到极盛。此时日本镰仓幕府业已灭亡，进入了京都、奈良两个天皇并立的南北朝时期（公元 1336 ～ 1392 年），双方旗下的诸侯相互征战数年，乱民四起，大量战败的武士浪人摇身一变成为海盗，这些海盗多来自日本的长州、萨摩、鹿儿岛等地。日本南北朝时期的大名，也有人资助海盗集团，劫掠后坐地分赃。入侵的路线，大体是每年四五月间，从高丽至山东半岛和辽东半岛，再至江浙地区。偏巧此时东南沿海变乱四起，东南义军领袖方国珍和张士诚麾下也有不少海贼，因此臭味相投，合兵劫掠东南沿海。尤其可恶的是，他们经常在沿海捕获乡民，掳至日本后令剃日式发型、穿日服、学日语，将其日本化，再挟持至中国劫掠，遇官军围剿时，就令这些人为炮灰。曾给元军抗倭做幕僚的元末文人林伯景在其笔记里就曾记录：元兵捕获的倭寇俘虏，相貌与倭人无二，过堂的时候却齐用中国话喊冤，仔细审讯才知是多年前被掳走的当地乡间良人。所谓倭寇，十有八九都是这些被胁迫的华侨。为防倭寇，元朝严令"片板不得下海"，所谓海禁即从此开始。洪武元年朱元璋推翻元朝，天下一统，而倭患这个历史遗留问题，也摆在了百废待兴的大明王朝面前。

一

洪武二年（公元 1369 年），朱元璋初登皇位，倭寇就给朱元璋来了个下马威。同年四月，倭寇与江南张士诚、方国珍残部勾结，"大掠五府，饱掠而去"。同年五月，倭寇又侵山东，毁蓬莱、登州卫所，"劫掠官库，军士死伤逾千"。嚣张至极，朱元璋考虑到国家初建，争取和平解决。同年六月，朱元璋以杨载和赵秩为使者，出使日本南朝，面见主掌南朝国事的怀良亲王，措辞严厉申斥其罪行。孰料怀良亲王狂妄，竟当场斩杀赵秩，并拘押杨载。第二年，日本足利氏掌权的北朝向南朝发动军事进攻，怀良不支，偏巧此时朱元璋再派使节前来交涉，怀良唯恐朱元璋趁机攻伐，立刻态度转弯，不但当场道歉，还将被扣押的杨载等中国使节尽数释放。第三年，怀良派使节至南京，送还被掳百姓 70 多人。朱元璋大喜，从此与日本南朝建立了外交关系，允许其派使节到中国朝贡。然而就在同年五月，又发生了倭寇大掠温州之事，第四年，倭寇又大掠福建、广东、海南三省，一月内"沿海乡民死者逾万，焚屋千栋"。朱元璋遣使怒责怀良，怀良喊冤，声称这些倭寇都是从北朝来，非自己属地。朱元璋这才知道，原来日本还有个更强大的北朝。其后朱元璋多次派使臣与北朝建立关系，都被怀良设法阻止。值得一提的是，怀良派到中国的使臣，多次重金贿赂彼时明朝宰相胡惟庸，与之狼狈为奸，通北朝之事，也是胡惟庸屡屡作梗。洪武八年（公元 1375 年），日本北朝室町幕府统治者足利义满遣使朝拜朱元璋，朱元璋见其贡书里未提称臣一事，因此拒绝收其贡物，但允许日本光明天皇的小儿子来南京学习，朱元璋"尤善待之"，但中日关系后来依然处于冰河期。洪武十四年、十七年、十八年，又有多股倭寇入侵辽东、山东、海南三省。此时明王朝经过 10 多年休养生息，国力渐渐强大，朱元璋遂于洪武二十年（公元 1379 年）命开国名将汤和与周德兴在浙江、福建沿海筑备倭城59 座，屯兵 8 万人，继而在洪武二十三年、二十四年两次挫败窜犯东南沿海的倭寇，"斩俘甚众"，至洪武末期，明朝从北至辽东，南至广东的海岸线上，修筑各类卫所 200 多所，置备倭军近 30 万人，精锐兵舰 3000 多艘，构筑起一条海上长城。因此从洪武二十年开始至朱元璋过世，倭患暂稀。这期间，洪武十四年，朱元璋查知胡惟庸通倭，日本南朝怀良又送来书信，措辞傲慢，使朱元璋一度想征讨日本，但终被大都督李文忠等人劝阻。为防前元征倭失败覆辙，朱元璋在其留给子孙的《皇明祖训》中，将日本定为不征之国，称日本"虽朝实诈，暗通奸臣胡惟庸谋不轨，故绝之"。因此 200 多年后的大明"抗倭援朝"战争里,万历皇帝虽调集精锐水师云集天津,意欲直捣日本本土,终因丁应泰等大臣以祖制劝阻而作罢。

在朱元璋过世前的明洪武二十六年(公元 1395 年),日本北朝室町幕府统治者足利义满已经平灭南朝,完成国家统一。这之间他屡派使者来华朝见,皆被朱元璋拒绝。朱元璋过世后的明朝建文元年(公元 1399 年),足利义满又派使者前来朝见,在国书中称自己是"臣日本国王源道义",正式向大明称臣。建文帝欣然接纳,热情招待使者,但日本国使前脚刚走,倭寇就趁江南、浙江一带明朝的备倭军北上参加靖难之役之机,于建文元年、二年、三年连续掳掠温州、宁波、绍兴等地,给风雨飘摇的建文王朝,来了次雪上加霜。

朱棣夺取皇位一年后,永乐元年(公元 1403 年)九月,足利义满再派使者来华朝见,朱棣甚为高兴,给予日本"永乐堪和",两国正式建立了朝贡贸易。但次年四月,山东、辽东等地接连发生倭寇入侵事件,令朱棣甚为恼火,恰好日本使臣前来祝贺朱棣册封皇太子,朱棣便严厉申斥,要日本打击海盗。足利义满闻讯后,在国内大力严打,并派重兵全歼了对马岛上的倭寇大本营。永乐三年(公元 1405 年),将倭寇头领 20 人送至大明治罪。朱棣命令日本使臣自行裁处。日本使臣在宁波海边设铁锅,点火将这些倭寇蒸杀之,获朱棣赏赐。从此时起至永乐八年(公元 1410 年),中国沿海暂时风平浪静。两国之间官方的朝贡贸易也迅速发展,堪称是明朝中日关系的蜜月期。

转折从足利义满病逝开始,永乐六年(公元 1408 年)足利义满病逝,继任的室町幕府统治者足利义持被朱棣册封为日本国王,其后日本对倭寇的约束渐松,沿海地区倭患再起。永乐八年二月,倭寇掳掠浙江清南县,朱棣遣使责问,足利义持立刻抓捕 10 余名倭寇送至中国请罪。一年后,明朝使节王进出使日本,与室町幕府官员发生纠纷,险些被扣留,朱棣震怒下拒绝日本前来朝贡，继而倭患又生，永乐十三年（公元1415年）倭寇犯山东，永乐十五年倭寇犯辽东，永乐十六年倭寇犯浙江，因明朝东南沿海守备森严，才未造成大祸。朱棣本人的态度也很宽容，经常将捕获的倭寇放回，坚持要怀之以德，并于永乐十六年派吕渊为使至日本申斥足利义持，命其悔过自新。同年六月，日本派使团来华道歉，声称倭寇是"无赖鼠窃，非臣所知"。朱棣再次允许日本朝贡，但限令严格。明朝宣德四年（公元1429年），新任日本室町幕府首领足利义教被明宣宗册封为日本国王，再次在国内全力捕倭，以求通好。明宣宗放宽了对日本朝贡的限制，从此时开始至嘉靖朝，两国之间的官方贸易络绎不绝，倭寇进犯虽时有发生，但一则明朝海防森严，二来日本国内此时打击倭寇甚严，因此和平终是主流。

二

说到明朝初年，乃至终明一世的倭患，有个关键词不得不提——朝贡贸易。

明朝初年，日本室町幕府之所以几次在明朝的压力下主动捕杀倭寇，甚至送倭寇头目到明朝治罪，其原因不仅仅是惧于大明强盛的国力，更有对朝贡贸易巨大利润的垂涎。每次朝贡，大明不仅有丰厚的赏赐和回赠，而且其在中国购买的丝绸、茶叶、瓷器等物品，倒卖到东南亚地区，转眼就是10倍的利润。朱棣时期，明朝屡屡以取消朝贡贸易相要挟，加上彼时明朝国力强盛，对朝贡的管制限令森严，沿海更囤积重兵，因此但凡大明发怒，日本方面就立刻致歉、捕倭。用此法和平解决倭患问题，几十年来屡试不爽。但是在朱棣死后，事情却起了变化。

从明宣宗朱瞻基开始，明政府对日本朝贡使团的限制日益放松。朱棣时期，日本每次朝贡的人数、规模、携带货物，都有严格的限制，但从宣德年间开始，管制逐渐松弛，日本使节经常夹带私货到中国贩卖，包括明朝三令五申的违禁品武士刀。有时候，使臣私自夹带的物品，甚至比官方贸易的货物多 10 倍。日本使臣每次到来也非常跋扈，永乐七年（公元 1409 年）即发生过日本使臣在南京殴死平民的事，当时刑部要求严惩，朱棣最终从宽，只是让日本方面赔偿死者家属千两白银。此后日本使臣更加跋扈，宣德五年（公元 1430 年）和宣德七年（公元 1432 年）发生了两次日本使臣殴死中国商人的事，明宣宗仅发文申斥。景泰四年（公元 1453 年），临清当地的指挥使谭敏，因劝解日本使臣莫要抢掠商旅，差点儿被日本使团围殴致死，其麾下士兵，因有朝廷严令，皆不敢管。事情报到明景泰皇帝处，景泰皇帝却下旨宽大，最终不了了之。成化四年（公元 1468 年），日本使臣在徐州驿站因对饭菜不满，竟当众鞭打驿站官员。明弘治元年（公元 1488 年），日本使臣在济宁闹事，当场杀死商人 3 名。诸多外交纠纷，明朝政府多是大事化小，小事化了。

自宣德四年开始，日本使团开始违反朱棣时代规定的每次朝贡“船不过三条，人数不过三百人”的限制，其使团常携带武器和士兵，遇到中国军队，则出示勘合与之贸易，如遇到平民百姓，则大肆抢掠，烧杀之后扬长而去。在与中国民间商人贸易时，更是强买强卖，有时甚至明抢。官方贸易时更张口要中国高价收购，一旦中国官员有所犹豫，他们立刻威胁说“若买卖不成，到时候大批倭寇杀到，抢掠贵国沿海，你负得了责吗”？所以，大多数时候，明朝方面选择忍气吞声，花钱买太平。即使如此，沿海依旧时常有倭寇骚扰，最严重的一次发生在明朝正统四年（公元 1439 年），40 多艘持有明朝勘合的日本船，突袭浙江地区，攻破台州、宁波、定海三卫，一路荼毒平民无数，尤其令人发指的是，他们抓到孕妇，皆用武士刀剖开孕妇肚腹，取出婴孩挑在刺刀上为乐。宣德朝至嘉靖朝中日朝贡贸易的 100 多年间，日本侵扰中国沿海的倭寇，八成左右都是这类日本经贸代表团。

三

明朝中前期虽有倭患，但终未如后来嘉靖朝那般酿成旷日持久的战火。论原因，一则彼时日本还是一个统一的主权国家，其政府对本国海盗尚能控制，为了中日贸易的经济利益，也多次配合中国剿灭倭寇。但最主要的原因，则是中国东南沿海军民们长久以来的浴血奋战。

与明朝中期戚继光、俞大猷等抗倭名将相比，明朝前期抗倭将领们的声名相比之下逊色很多，这主要是因为彼时明朝最大边患不在海边。明朝洪武二年，苏州指挥副使王湛率军"斩倭寇二百人"，是为大明抗倭战争的第一个胜仗。明洪武二十一年（公元 1388 年），汤和属下千户李鼎率轻舟三十条，在浙江定海击破倭寇水师，"夺大船三条，溺死百人"，是大明朝第一次在海上击败倭寇。洪武一朝 31 年，倭寇的大规模入侵有 7 次，其中被明军击溃 5 次。之后的整个 15 世纪里，倭寇的大规模入侵有历史记录的达 14 次，被大明击溃有 10 次，正是诸多官兵的浴血奋战，保卫了彼时中国海疆边民的平安。而这期间最著名的胜利，当属发生在明永乐十七年（公元 1419 年）六月的望海埚大捷。

望海埚，位于今天辽宁大连金州南端，自明朝立国起，就是防卫倭寇入侵的前哨。永乐十年（公元 1412 年），朱棣任命早年跟随他南征北战的亲信刘江为辽东左都督，镇守辽东广宁卫备倭。

刘江，江苏宿迁人，是早年跟随朱棣参加"靖难之役"的亲兵。朱棣北征阿鲁台时，他曾亲率骑兵冲击阿鲁台后阵，"手刃敌人十余"，迫使阿鲁台大溃，可谓勇将。刘江到任后经过勘察，认定离金州 70 里的望海埚乃咽喉之地，遂在当地驻兵，严阵以待。他还发动群众，招当地精于水性之良民，在周边海域一带乘小船布控侦查，严防倭寇入侵。永乐十七年（公元 1419 年）六月，侦察到东南海域有火光，确认倭寇即将来袭，立刻调遣精兵在当地设伏，次日 2000 余倭寇登陆攻击，刘江不为所动，派属下徐刚埋伏于望海埚山下，另派百户江隆率领他精心挑选的健锐勇士绕道敌后，约定"旗举而伏起，闻炮鸣而奋击"。不久倭寇进入伏击圈，刘江命令鸣炮，继而身先士卒奋勇冲杀，明军伏兵大起，艰苦的战斗从清晨打到黄昏，倭寇仓皇逃命到山下樱桃堡内，企图负隅顽抗。刘江严令部将不许攻击，故意露出一个缺口，引诱倭寇逃命，然后命士兵在倭寇出逃时截击，终将倭寇大部歼灭，少数逃到海边的倭寇，也被刘江早已安排好的水师活捉，是役斩首 1900 余级，生擒数百人，2600 名倭寇无一漏网。这是倭寇侵扰中国沿海历史上，第一次真正意义的全军覆没。捷报传来，朱棣大为高兴，封刘江为广宁伯，赐名为刘荣。当地乡民也自发为刘江修筑真武庙以表纪念。次年四月，刘江病逝，朱棣甚为悲痛，赐谥号为忠武，安葬于北京永定河畔四平山。今天北京官园南边广宁伯街，就是其先前府邸的遗址。

望海埚大捷，在明朝前期的抗倭战争里有重要意义，此战后 100 年间，除了日本经贸代表团的贸易纠纷外，大规模的倭寇入侵基本消失了。倭寇再次以千人以上规模大肆侵扰，应是百年后嘉靖中后期的事了。

第四章

明朝西域第一将——宋晟

2002 年 2 月 22 日，南京《江南时报》发表了一则名为"金陵古迹屡遭破坏堪忧"的报道，报道声称："位于南京雨花西路 114 号旁的宋晟墓，遭到了周边建筑物的挤占，严重违反了国家有关文物保护政策，其墓碑的本身更遭涂抹，碑文已辨识不清。"报道出炉后，一度引起了互联网上各地文物爱好者的关注，但即使资深的文物爱好者，这时也提出了一个疑问：宋晟是谁？

报道该新闻的记者，在报道的时候也摆了一个大乌龙，在新闻中竟称宋晟为明代著名书法家……

而事实上，这位今天已不为人所熟知，甚至墓葬都遭侵扰的明朝开国元勋，在悠悠青史之中，虽几经涂抹、歪曲、沉浮，生前身后连遭非议攻击，却终不能抹杀其赫赫的沙场功业。与徐达、常遇春、邓愈、汤和等大明英烈们相比，他的声名不大，在大明王朝北逐元廷，统一天下的大业中，他起初只是跑龙套的角色，在西北战场才找到了自己的舞台。明王朝对西北大地的主权，因他的战功而奠定。横扫中亚，威震世界的帖木儿大帝，在人生的最后时刻，曾与他有一次擦肩而过的对决机会。生性多疑的朱元璋、朱棣父子两代，独独对他信任有加，命他可在西北"专断边事，不必事事奏报"。引起清初文字狱的明史《罪惟录》中，更给予他一个至高无上的评价："建卫霍之功业也。"将他比作西汉横扫匈奴的两大名将——卫青、霍去病。

宋晟，字景阳，安徽定远人。史载他"四镇凉州，前后二十余年，威信著绝域"。洪武王朝励精图治的大业里，永乐盛世万国来朝的繁华中，他是中国西北大门沉默的守护者。

一

和明朝诸多开国名将一样，身为安徽定远人的宋晟，也是最早跟随朱元璋起兵的老乡。那是公元1353年的事，当时还在郭子兴麾下的朱元璋回乡募兵，胡大海、邓愈、常遇春、蓝玉等开国名将们皆在这次征募中投军。宋晟家更积极，宋晟之父宋朝用，宋晟之兄宋国兴皆入伍从军。比起正值壮年的父兄来，彼时宋晟只有11岁，是个十足的娃娃兵。

11岁的小鬼，自然上不了战场。倒是宋晟的父兄，在朱元璋起兵的开始阶段屡立战功。和常遇春等人的穷苦出身不同，宋家原本就是当地富户，不但家境殷实，为防蒙古官吏欺辱，很早就拉起了民团。宋晟之兄宋国兴，年轻时就是定远当地的壮士，最善武枪弄棒。投奔朱元璋后，以宋家早年民团为班底的宋家军，开始崭露头角。朱元璋攻克滁州之战，正是宋晟之兄宋国兴率军夜袭，经浴血奋战打开了滁州城门，朱元璋也因此拥有了自己争天下的第一座城池。朱元璋曾赞他为"勇国兴"。宋晟之父宋朝用是朱元璋早期的重要将领，明史说他"因积功至元帅"，一度与徐达、常遇春等人并列。朱元璋定远募兵后，打通东进道路的和州之战，正是由他指挥完成。刘基在《诚意伯文集》里赞他"智勇兼备"，也是个名噪一时的名将。

小宋晟 11 岁就从军，被编在当时另一名将邓愈麾下。家庭的渊源外带南征北战里的耳濡目染，宋晟想不会打仗都难，可毕竟岁数小，冲锋陷阵还不现实。邓愈对这位老战友的儿子很是器重，留在身边当了勤务兵，除了每天干些端茶倒水的杂活儿外，邓愈还时常"以兵书战策勤教之"。满腹的韬略，从此时开始生根。

如果照这样下去，小宋晟很可能会在邓愈的教导下，成为一个出色的军事家，待到天下太平后论功行赏，运气好了，还能以功臣之子的身份承袭爵位，从此风风光光。

宋晟做到了，不但做到了，而且还超越了诸多的功臣子弟们，成为他们之中的翘楚。建功、封侯、赐爵，一步一步，但这些是以他 13 岁那年的一场悲伤开始的。

元朝至正十四年（公元 1355 年），正在开疆拓土的朱元璋，把目光对准了一个新的目标——集庆（江苏南京）。这是六朝古都，元王朝江南重镇，拿下它，就拿下了统一天下的关键点，这是朱元璋霸业的天王山战役。

是天王山就要啃下来，从当年的七月、九月，一直到第二年的三月，朱元璋集中重兵，连续三次发动了对集庆的猛烈进攻。朱元璋攻得猛，元王朝守得也猛，咬紧牙关死战不退。几番攻坚下来，朱元璋伤亡惨重。在当年九月第二次攻打集庆的战役中，为突破元军防线，朱元璋精选军中壮士做敢死队，企图强行渡江。统领敢死队的，恰是宋晟的兄长——勇国兴。勇国兴还是一如既往地勇，身先士卒渡江猛冲，却没了之前的好运气，一支箭不偏不倚，射中了宋国兴的额头，宋国兴壮烈殉难。

噩耗传来，朱元璋痛惜不已，随即下令全军撤退，二攻集庆的战役就此结束。随后，朱元璋在军中隆重举丧，宋家上下自是悲痛万分，这时朱元璋从中发现了一个奇怪的孩子——一家老小都在号啕大哭，唯独他例外，虽满脸悲愤，硬是一滴眼泪都没掉，只是郑重地在死者的灵前磕了几个响头，一字一句，说出了一个铮铮的誓言：

"愿杀尽胡虏，雪吾兄之耻也。"

这个孩子，就是年13岁的宋晟。

此情此景，宋家上下，乃至朱元璋诸将，皆是大异之。朱元璋也大为感慨，对其父宋朝用道："汝子少年大志，他日成就必在汝之上也。"不但称赞，朱元璋更随即下令，命宋晟承袭其兄前锋将军的职务，所部军队编入邓愈麾下。就这样，13岁的宋晟，从将门家中的小儿子，到大军里的娃娃兵，再到此时的将军，不过短短两年时间。说是少年将军，自然毫不为过。但在当时许多人看来，13岁的娃娃就去统兵打仗，荒唐吗？

宋晟此后的表现，证明这一点儿也不荒唐。

宋国兴阵亡两个月后，少年宋晟就震撼了沙场。当年十一月，邓愈统兵攻打元廷重镇徽州。徽州连接长江南北，经济富庶，战略位置极其重要。是重镇就要拿下，邓愈四面包围，火炮弓弩全用上，硬是啃不下来。关键时刻，身为前锋将军的小宋晟，提出了一个古怪的建议：咱先撤。

邓愈晕了，朱元璋的催促令一道接一道，打不下徽州，全军都要法办，你说撤就撤？

宋晟接着的一句话，让邓愈不晕了。

"今敌所以死战，在于我围城严密，故拼死而战也。不妨稍却，待敌松疲之时突袭，且只围三面，敌必溃也。"

一番话，却是一个兵法上的重要道理：围三缺一。

邓愈恍然大悟：听你的。

接下来的事情，就完全进入了宋晟预想的轨道：元军果然懈怠，邓愈借机发起突袭，独独北门一面不攻，原本死战的元军一触即溃。之前血战一个月无法前进一步的徽州坚城，就此兵不血刃地拿下。也正是这一仗，让朱元璋麾下的许多人看到了宋晟的实力，就如邓愈在给朱元璋的奏报里夸赞的，宋晟"多奇谋，大将之才也"。

从此以后，宋晟开始不断地"多奇谋"，先是跟着邓愈打了一堆胜仗，后来宋晟之父宋朝用因生病退休，朱元璋命宋晟接替其父都督同知的职务，20出头的年岁，成了正军级干部，开始独当一面。这时是朱元璋统一天下的关键时期，仗越打越大，宋晟先参加了平定张士诚夺取江南的战役，然后在朱元璋定都南京正式建国后，参加了徐达统兵北伐元王朝的统一北方大战。比起众将破阵杀敌，屡建战功，此时的宋晟，做得更多的是善后工作。明军攻克山东，他奉命留守山东，明军攻克河南，他再奉命留守河南，接着明军攻克陕西，他又奉命留守陕西。统一天下这一路，杀敌立功轮不上他，治理地方、清剿残余的脏活，多落在他身上。到了明王朝北逐元廷，统一天下后，宋晟又奉命相继镇守大同和陕西，担任当地的都指挥使，并督造山西、陕西的长城建造。比起明朝开国后诸多功臣封侯拜将的荣耀，彼时的宋晟虽也是开国功臣，却因年龄、资历所限，并未得到太多封赏，在明朝军中，只是个中层干部。

宋晟人生的第二次转折，发生在明朝洪武十二年，与上一次一样，这次转折的开始，依然是一次悲伤。

这个事件是此年的"南京花船案"。事情说来很简单，就是元宵节时，一帮功臣子弟们凑钱造了一艘大船，在船上奢靡铺张，沿秦淮河一路吹吹打打好不风光。事情被朱元璋知晓后，龙颜大怒，当即下令严查，凡是上船的官员，皆要严惩。而此时调任南京的宋晟，恰恰也在这条船上，毫无例外地被一撸到底，降职到甘肃凉州任卫指挥使。

或许朱元璋自己都没想到，这次严苛的处罚，不但没有打垮宋晟，相反，却为他的人生打开了一片新天地。宋晟后来建功沙场，封侯赐爵，名震天下，正是从此开始。

二

说对宋晟的处罚严苛，不仅仅是因为降职，还因为在当时凉州实在不是一个好地方。经济落后不说，当地汉族与少数民族杂居，相互冲突不断。且凉州位于边境要冲，此时西北元朝残余势力仍在，不时入侵骚扰，常年战火不断。穷、远、战争多，这样的地方说是降职，其实就是发配流放。所以当处罚令下来的时候，宋晟身边大多数人就一个判断：这孩子这辈子算完了。

宋晟却不这么想，反而乐呵呵地与家人告别，和朋友告别的时候，更是口出豪言："此去西北，必立不世功业也。"

到了凉州后，宋晟才知道豪言好说，事情却真是不好做。

当时的凉州，情况糟得不能再糟。凉州的西北和北面，是北元王朝的地盘，时不时过来打你。凉州的南部是青藏地区的吐蕃部落，虽归附于明王朝，却是时叛时降，若逢灾年，更是成群结伙地进来。比如洪武九年（公元 1376 年），凉州东南西北皆有敌人入寇，打不及，也跑不及，兵灾过后，只留下狼藉一片。

外敌入侵足够让人头大，内部的事情也让人挠头。当年徐达从元王朝手里收复甘肃时，曾招降大量蒙古部落。后来洪武三年（公元 1370 年）傅友德西征，又带回大批俘虏，其中相当多都被安置在凉州。这些部落依然保持着游牧习俗，与当地汉民冲突不断。其中有些部落，还和北元王朝勾搭，每次敌人入侵都充当先导。内忧外患摁下葫芦起来瓢，直让历任地方官头大。

所以从洪武二年明王朝设置凉州卫开始，至宋晟到任前，凉州卫指挥使这个职务，前前后后已经换了9个人，其中4个战死沙场，3个撤职查办，两个死于当地士兵哗变，都没有好下场。

身兼重任的宋晟，从凉州卫的内忧外患之中，一下子找到了解决凉州问题的关键点：粮食。

凉州乱，其实就乱在一个"吃"上。当地苦寒，游牧民族日子难过，没粮食就引起变乱。也因为没粮食，朝廷调来屯垦的士兵，逃亡甚多。老百姓没粮食吃就动乱，军队没粮食吃就打不了仗。问题好找，解决起来却难。凉州当地气候恶劣，干旱雪灾不断，派军队在当地屯垦戍边，辛苦撒下的种子，一场大灾就赔个精光，指望朝廷送救济粮。路远不说，年年吃救济，就像是个无底洞，怎么也填不满。

宋晟开始行动了，他先是主动接触周边各少数民族部落，召各部酋长恳谈，同时公正处理历年累积下来的各种案件，化解各族边民之间的矛盾，仅用数月时间，就将当地积攒数年的案件处理完毕。他还从粮库中调拨大量粮食，用以帮助各部落度过荒年。一番奔忙之下，当地局面总算平息下来。

但这平息是暂时的，不解决吃饭问题，该闹还要闹。此时宋晟已经有办法了，凉州多灾，其主要的灾害有两个：干旱、沙暴。凉州地区的张掖，自古号称塞上江南，当地水源丰富，宋晟动用军队，将水源引入干旱地区，化解旱情。凉州北面毗邻沙漠，宋晟命士兵们广种沙枣之类的抗沙林木，用以抵抗沙暴。诸上事情，他皆亲身筹谋，凡事亲力亲为，同时他还制定严格军法，从严治军，严惩将士中欺压百姓者。苦心之下，凉州果然渐趋安定。从洪武十三年（公元1380年）冬开始，凉州卫连续多次击退周边敌人的进犯，而到洪武十六年（公元1383年），明朝监察御史蒋星巡视凉州时，他看到的，是阡陌纵横的良田，各族百姓和睦相处以及精锐的边关士兵。

宋晟镇守西北后的战争考验，是从第二年五月开始。

此时经过十数年休养生息后日渐富强的明王朝，终于下决心解决北方边患问题，而开刀的第一战，就是凉州北面的亦集乃路。

亦集乃路这个名字，已经为现代人所陌生，但在明初时期，却是令朱元璋寝食不安的一个心腹大患。亦集乃路，位于今天内蒙古额济纳旗达来呼布镇，从元初开始，这里就是元王朝的西北重镇。早年成吉思汗灭金时，它是蒙古大军的物资中转站，元王朝建立后，它是元王朝塞外屯兵的重地。在元王朝退出中原后，它又成为蒙古军南下骚扰的桥头堡。此地的镇守者是北元王朝吴国公把都刺赤，此人和元王朝是儿女亲家，更是北元能征善战的猛将，蒙古人称他为黑将军。多年以来，提起这位黑将军的名号，诸多明朝边将无不头大。

是年五月，未等明军动手，把都刺赤自己找上门来了，蒙古军大股入寇，而且采用"叼一口就跑"的战术，这边骚扰一下，那边打个埋伏，明军出击，他退出塞外，明军回师，他复来骚扰，全仗着自己骑兵来去如飞，几番侵扰，直把明军折腾得气喘吁吁。

气喘吁吁的宋晟，并未慌乱，面对蒙古军连续的进犯，宋晟只说了一句话："今敌大出，其巢必空也。"一句话，点中了把都刺赤的死穴。

宋晟派少量部队，牵制入寇的蒙古军，然后精选了3万精骑，从凉州出发一路北进，不理会沿途蒙古军的侵扰，经数日急行军，终于抵达了亦集乃路城，如宋晟所料，亦集乃路城果然"其巢必空"，明军迅速发起了攻击，猝不及防的把都刺赤登时大溃，经一日血战，明军俘虏吴国公把都刺赤，千户也先帖木儿，以及蒙古军18000多人。这个肆虐明朝北疆十数年的大患，一战而解。

亦集乃路的夺取，对明王朝的西北边防，乃至北部边防，都有重大的意义。明朝洪武三年（公元1371年）徐达北伐时，北元王朝正是通过调度亦集乃路的兵马，从侧面夹击明军，导致明军功败垂成，被迫撤军，之后的十几年里，亦集乃路一直是北元军队侵扰明朝边陲的基地。所以捷报传来，明朝开国功臣郭英闻讯大赞道："此乃断胡掳臂膀之功也。"

宋晟的这一战功，也在明王朝引起了强烈反响。大喜的朱元璋立刻下旨，召宋晟进京，恢复了他的都指挥司一职，接着又升官为右军都督，以封疆大吏的身份重新镇守凉州，从此守护明王朝西北大门的责任，正式落在了宋晟肩上。

值得一提的是，亦集乃路大捷后，对被俘的18000多名蒙古兵，宋晟采取了优待俘虏的政策，仅送其中千余人入南京治罪，其余的皆安置在凉州地区，与汉民相处杂居，其中精壮者更由宋晟挑选编入军中。这支他精心打造的军队，在后世有一个名字——甘凉精骑。后来明王朝平定安南、麓川，乃至土木堡之变后的北京保卫战，皆有这支军队的身影。

肩负起西北边防大任的宋晟没有让朱元璋失望。洪武二十四年（公元1391年），宋晟再次出手，这次的目标，是明朝打通西域丝绸之路的咽喉之地——哈梅里。哈梅里，即今日新疆哈密，当时是元朝藩王兀纳什里的封地。比起亦集乃路的那位吴国公，这位兀纳什里王爷起先很老实，洪武十三年（公元1380年），明王朝曾计划攻打哈梅里，哈梅里闻讯后请降，明王朝遂派使团经哈梅里，进入西域招抚各部，这也是明王朝建国后第一次进入西域。从此明王朝与西域各部往来不断，丝绸之路重开。但兀纳什里贪心不足，竟然数次打劫往来商队，到洪武二十三年，更是得寸进尺，扣押西域部落向明王朝朝贡的使团。朱元璋闻讯大怒，随即命令宋晟与陕甘都督刘真合兵，于是年四月攻打哈梅里。

兀纳什里有恃无恐，也是有原因的。哈梅里地区地形险要，明军多为步兵，劳师袭远，粮草辎重很难接济上。等到了哈梅里，恐怕也是强弩之末，只要把地盘守好，拖个三五个月，明军必会不战自退。

事情也确实如兀纳什里所料，明朝都督刘真的部队进军异常缓慢。但是他却漏算了一个人——宋晟。

从兀纳什里严防死守开始，宋晟就知道他打的什么算盘，而宋晟的对策还是一样——直捣黄龙。当年蒙古军疯狂进攻的时候，就敢直捣亦集乃路，这次对手收缩防守了，照样要直捣哈梅里。

这次难度却比上次大得多，路远，粮草供给都是问题，地形险要，兵力不易展开。宋晟缜密布置，先是详细考察地形，找到了一条进军的小路，然后颁下军令，每个士兵多带5日的干粮，连日急行军。这支奇袭部队出发了，从凉州到哈梅里，急行军上千里，从小路穿过蒙古军的防区，仅用两日就抵达了哈梅里城下。黎明时分，当哈梅里城头士兵向外眺望的时候，他们惊讶地看到了城外黑压压的，正摩拳擦掌的数万明军。

此时的宋晟，也深知孤军深入，后援不济，如果不能尽快攻克坚城，等待这支奇袭部队的，也许就是全军覆没的灭顶之灾，所以抓紧时间拿下敌人，或许是最好的选择。

然而宋晟的选择却是：不打！

虽然不打，但样子还是要装的。明军列阵于城下，全军战鼓声、呐喊声震天，就是不发起进攻。喊了大约有半日，奇迹突然发生了，哈梅里城发生哗变，先前牛气哄哄的兀纳什里仓皇出逃，其子别尔且帖木儿以及官员数十人，被守城官兵绑了送到明军面前。铁壁坚城的哈梅里，不战自破。

原来早在进军之前，宋晟就得到了一个重要的情报：兀纳什里的内部并不团结，当地许多百姓和军官都心向明朝，如果贸然发动进攻，对方肯定会上下一心守城，这仗就难打了，所以不战而屈人之兵，是最好的选择，他做到了。

在攻克哈梅里后，宋晟采取了开明的民族政策，大军入城后秋毫无犯，参与反叛的敌人，只抓元凶宽大胁从。当地局势很快安定下来，随后赶来的都督刘真继续率军追击，兀纳什里的部下们纷纷投降，先后共有各级官员两千余人被俘。堵塞明王朝西进道路十余年的哈梅里，就这样兵不血刃地被平定。

如果说之前的亦集乃路之战，是断掉了北元王朝的臂膀，那么这场兵不血刃的哈梅里之战，不但解除了甘肃地区西北方面的威胁，更打通了连接欧亚的丝绸之路。哈梅里之战后，西域各部真正见识到了明王朝的兵威，原先与北元王朝勾搭联络的部落，从此便死心塌地归附明王朝。史载明王朝从此"威行西域"，诚为实情。

亦集乃路之战和哈梅里之战，是宋晟在洪武时期镇守西北参与的两场最重要的战争。这两场大战后的甘肃地区，从此兵灾大减，数十年再未发生大规模的战争。镇守西北有功的宋晟，不但打出了他在西北的名声，更因此屡获重任，5年后被朱元璋委以征南副将军，派往广西平定当地叛乱。得胜后又调任开平（原北元王朝上都），担任开平卫都督，这一次调令，再次改变了他的命运，让他得到了另一个人的赏识——朱元璋四子燕王朱棣。

三

开平卫，在明朝初年甚为重要，明朝开国第一武将徐达曾称开平卫为塞外卫所之首。这不仅仅是因为它曾是北元王朝的国都，更因为此地战略位置重要，占有开平，就可以俯瞰整个蒙古草原，遏制北元王朝的南下侵扰。选择宋晟镇守开平，证明了此时他在朱元璋心中的地位。

对宋晟来说，镇守开平最重要的意义，是获得了与另一个人共事的机会：燕王朱棣。

此时的朱棣，封地在北平，北平北面的开平，是朱棣的属地。这时是朱元璋的晚年，各皇子之间的夺嫡之争，已经到了白热化阶段，镇守北方的各路王爷，都在争相培植亲信，扩充自己的实力。战功卓著的宋晟，自然成了朱棣的拉拢对象。在与朱棣共事时，两人建立了亲密的关系。洪武三十一年（公元1398年），宋晟随朱棣出击蒙古，进兵至内蒙古宁城地区，击败了当地的蒙古军，朱棣本想立刻班师，宋晟却判断说，宁城北面尚有蒙古军主力。在宋晟的力主下，明军再次北进，果然捕捉到蒙古军主力，再次大破之。战后宋晟建议，应当在右玉城设置卫所作为屏障。朱棣采纳了他的建议，在当地设定边卫，后改名为右玉城。这座卫所此后历经风雨，从明初至明末，始终是明王朝抵御北方游牧民族侵扰的屏障，明朝万历年间兵部尚书张学颜曾送该城一个绰号"铁壁卫"。

此后朱棣对宋晟越发赏识，不久之后便与宋晟结成了儿女亲家——宋晟的儿子宋琥迎娶了朱棣的女儿安成公主。这桩婚姻，也注定了宋晟在接下来的靖难之役中的角色——朱棣的亲信。

就在宋晟与朱棣结成亲家后不久，明太祖朱元璋病逝，皇太孙朱允炆即位，次年改年号为建文。这位从做太孙时期就心忧北方各路诸侯尾大不掉的年轻皇帝，登基后厉行削藩，削藩的主要对象，就是在北方对皇位虎视眈眈的朱棣。已是朱棣亲信的宋晟，则成了建文帝极为忌惮之人。建文帝近臣黄子澄建议"可令其远调，以削燕王羽翼，再徐图之"。于是当年七月，南征北战的宋晟再次接到调令，担任甘肃都督。次年八月，雄踞北方的朱棣为争皇位，以清君侧为名发动了靖难之役，明王朝开始了长达3年的内战。

重回甘肃，手握重兵的宋晟在这场大战中大可作壁上观。然而噩耗再次袭来，担任朱棣府军右卫指挥使的，正是宋晟的长子宋瑄，靖难之役的灵璧之战中，宋瑄在率军登城时阵亡。然而宋晟没有时间悲伤，因为从甘肃西边传来的消息显示，当中原大地打得如火如荼时，一团更大的战争阴云，正向明王朝袭来。

这团阴云的名字，叫帖木儿。

帖木儿这个名字，对中国人而言也许格外陌生，但在国外，却赫赫有名，西方历史学家说他是"成吉思汗以后最伟大的征服者"。此人原是中亚地区西察合台汗国的驸马，在明王朝成立后第二年，他杀死西察合台汗国国王，自立为帝，建立了帖木儿帝国。称帝后的帖木儿一面对明王朝采取恭顺态度，遣使通好；另一面则在中亚地区进行扩张，相继吞并了波斯、阿富汗、巴基斯坦地区，击败土耳其奥斯曼帝国，建立了一个横跨欧亚的大帝国。甚至远在欧洲的西班牙国王都尊称他为义父，自信心膨胀的帖木儿，把下一个进攻的对象，定为明王朝。

宋晟回任甘肃后，西域地区就不断有帖木儿帝国的消息传来，对此宋晟极为重视，他一面广泛搜集情报，一面加强防备，在哈密地区设立卫所，作为抵挡帖木儿帝国入侵的缓冲地带。建文三年（公元1401年）七月，朱棣攻入南京，推翻了在位的建文帝，次年改元永乐。宋晟随即向朱棣上报了有关帖木儿帝国的动向，并向朱棣保证"敌之虚实，吾已尽知，若敢来犯，必痛击也"。朱棣随即向甘肃地区增兵，并命宋晟节制各路军队，至此明军已经在西北地区做好了精心的准备。永乐二年（公元1404年）四月，结束了对土耳其征战的帖木儿召开蒙古人大会，宣布要反明复元，率20万大军悍然发动了东侵，却不料在行至哈萨克斯坦阿雷河流域时意外病逝，一场大战就此消解。帖木儿去世16年后，曾跟随帖木儿南征北战的名将盖耶速丁作为使节出使明王朝，在沿路参观了甘肃地区明军城防后，他在回忆录里感慨道："我不得不承认，大帝（帖木儿）病死于征途，是一件多么幸运的事情，这让他保全了一世战无不胜的美名。"

经过靖难之役登上皇位的朱棣，虽然在猜忌臣子方面不亚于朱元璋，但对于镇守西北的宋晟，却始终是毫无保留地信任。朱棣登基后，宋晟手握西北重兵，权倾天下，也曾有御史弹劾宋晟自专，朱棣回答道"任人不专制不能成功"，让宋晟在西北放手行事，并在登基后的第二年加封宋晟为西宁侯。宋晟也很会做人，此后镇守西北，大小事情无巨细皆上奏，更多次请求入朝汇报工作，真正做到了早请示晚汇报。朱棣的谋士，有"靖难第一谋士"之称的姚广孝也对宋晟赞不绝口，赞叹道"今西北烽火渐熄，百姓安居，此晟之功也"。

永乐五年（公元 1407 年）七月，征战一生的宋晟，终于闭上了疲劳的眼睛，于凉州任上溘然长逝。噩耗传来，朱棣大为悲痛，追封宋晟为郧国公。而在西北当地，甘肃、哈密，西域多地部落皆自发为宋晟举哀，就连国子监的甘肃籍士子们，也自发为其举丧。在他离去的身后，元亡后一度中断的丝绸之路，此时又是一派欣欣向荣之景，原本荒凉的陕甘大地，已是胡商云集、贸易繁荣的国际化都市。他亲手打造的甘凉精骑，更是一支不朽的手臂，终明一世，佑护中国西北诸省。

第五章

明王朝的"高考分区划线"

　　说到朱元璋的统治，有一个名词不容回避——残暴。残暴的方式，就是屡兴大案。

　　历史学界，很早就有"洪武四大案"之说。所谓"四大案"，即空印案、郭恒案、蓝玉案、胡惟庸案，简单的名词后面，是千万颗人头落地。

　　四大案中，空印案和郭恒案都是贪污腐败案，前者因官员使用盖有官印的空白文书，激起朱元璋震怒，前后株连数万人。后者因户部侍郎郭恒贪污官粮，再次兴起大狱，株连上万官员。蓝玉案和胡惟庸案都是谋反案，受牵连的大多是跟随朱元璋打天下的功臣，前后十余年，屠戮上万人。桩桩案件，皆是血雨腥风。

　　但要论对后世的影响力，四大案中不论哪一桩，都有限得很。胡惟庸案、蓝玉案两案株连无数，朱元璋的本意是为他的后人接班扫清障碍，谁知事与愿违，反导致即位的建文帝无将可用，靖难之役中败给了朱棣。至于空印案和郭恒案的目的，则是为了整顿吏治，扫清腐败，然而即使在当时，面对贪官屡杀屡不绝的情况，朱元璋本人也曾感到绝望，发出朝杀而暮犯的悲叹。而后明王朝吏治腐败，贪污横行，或许更是朱元璋生前想不到的。

然而却有这样一桩案子，论株连人数和规模，皆无法与四大案相比，但案件产生的影响，却远比四大案深远，不但终明一世，甚至波及今日。这就是发生在洪武三十年（公元1397年）的南北榜案。

一

南北榜案，又称刘三吾舞弊案，与四大案公说公有理的争议不同，这桩案子，是一件彻头彻尾的冤案。

明朝洪武三十年二月，正笼罩在蓝玉案血雨腥风中的明王朝，迎来了其三年一度的科举会试，在这个蓝玉案株连甚众，无数官员落马的非常时期，此次科举的结果，也无疑将对朝局产生微妙的影响。正因其重要性，在主考官的选择上，朱元璋煞费苦心，经反复斟酌，终圈定了78高龄的翰林学士刘三吾为主考。

刘三吾在当时可谓大儒，此人是元朝旧臣，元末时就曾担任过广西提学（相当于省教育厅厅长），明朝建立后更是多有建树。明王朝的科举制度条例就是由他制订，明初的刑法《大诰》也是由他作序，此外他还主编过《寰宇通志》，这是今天中国人了解当时中国周边国家的百科全书。他与汪睿、朱善三人并称为"三老"，《明史》上更说他"为人慷慨，胸中无城府，自号坦坦翁"，可谓是人品才学俱佳的士林领袖。选择他为主考，既是朱元璋对他本人的认可，也是朱元璋对这次科举的期望。

然而刘三吾不会想到，他的一世英明乃至身家性命，都会因为这次科举而葬送，一切，都源于一个谁都不曾想到的低概率事件。

洪武三十年二月，会试开始，经一月考核，选出贡士51名，又经三月初一殿式，点中陈安邸为状元，尹昌隆为榜眼，刘谔为探花。然而仅仅6天过后，明朝礼部的大门就差点儿被告状的砸破，大批落榜考生跑到明朝礼部鸣冤告状，南京街头上，更有数十名考生沿路喊冤，甚至拦住官员轿子上访告状，短短几日里，整个南京城沸反盈天，一片喧嚣。科场舞弊成了南京百姓街头巷尾津津乐道的话题。

喊冤的原因，很简单，也很奇特。当年会试中榜的 51 名贡生，清一色的来自南方各省，竟然没有一名北方人。因此街头巷尾各式传言纷飞，有说主考收了钱的，有说主考搞地域歧视的，种种说法，皆是有鼻子有眼儿，直让主考们浑身是嘴也说不清楚。

消息传来，明王朝上下震撼，先后有 10 多名监察御史上书，要求朱元璋彻查，朱元璋的侍读张信等人，也怀疑此次科举考试有鬼。朱元璋本人自然恼怒，穷人出身的他，一生最痛恨的就是贪污腐败，营私舞弊。事件发生仅几天，三月初十，朱元璋正式下诏，成立了 12 人的调查小组，这其中有曾经怀疑此次科举舞弊的张信等人，也有以学问著称的严叔载、董贯，还有以忠直敢言闻名的周衡、黄章等人。成员的选择上，可谓是做到了公平、公正。

然而调查小组经过数日的复核，到该年四月末做出的调查结论，再次让朱元璋瞠目结舌：刘三吾等人的阅卷公平、公正，以考生水平判断，所录取 51 人皆是凭才学录取，无任何问题。

结论出来，再次引起各界哗然。落榜的北方学子们自然不干，朝中许多北方籍的官员们更纷纷抨击，要求再次选派得力官员，对考卷进行重新复核，并严查所有涉案官员。然而震怒下的朱元璋，却做出了一个更加极端的决定。

是年五月，朱元璋突然下诏，指斥本次科举的主考刘三吾和副主考纪善、白信三人为蓝玉余党，尤其是抓住了刘三吾 10 多年前曾上书为胡惟庸鸣冤的旧账，认定刘三吾为反贼，结果涉案诸官员皆遭到严惩，刘三吾被发配西北。曾质疑刘三吾的张信更惨，因他被告发说曾得到刘三吾授意，落了个凌迟处死的下场。其余诸人也被发配流放，只有戴彝、尹昌隆二人免罪。此二人得免的原因，是他们在复核试卷后，开列出的中榜名单上有北方士子。六月份，朱元璋亲自复核试卷，开出了一个更令人瞠目结舌的录取名单：51名中榜贡士，竟然清一色是北方人，无一名南方人。

该事件以后，明王朝的科举制度，发生了一次重大的变革。从此明朝的科举录取，不再是全国统一划线，相反分成了南北榜，即南北方的学子，按照其所处的地域进行排名，分别录取出贡生后，再统一参加殿式。这个制度不但此后沿用于整个明、清两朝，与今天高考中的分区划线，也有异曲同工之意。

朱元璋用搞平衡的办法处理了这次震撼明王朝的科举大案，但案件背后的谜团，依然值得深究。

二

深究南北榜案，第一个疑团是：为什么经过两次复查，中榜的依然清一色是南方人，究竟是舞弊，还是巧合？

解答这个问题，就不得不面对一个现象——中国经济文化中心的南移。

这个现象，从唐王朝安史之乱时就已开始，到南宋时期则进一步扩大。北宋灭亡后，大批的北方文化精英南逃，使南方文化开始了长足发展。南宋灭亡后，元王朝一度废除了科举制，虽然在后期重开科举，但汉人的录取比例极其少，科举出身的官员，在元王朝政府中的地位也极低。长江以北的中原地区，在历经了金朝、元朝几百年的异族统治后，无论经济还是文化，早已大大落后于南方。在元王朝的科举中，中榜的汉人，也多来自安徽南部与江南地区。朱元璋起兵平天下的年代里，彼时中国文化界最负盛名的人物，更是来自浙江的浙东四才子——吴征、刘基、章溢、宋濂。

早期创业的朱元璋，也正是因为笼络到了大量的江南文化界名人，才得以迅速壮大实力。朱元璋的谋士朱升、李善长等人，同样都是来自安徽南部与江南等地的才俊。

明朝以前，中国南北方文化教育的先天差距是巨大的，明朝建立后实行的教育体制和考试制度，非但没有弥合这个差距，相反则继续拉大。先说教育体制，明王朝的教育体制，早在朱元璋打天下时就确立了，各地的府学、州学、县学，最早都设立于朱元璋早期的占领地，如安徽、江苏等江南地区，北方大规模重设学府，普及教育，多是在洪武元年朱元璋北伐元朝之后，无论从师资水平还是开展程度，比起南方都相去甚远。当然北方并非无人才，山东、山西两省一直为教育大省。但朱元璋厉行文化专制，明朝早期，北方士子对新政权多持观望态度。朱元璋的几度文字狱，遇害者大多是北方文人，因此许多名士们隐居山林，对明王朝采取不合作的态度。如此境况，明朝早期北方教育远落后于南方，似是情有可原。

明朝科举，以八股文取士，这种考试方式本身就给南方学子提供了优势。今人说八股文，多以为是明王朝首创，其实八股文取士，开始于北宋王安石变法，当时王安石革新科举制度，提出以经义之学取士，但对文体无特殊要求，这是八股文的开始。随着时间推移，对八股文的要求越发细化，其风格特点也日益明朗。明朝科举的实际制定者，正是浙东四子中的刘基和宋濂，其考试规范、考试范围、考试要求，更适合江南学子。每次开科，南方学子自然驾轻就熟。

事实上，从洪武三年明王朝第一次科举考试开始，南方考生的成绩，就一直在北方考生之上。比如洪武三年的科举乡试，南方的录取名额是350人，北方仅有250人。南北榜案之前的明王朝6次廷试，状元清一色都是南方人。而从录取比例上看，也有南方中榜者逐渐增多，北方中榜者日益减少的趋势。南强北弱的大格局，明王朝上下其实早已心知肚明。

然而饶是如此，为什么到了洪武三十年，会发生清一色南方人中榜这样的低概率事件呢？而早已心知肚明的朱元璋，为什么会做出激烈的反应？

　　事实上，科举考试，从来都不仅仅是一个考试问题，更是一个政治问题。低概率事件的发生，以及朱元璋的激烈反应，都与一件政治事件有关——蓝玉案。

　　震动明王朝上下的蓝玉谋反案，持续数年，株连人数达到10万人，其中尤以各级官吏居多。蓝玉常年镇守北方，案件爆发后，因他而遭株连的官员，也多为北方人，其中科举出身的北方官员甚多。血雨腥风下，许多读书人甚至视做官为畏途，纷纷逃避科举考试。其实在这次科考之前，明朝礼部的奏报上就曾说："今北方士子，应试者减半也。"

　　作为一个深谋远虑的政治家，朱元璋自然深懂恩威并施之道，在经过了长时间的清洗之后，"威"已施过，选择合适的机会施"恩"，缓和与北方知识分子间的矛盾，稳固统治，就成了他的必然选择，而科举是最好的方式。然而无论是最早作为主考的刘三吾，还是曾质疑刘三吾，后来又受命复核试卷的张信，都是心无杂念的纯知识分子，坚持以才学取士，南北考生水平上的差距，外带二人的公正，就造成了这样一个匪夷所思的事件。满朝哗然之后，朱元璋自然不能承认南北考生水平差距的事实，这样等于开罪于北方士子，南北榜的出台，也就成了最好的折中办法，诸位公正的考官，只好无奈地做了替罪羔羊。

　　在南北榜事件中，既然朝廷上下对这种现象心知肚明，却依旧引起轩然大波，使各路朝臣议论纷纷，在案件中相互指摘，推波助澜，最终酿成各考官的冤案。除却上面所说的政治目的，还有一个由来已久的问题：中国科举制度的南北矛盾。

　　说到这个矛盾，还要追溯到宋朝。中国官场向来有"南相北将"之说，但在宋朝，却完全不是这么回事。北宋的科举，素来重北轻南，北宋真宗以前，所有的宰相都是北方人，北宋开国皇帝赵匡胤就曾在宰相堂手书"南人不得坐此堂"。宋真宗后，南方考生得中者渐多，宋朝的文化名士，如"三苏"等人也多来自南方，到司马光为相时，又曾设置"分路取士"法，压制南方考生的录取名额。到元朝时期，虽恢复科举，但色目人和蒙古人得到优待，汉人遭到排挤，被打压的考生，又多为南方人，南北方考生之间的名额之争，其实由来已久。

明朝建立后，朱元璋在位30年里，南方学子可谓扬眉吐气，在历次科举中占有绝对优势。北方学子除了争夺科举中极少的名额外，只能通过监生、举荐等非科举方式入仕，在官场中也多受压制。南北榜事件的发生，恰好给了诸多北方官员反攻倒算的机会。在整个事件中，连篇弹劾考官的御史们，大多来自北方，告发张信与刘三吾串通舞弊的，正是河南籍御史杨道。如此情形，连后来修《国榷》的谈迁也感慨："众议汹汹，非为公怒，乃为私怨也。"

三

随着洪武三十年南北榜糊涂案的落幕，明王朝南北分榜的考试制度也就此确立下来，在其后的时日里，它不断被修正，到明朝中期，终变成了南榜北榜中榜（安徽以及西南诸省）的划分方式。录取比例也固定在南榜55％、北榜35％、中榜10％。万历时期更进一步，在科举中增开了"商籍"，解除了朱元璋时期对商人子弟应试的种种限制。清朝建立后，也沿用了这个分榜制度。

客观上讲，明朝的分榜制度，积极作用确实不少，比如普及文化教育（提高落后地区考生的学习积极性），平衡政治关系，乃至维护国家统一（在少数民族地区推广科举制度），等等。而负面作用也不容回避，其中重要的一条，就是对明朝官场老乡政治的推波助澜。

自南北榜划分之后，明朝官场上的官员关系，除了师生关系外（座师与门生），老乡关系也呈越演越烈之势，同期中榜的考生，地域之间的亲疏尤其明显。甚至同榜而出的考生间拉帮结派，也渐成常态。明朝万历时期大臣丘橓就曾总结道："而今朋党有三途，同榜而出为其一，座主门生为其二，同年而出为其三。"乡党关系，反而凌驾于师生关系之上。万历末期至天启初期令后人诟病的党争，朝中分为齐党、楚党、浙党相互攻击，分榜制度，确是其温床之一。

第六章

谁有资格接朱元璋的班

一

谈历史，历朝历代的皇子夺嫡之争无不吸引眼球。时至今日，在琳琅满目的各类或正史或戏说的历史剧中，从来都是永恒的主题，很精彩，却多是戏说演义。

朱元璋时代，诸皇子的夺嫡之争，更为后世人所关注。因为这场钩心斗角数十年的权力游戏，最终演变成一场席卷中国北方，兵连祸结达三年的内战——靖难之役。因之，我们耳熟能详的人物尤其多：造反自立，历经苦战最终篡位成功，坐拥天下的皇四子——后来的永乐皇帝朱棣；龙御天下，却昏招频出，最终以全国之地败于地方诸侯，兵败如山倒，失去龙位并最终下落不明的皇太孙——建文皇帝朱允炆。相形之下，在洪武朝时代最早被立为接班人，担任储君数十年却最终英年早逝的朱元璋长子——大明懿文太子朱标，长久以来是一个被关注不多的人物。

抛却戏说的虚构，解读洪武时代诸王夺嫡的来龙去脉，必须从这位皇太子开始。

二

朱标,朱元璋长子,元至正十五年生人,元至正二十七年(公元1367年)被立为世子,次年大明开国,年号洪武,顺理成章地成为皇太子,从此开始了长达24年的储君生涯,洪武二十五年(公元1392年)病逝,年仅37岁。洪武三十一年,其子皇太孙朱允炆即位,尊奉其为明兴宗,葬于南京明孝陵。

这位英年早逝的皇储,一生有太多引起后人争论的话题,比如他的出身问题,《明史》记载其为马皇后亲生,从清末开始,以潘柽章为代表的学者提出异议,认定其生母为朱元璋侧室李淑妃,时至今日,依旧各执一词。

未引起世人太多争论的,是这位储君的形象,在大多数有关他的评价里,朱标是一位体弱多病、怯懦胆小、知书达理、优柔寡断,在朱元璋的阴影下战战兢兢一生的可怜太子。这个形象,一方面来自朱棣篡位登基后,御用文人们在史书上对其的刻意抹黑;另一方面也拜他那位合法登基却痛失天下的儿子建文帝所赐,后人总结建文帝失败的教训,也就自然而然把身为其父的朱标看成一类。

事实真的是这样吗?还是让我们仔细梳理一下朱标的储君生涯吧。

三

朱标初立世子,是元至正二十七年,朱元璋亲手选定了刘基、章溢、叶琛、宋濂四位当时名儒为其老师。同年冬天,令朱标以长子身份,回凤阳老家祭祀祖先,行前谆谆教诲,要朱标访求父老,知我创业之不易。可见,早在大明开国前,眼光长远的朱元璋便利用各种机会,对其悉心培养,寄托厚望。

而从朱元璋的培养方式看，我们不难了解朱元璋期待的是一个怎样的继承人。台湾学者李光涛对此的评价最为到位：朱元璋对于继承人的期待，与他自比汉高祖分不开，在他打天下的每个步骤上，都事事以汉高祖为师，对于储君的培养更不例外，戎马一生的他，希望能培养出一个合格的守成之君，开创属于大明朝的承平盛世。

而从实际情况看，确实如此。朱元璋为朱标礼聘的先生，多为当时的大儒，后来大明开国后，朱元璋更是费尽心思，在内宫设大本堂，苦心搜罗各类图书，并招揽天下名儒为朱标授课，选拔青年才俊与之伴读。他还制定严格的太子行为章程，让太子举手投足、待人接物，都要按照儒家礼法行事。但朱元璋并不想把儿子培养成酸腐文人，多次训诫宋濂等人要"用实学导之"，又选拔一批颇有政望的能臣干吏，担任太子宾客，定期讲解治国之道，其中就有我们前文提到的韩宜可。平日里忆苦思甜教育也抓得紧，经常借用一切机会向儿子回忆创业时期的艰难，而担任太子东宫官僚的，是大明王朝开国时期的文武两大支柱：文官之首李善长，武将之首徐达。

由此我们也可总结出朱元璋对接班人的基本要求：宽宏仁德、礼敬贤臣，却要治国有方、睿智通达，更要行为正派，体察下情，深味民生，与民休息。纵览之下，这实在是一个儒家思想里仁君的范本。

而朱标做得又如何呢，自被立为太子以来，他对宋濂等授业恩师始终礼敬有加，公开场合，常恭敬以宋师相称，年节朱元璋给他的赏赐，必分出一份赠予宋濂，后来宋濂的孙子宋慎被揭发为胡党，朱标更是倾力相救，郭恒案、空印案等明初贪污大案株连甚重，朱标主张从轻，并为此和朱元璋争执。户部尚书茹太素因奏章行文啰唆，遭朱元璋责打，朱标为其说情，并连夜送金疮药和补品，宽慰道"此事乃卿之旧习，非卿之错"。连弟弟秦王和晋王被控告"横行不法""图谋不轨"，引得朱元璋大怒，还是朱标出面说情，帮两个弟弟脱罪。甚至随朱元璋外出巡视时，也时常将自己的食物分发给沿途缺衣少食的百姓，可谓深得民心。后来建文帝重臣方孝孺赞他"孝友仁慈，出于至性""为人友爱，仁孝感婴孩"，诚非虚言。

这是一个善良、宽容、友爱兄弟、学识渊博、礼贤下士的大明储君。那么许多史料里说他"懦弱无能""缺乏治国之才"，又是否是事实呢？

从洪武十年（公元1377年）开始，22岁的朱标开始受命处理政事，朱元璋命令群臣"一切政事并启太子处分，然后奏闻"，并传授朱标处理国事的四要诀——仁、明、勤、断。在这刻意的锤炼里，朱标未让朱元璋失望，他悉心学习，勤于政事，遇事时常建议行"宽通平易之政"，虽屡遭朱元璋否定，却也对其日渐满意。洪武二十四年，朱标受命出巡陕西等地，一路考察民情，获益良多，归京后又全力维护遭朱元璋囚禁的弟弟秦王朱樉。此后身染沉疴，于次年病逝。

一个从22岁开始就以储君身份协助父皇处理政务，且始终保持独立见解，更累积丰富经验的太子，可见是具有相当的治国能力的。至于史不绝书的有关朱标的软弱，倒是另有几个鲜明对比的例子：一是洪武七年，朱元璋宠妃孙贵妃去世，朱元璋命太子领诸皇子着孝服服丧，朱标认为不合礼法，坚决拒绝，气得朱元璋险些挥剑砍他。二是洪武末期，朱元璋大肆屠杀功臣，朱标为此求情，朱元璋找了一根满是刺的木棍叫朱标去拔，朱标不敢动手，朱元璋训诫道："我杀功臣，就是要为你拔掉这些刺。"谁知朱标毫不示弱，反驳道："帝王是尧舜一样的帝王，大臣才会是拥护尧舜的臣民。"一番话直把朱元璋气得暴跳如雷，又险些冲儿子挥拳动粗。

即使在明白了父亲的残暴，甚至可能面临生命危险的情况下，依旧毫不退让，坚持原则。综上，朱标的形象终于清晰起来：一个宽厚仁德，博学多才，深受儒家思想熏陶，为政宽容，仁爱兄弟，拥有丰富行政经验和能力，外柔内刚的人。条条素质，完全吻合朱元璋对接班人的要求。这既是朱标自身的性格使然，也是朱元璋刻意培养的结果。若非英年早逝，继位的朱标，很可能是一位堪比文景的仁君。

从朱标身上，也不难看到朱棣等人难入朱元璋法眼的原因。一直觊觎皇位且战功卓著的四皇子朱棣，其性格几乎是朱元璋的翻版。戎马一生的朱元璋下定决心培养一个仁君继位，特别是其在晚年意识到一生为政严苛而造成的种种弊病后，更坚定了这一选择，从而毫不犹豫地将皇位的接力棒传承到性情最接近朱标的皇太孙朱允炆手中。而朱棣等叔王们之所以不能成为皇位的合法继承人，实在是应了一句话：性格决定命运。

四

说完朱标，自然要说说朱标的弟弟们，那些觊觎皇位已久的藩王们。明洪武十一年（公元 1378 年），朱元璋正式建藩封王，封其 24 个儿子为藩王，分镇各地，藩王拥有自己的护卫，每年钞 5 万贯，米 5 万石的供给。诏令一下，群臣哗然，先后有叶伯巨、王朴、叶居升等大臣上书反对，尽遭屠戮。

有人指摘朱元璋此举不吸取历史教训，而从当时看，分封藩王显然是为中央集权做准备。在明初大封功臣，诸多功臣尾大不掉的背景下，分封藩王恰是牵制权臣，进而收拢军权的最好方式。朱元璋也对藩镇的危害采取了预防措施，编订《皇明祖训》，令诸皇子恪守执行。多数藩王护卫最多不超过 5 万人，无力对抗中央。例外的，是 9 个担负驻守边疆任务的藩王，分别是：皇次子秦王朱樉，驻西安；皇三子晋王朱棡，驻太原；皇四子燕王朱棣，驻北平；皇十三子代王朱桂，驻大同；皇十四子肃王朱楧，驻甘州；皇十五子辽王朱植，驻广宁；皇十六子庆王朱栴，驻甘肃庆阳；皇十七子宁王朱权，驻大宁；皇十九子谷王朱橞，驻宣化。这 9 位藩王皆担负守土之责，虽按规定不能理民政，却有权调动辖区内的军队，供其统帅的军队皆在 10 万以上，他们才是中央政府的最大威胁。而按照封建国家长幼有序的顺序，真正对继承人构成威胁的，是三个人：皇次子秦王朱樉，皇三子晋王朱棡，皇四子燕王朱棣。

对这 9 位身负守土之责，却足以威胁到中央政权的爱子，朱元璋同样费尽了苦心，既悉心培养，又严加防范。在他们年幼时，即宣召徐达、李文忠、郭英、耿炳文等功勋宿将，为皇子们讲解兵法战策，并严令"多教习实用之术，莫拘泥兵法条文"。国家有战事时，常令皇子们随军征战，亲身体会战事。其中的几位皇子，更在其安排下与朝廷武将结成姻亲，比如燕王朱棣娶了中山王徐达的长女，宁王朱权纳了长宁侯耿炳文的次女，武定侯郭英的两个女儿，分别嫁给代王朱桂和辽王朱植。诸王就藩后，其岳丈家亲属皆被留在京城，以收牵制之效。太子训导叶伯巨曾谏劝朱元璋对诸皇子"遣名师多教习仁义之法，以防二心"。朱元璋怒他"离间皇室宗亲"，愤而将其拷问致死，但对其意见也尽数接纳。洪武十八年（公元 1385 年），朱元璋从全国各地精选 10 名当世高僧，分派给太子以及 9 位守边藩王讲经说法，意图通过此举令儿子们懂得仁德之道、慈悲之心。起初颇见效果，次年刑部尚书开济上表称赞此举令各位皇子"深明陛下训导之心，德行大进，诸藩有口皆碑"。但万没料到的是，这 10 位当世高僧里，分派到北平燕王府的，恰是后来朱棣的亲信，策动谋划靖难之役的第一谋士——姚广孝。大乱的伏笔，正从此时种下。

生性猜疑的朱元璋，从分封建藩开始，提防的目光始终对准两个人：皇次子秦王朱樉和皇三子晋王朱棡。先说秦王朱樉，他的辖区包括今天陕西全省、甘肃东部、青海北部，正是史家常说的"拥之即坐天下"的八百里秦川，论兵力雄厚，辖区幅员之广，实为九边诸王之最。朱元璋起初对他颇为器重，洪武十一年就藩时曾专赐诏旨，命他要"与民休息"，就藩之后，朱樉屡次率兵出击青藏部落和蒙古，斩获甚多。洪武二十二年（公元1389年），朱元璋令他为监督诸皇子行为的宗人令。因朱元璋多次暗示，南京无王气，意图迁都长安。得此暗示，朱樉卖力表现，大兴土木，不法行为也很多，他在辖区内修筑宫殿，劳苦民力，其兵士也时常勒索地方，欺辱朝廷官吏。斗门知县林云因劝阻朱樉部将征用木材而被殴伤，陕西监察御史安然上表揭发朱樉部将借军屯为名滥征民田，被朱樉部将打击报复，竟被乱兵烧了府邸，险些殒命。当时的御史周观政、韩宜可和曾任陕西参政的张来素等人皆曾上表弹劾，虽遭朱元璋严惩，但他对朱樉的厌恶之心也日生。尤其令朱元璋不满的，是朱樉曾在青海、甘肃等地私自招募番族壮勇，不向朝廷上报，反编作自己亲军，此举犯了朱元璋的大忌。洪武二十四年，借"擅修宫室，滥用民力"之罪，朱樉被召还京城，随即被关入宗人府看押。朱元璋令太子朱标巡视陕西，查访朱樉的不法行为。好在朱标厚道，巡视回来后极力为弟弟开脱，终让朱樉得到赦免，放归陕西。经此大难，朱樉对太子感激不尽，从此小心做人。洪武二十八年朱樉病逝，临终前叮嘱世子朱尚炳道："吾家受国恩深重，国家有事，汝要好生扶保社稷，勿生二心。"朱元璋和朱标父子的红脸白脸，恩威相施，终令秦王一脉忠心耿耿。

相比之下，皇三子晋王朱棡的口碑更差，他坐镇的太原，也是兵家必争之地，精兵强将甚多。洪武二十三年，朱棡率军与燕王朱棣一起北征蒙古，关键时刻临阵退缩，深入大漠不足几十里就匆忙撤兵回师，不过也成就了朱棣燕兵孤军深入大漠，大破蒙古骑兵的美名。同哥哥朱樉以及弟弟朱棣相比，他军事才能相去甚远，劣迹却有过之而无不及。史载他容貌"修目美鬓，顾盼有威"，行为却是"败絮其中"。在洪武十一年就藩太原的路上，因嫌饭菜太烫，竟当场鞭打曾侍候朱元璋20年的老厨师徐兴祖，气得朱元璋派快马送书训斥："徐兴祖跟随我20年，从未受过责罚，你竟敢当众侮辱他，若再有类似事情，定惩不饶。"朱㭎不但不收敛，反而变本加厉。虽不像二哥朱樉那样大兴土木，却在当地横征暴敛，掠取民财。比如，当时山西的农民，除交国家赋税外，每年还要交晋王过生日的礼敬，数额是国家赋税的3倍。过往的商旅，甚至朝廷的官方商队，也要向他缴纳保护费。他的日常花费也惊人，身为藩王每年朝廷虽有厚赐，但于他"仅供月余之用"。当然他也不是没做好事，太原城即是他主持重修，今为联合国文化遗产。对四弟朱棣，常年以来朱㭎也百般提防，不但派特务潜入北平监视朱棣，更利用入京朝见朱元璋的机会大肆打小报告。但他的不法行为终瞒不过朱元璋，洪武二十三年，在秦王朱樉遭囚禁后不久，派驻山西的锦衣卫经历杨赣揭发晋王朱㭎九大罪，包括搜刮地方、敲诈官衙、骄奢淫逸、结党擅权等，尤其是最后一条，几与谋反无异，朱元璋大怒，要治其重罪。恰在此时巡视陕西的太子朱标路经太原，朱㭎借机对朱标苦苦哀求，随朱标一道入京朝见，在朱标的好言相劝下，终令朱元璋肝火平息。躲过一劫的朱㭎如二哥朱樉一样，此后小心做人，却意志消沉，"购美眷日日饮宴为乐，终不问兵事"。洪武三十一年三月，朱标先于其父朱元璋撒手人寰，谥号恭王。

而从后来靖难之役里发生的事情看，朱元璋对这两个儿子做的一切还是有效果的。朱樉之子朱尚炳，朱㭎之子朱济喜，皆出兵勤王，与造反的皇叔朱棣血战多年，虽未阻击朱棣篡逆成功，却可称对中央忠心耿耿。

从中我们也可以看到朱元璋对待藩王的学问，恰如著名明史学家孟森指出的："中央朝廷与散布在边关的地方藩王，是国家权力天平的两端。双方力量的平衡，就是国家政局的平衡。"终朱元璋一生，为维护这个平衡，他与朱标分工合作，恩威相济，可谓是煞费苦心。

但这个平衡，却终于在他死后，被起兵造反的皇四子燕王朱棣打破了。论原因，还得说说朱棣本人。

五

在众多史料里，朱棣被形容为一个常年来处心积虑，企图谋夺皇位的野心家。但不容否认的是，在当时，他是诸藩王中最令朱元璋放心的人。

朱棣篡位成功后，为其篡位寻找合法性，对史料大加篡改，比如加上了皇太孙陷害燕王，燕王屡受太祖褒奖之类的虚假情节。但有一条是可信的，朱元璋生前对朱棣之器重，在众皇子中仅次于太子朱标。比如朱元璋那句知名的赞誉朱棣的话语"棣儿类我"，实出自洪武朝末期兵部尚书鲁思俊的个人笔记。具体情节是洪武二十一年明军北征蒙古，朱棣率燕军深入不毛之地，大破蒙古军，迫降北元大将乃尔不花，招降 5 万人。捷报传到京城，朱元璋喜不自胜，对兵部尚书鲁思俊赞道："棣儿类我。"靖难之役时，鲁思俊已然作古，联想到其曾身为太子朱标以及皇太孙朱允炆讲师的身份，可见这段记录的可信性是极高的。而朱棣也再接再厉，两年后的三月，朱棣再次受命出师北征，先破元将索林帖木儿的大军，再乘胜追击，打败当时北元柱石哈剌兀。在彼时明朝功勋宿将纷纷遭到屠戮的情形下，横空出世的朱棣，实为大明九边最卓越的将星。时人燕王善战的评语，诚为实情。

战功冠绝诸兄弟之上的朱棣，在当时的诸藩王里，是个口碑甚好的人，既无秦王的骄横，更无晋王的奢靡腐化。在洪武九年随朱元璋巡视老家凤阳时，他就留心民间疾苦，史载"民间细事，无不究知"。自就藩以来，在其属地爱惜民力，巩固军屯，协助地方官员发展生产，在洪武十八年、二十年两次调拨军队，协助地方府衙兴修白沟河、滦河水利，多次亲临工地带头示范，终使当地灌溉千里，营建北平城时，动民夫数万，"补恤甚厚"。

边境操练演军时，但凡有践踏民田，毁坏百姓财物的行为，一律重金补偿。划定军队屯田范围时，强调"不与民争利"，曾将怀来附近千亩良田让与附近农户，"另择低洼贫瘠之地屯耕"。对待麾下兵将以及地方官员的贪污行为，也毫不手软，多次接受乡民诉状，上书朱元璋揭发当地府衙的不法行为，惩治多名贪官污吏。对其军中兵将的扰民行为也毫不姑息，先后重办数名曾追随其出生入死的亲兵。特别是洪武二十二年，掌管北平军械钱粮的司谷（相当于后勤部部长）刘通贪墨事发，朱棣令刘通持刀，与麾下遭克扣的30名士兵相搏，顷刻间刘通就被剁成肉酱。甚至在多年后朱棣起兵造反，建文帝派大军征缴前，国公徐辉祖就建言：燕王"深得民望，军纪严明，冠于九边，不可轻视也"。

在洪武朝时代，不仅朱棣属地的官民对朱棣称誉有加，就连当时朝中以忠直敢言著称的几位直臣，对他也赞不绝口。敢于纠劾权贵的监察御史韩宜可，一生揭发权贵重臣无数，却唯独对朱棣推崇不已，其弹劾晋王的奏章里写道："若诸王以燕王（朱棣）为楷模，凡事以安民俭省为首任，实为大明之福。"太子朱标巡视北方，归来后在为晋王、秦王开脱的同时，也称赞朱棣"四弟安民营边，仁勇兼有，为边陲柱石也"。对素来痛恨贪官污吏，崇尚简朴，重农爱民的朱元璋来说，这一切自然为朱棣增加了不少印象分。

朱棣的目标显然不是做柱石，心怀大志的他，能让朱元璋彻底放心，是因为他的不争。洪武二十一年、二十三年，朱棣两次北征得胜，卓越战功，只得到朱元璋"宝钞十万贯"的封赏，与他的那位临阵脱逃的三哥晋王无二，晋王得赏后尤嫌不足，时常牢骚满腹，朱棣反而毫无怨言，相反屡屡上书，坦言自己"功不及赏"。如此谦虚谨慎，自然让朱元璋心中的天平倾斜。

洪武二十五年太子朱标病逝，朱标之子朱允炆被立为皇太孙，朱棣侦得朱元璋对蓝玉日生不满，遂向朱元璋进言蓝玉是"跋扈将军，日久将尾大不掉，恐祸及太孙（朱允炆）"。令朱元璋杀心顿起，次年大兴蓝玉案，株连数万人。凭此举，朱棣既向朱元璋表明了立场，彻底打消了朱元璋对他的怀疑，又除掉了日后自己起兵夺权的最主要对手（蓝玉是太子朱标的舅舅，也就是未来建文帝朱允炆的舅爷），可谓一举多得。

纵使朱棣巧妙表现，朱元璋也对他器重有加，但在朱元璋眼里，朱棣只是个柱石，做不得天子，原因正在"棣儿类我"的一句话上。朱元璋对接班人的要求，是一个宽容的仁君，而不是自己"刚猛治天下"的翻版。"类我"的朱棣自然是不符合要求的。而就实力而言，朱棣尽管权镇一方，在当地深得民望，其军队也骁勇冠九边，但若对照一下孟森在前文关于朱元璋中央与藩王关系的论述，我们不难看到，朱棣的边上，是两个已被治服帖的哥哥秦王和晋王。且不说中央以全国治一隅的优势，单是这两个已对朝廷忠心耿耿的藩镇对他的牵制，就令他难有动作。这个权力的平衡，若无意外，朱棣是无法打破的。

但意外偏偏发生了，洪武二十八年秦王朱樉病逝，洪武三十一年晋王朱棡病逝，在朱棣这个中央的最大威胁浮出水面的同时，也扫清了朱棣起兵的障碍。秦、晋两王的继任者朱尚炳和朱延喜年纪尚轻，防卫蒙古勉强可以胜任，出兵与朱棣争锋却不是对手。两大藩镇对朱棣的牵制不复存在，最终有了靖难之役 3 年的战火连天。清赵翼就曾为此感慨：天佑燕王，祸及苍生。

对苍生来说，这样的天意究竟是福还是祸，清大儒谷应泰对此的看法是："靖难三载，虽杀戮甚重，藩镇之患却终消解，倘无此役，任诸侯尾大不掉，唐末割据恐重演也。"此言确有道理，因洪武末年的夺嫡之争而造成的靖难之役，其结局虽令建文帝丢失宝座，但篡逆成功的朱棣此后厉行削藩，不断解除藩镇的权力，终建成了大明朝的中央集权，保持了国家的稳定。否则，若干年之后，明朝很可能演变出唐末五代十国的乱象。靖难之祸的结局，确实是福所依。

这场变乱还有一个意想不到的结果，靖难之役后，登上龙位的朱棣为防诸藩王有样学样，下诏将九边藩王逐一内迁，导致北方防务松懈，长城以南明朝防卫蒙古的各类缓冲地带逐渐沦陷，蒙古部落日益南下，肆虐大明边关。土木堡之败的伏笔即由此而种下。特别值得一提的是，朱棣将驻扎在开原的韩王朱松及其属下三万精兵护卫，尽数南迁至福建，在当地任命部落首领猛哥帖木儿为大明建州卫指挥使，世袭镇守。200多年后，这个世袭镇守的家族，崛起了一个大明王朝的掘墓人——清太祖努尔哈赤。福兮，实为祸所伏。

第七章

明朝版的张骞——陈诚

一

说起纵贯欧亚大陆上千年的丝绸之路，言及通西域的伟业，今人最先想到的是西汉博望侯张骞和东汉定远侯班超两位先驱。在中华民族的地理大发现时期，二人前后相继，远行数万里，历尽雨雪风霜，任千难万险，刀兵相向，却不屈不挠，不辱使命，终通好西方列国，宣中华国威于域外，开绵延千年的丝绸之路，其英雄功业，历经千载，至今令人心向往之。

而永乐皇帝朱棣在位的 22 年，也堪称中华民族又一次地理大发现时期，这一时期与大明通好甚至纳贡称臣的国家多达 80 余个，远达中非地区。彼时七下西洋，开拓万里海疆的三宝太监郑和早已名垂千古，而另一个与之有关的杰出外交家——五使西域、重开万里丝绸之路的陈诚，相形之下，历代史家着墨并不多。事实上，这位被三宝太监的光辉所埋没的大明使节，以其坚韧的决心，无畏的斗志，先后五次西出阳关，远赴西域，与郑和一海一陆，共开万国来朝的盛景。

陈诚，字子鲁，号竹山，江西吉水人，元至正二十五年生人，吉水当地人物志记载他自小"博文强志,悉通藏回蒙等诸番语"。洪武十八年,陈家礼聘闲居在家的明初大儒梁寅为其老师,朝夕相处后,梁寅对陈诚之父赞叹道:"汝子性机敏犀利,虽难有将相之才,却可建定远、博望之功也。"

虽有此赞叹,也悉心好学,但"四书五经"于陈诚终非强项,数年之下虽经苦学,却终差强人意。洪武二十六年中进士,次年中贡士,殿试中三甲,终于金榜题名,但成绩比起诸多位列一甲、二甲的才子们,可谓是相形见绌。陈诚先在翰林院任检讨一职,是个从七品的小官,比同榜的一甲、二甲同年们都要低。虽如此,陈诚却不因官职低微而废言,朝廷的内外政策但有错处,皆大胆上书建言,洪武二十八年,秦王朱樉镇压甘肃临洮叛乱,"破吐蕃部落万人",捷报传来,群臣皆称贺,唯独陈诚认定此举"草率举兵,恐遗怨怒",上表建议朝廷速派使者招抚,引得朱元璋大怒,一度欲将陈诚下狱,幸好兵部侍郎齐泰劝解,力言陈诚"通晓边事,干才难得",才让朱元璋肝火平息。一年后,陈诚人生的转折点终于到来,朱元璋升陈诚为兵部驾部员外郎,出使西域撒里畏兀儿,从此,他开始了跋涉万里的一生。

这次出使的起因是洪武二十四年,建国于今天新疆的东察合台汗国的入贡。东察合台汗国,是从昔日蒙古帝国的察合台汗国分裂出来,其疆域包括今天新疆伊犁以及中亚部分地区。公元 1391 年,东察合台汗国可汗黑的儿火者遣使入南京朝见朱元璋,从此正式确立了对明朝的藩属关系。然而东察合台汗国在奏章里对其西部邻国帖木儿帝国的描述,却引起了朱元璋的重视。

说到当时活跃在中亚的帖木儿帝国,中国史籍记录不多,但这个起于西察合台汗国,在中亚南征北战,被西方史学界赞为"成吉思汗后蒙古又一伟大征服者"的帝国,此时也渐成明朝在西部的又一威胁。早在洪武三年,朱元璋派傅友德西征,连破甘肃、青海、新疆东部元军的时候,帖木儿也推翻了原西察合台汗国的统治者，此后南征北战，向西击败奥斯曼土耳其帝国，向南屡次攻掠印度，拓地无数，连远在欧洲的西班牙国王也尊其为义父。对于东边的大明王朝，帖木儿态度素来恭顺，洪武二十一年，明朝获得捕鱼儿海大捷后，帖木儿即遣使至南京，尊奉大明王朝为上国，但是，根据法国历史学家布里哇的《帖木儿帝国》一书中的记录——"他的终身梦想就是解除对中国的臣服"。

在东察合台汗国入贡时，帖木儿正屡屡兴兵，侵扰东察合台汗国边境，双方互有胜负。东察合台汗国的奏报，加上朱元璋先后派往帖木儿帝国的两批使臣遭到扣押，令朱元璋意识到帖木儿帝国的野心，因此明朝先调开国功臣西宁侯宋晟镇守凉州，再派使节出镇西域，意图加强西北防务，初出茅庐的陈诚，承担了这个任务。

陈诚果然不辱使命，洪武二十九年（公元 1396 年）冬，陈诚抵达柴达木盆地，招抚当地部落。曾有人建议明朝"尽逐番人，移民实边"，陈诚坚决拒绝，力陈此举"有伤天和"，此后陈诚委当地部落首领为官，在柴达木盆地建立安定卫、曲先卫、阿端卫三个军事要地，并请朝廷派遣户部熟农务官吏，在当地推广中原先进农业生产技术，发展生产。此举令当地游牧部落从此转为定居生活，令各部落"归附如流"。一年后，安南侵扰大明边陲，陈诚又被委派出使安南，越南史料称他"不卑不亢，言辞稳中带利，尽展明朝天威"，终让安南君臣恐惧，遣使至南京谢罪。建文四年，陈诚又调任广州府管事，在当地调解色目户（即元灭亡后滞留在内地的色目人，主要是阿拉伯国家移民）与当地乡民的纠纷矛盾，尊重少数民族风俗，主持修缮当地清真寺，当地各民族从此和平相处。几件大功，也令善抚夷事的陈诚，从此在大明政坛崭露头角。

二

永乐二年，疆土已达极盛的帖木儿在其首都撒马尔罕（今乌兹别克斯坦撒马尔罕）召开中亚蒙古人大会，宣称要反明复元。随后起倾国兵力20万，悍然发动了对明王朝的东征，消息传来后，朱棣命凉州左都督宋晟整军备战，而陈诚在柴达木盆地设立的三卫，也整军经武日夜备战，但是年冬天，帖木儿在行军途中染病过世，声势浩大的远征最终无疾而终。

帖木儿过世后，其国家陷入内乱，他生前钦定的继承人孙子哈里，与四子沙哈鲁为争皇位相互激战，反明复元大业算是搁浅了。此时，明朝也在西北频频动作，永乐四年（公元1406年）朱棣在新疆哈密设哈密卫等军事要地，派驻重兵，正式行使对今天新疆地区各藩属国的主权。内外交困下，帖木儿帝国开始着力修复与明朝的关系，一年后，首先继承帖木儿帝国王位的哈里释放早年遭帖木儿扣押的明朝使臣傅安、杨德文等人，并托其带去帖木儿帝国意在与大明修好的愿望。永乐五年六月二十二日，这支"失踪"数十年的使团终于重归京城，一时"举朝皆感其忠义"，而此时已调入文渊阁的陈诚，在得知帖木儿帝国正陷入夺位内战时，立刻向朱棣建言"速派使节，熄其兵火，宣示天朝威德"。永乐六年，朱棣派曾出使帖木儿帝国的郭骥为使节率团出使，带去朱棣的亲笔书信。在帖木儿帝国当地调解内战两派——哈里和沙哈鲁的纠纷，夺位成功的沙哈鲁最终将被囚禁的哈里释放，封伊剌黑为其封地，持续帖木儿帝国3年的内战终于和解。次年，正式成为帖木儿国王的沙哈鲁派使团至南京朝见朱棣，送上豹子、狮子等礼品。双方重新恢复了朱元璋时代的宗主国关系，从此友好往来。

首先建言速派使节的陈诚，之所以没有得到这一委派，是因为此时的他已成为文渊阁参议，正协助解缙编纂中华历史上规模最大的皇皇巨著——《永乐大典》。其间他广泛搜集史料，将历代中国王朝出使外邦的详情，以及中国周边列国的风貌资料尽数整理编纂，我们今天能够了解诸多中国古代外交家的英姿，以及古代中国与列国友好往来的历史，陈诚功不可没。

三

永乐十一年（公元 1413 年）九月，已是吏部封验司员外郎的陈诚，终于迎来了自己的二赴西域之旅——以大明使团典书记身份率八名使节出使帖木儿帝国。对于这次出使，陈诚计划周详，行前就请朱棣精选"故元遗臣后人"随行。使团从北京出发，经玉门关进入西域，历经一年多长途跋涉，终于在次年十月抵达帖木儿帝国首都赫拉特（今阿富汗赫拉特城）。陈诚走访帖木儿周边中亚诸国，以大明国使的身份先后册封达什干、迭失迷、赛兰、沙鲁海牙等国国王。永乐十二年（公元 1414 年）十月，帖木儿国王沙哈鲁在其都城赫拉特设盛大仪式欢迎陈诚一行。会见期间，陈诚以其优雅的大国使节风范，得到了沙哈鲁的敬重，当然也有不和谐的插曲，沙哈鲁麾下大将，祖上曾是元朝重臣的仇华派阿哈黑当场发难，指责明朝是驱元而起，素来是蒙古人仇敌，此来不可不防。陈诚则针锋相对，坦言"国之运祚，在德不在威"。接着一一列举前元朝的各族旧臣在明朝受到优待的事实，并令使团里的回族官员萨都木现身说法。正告帖木儿国君臣：明朝与帖木儿国的通好，是"行德安民之举"，若其再争执，只会"祸连贵国苍生"。有礼有节的应对令帖木儿国君臣上下叹服，阿哈黑当场被沙哈鲁下狱。曾在帖木儿帝国占有重要地位，历来主张对明朝开战的仇华派从此彻底失势。其后沙哈鲁多次在其内宫设家宴款待陈诚一行人，并令其继承人乌格拜见陈诚，表达世代愿与大明友好的愿望。在帖木儿国留居期间，陈诚还走访当地知名宗族、商会，结好驻帖木儿国的各国使臣，逐一驳斥逃到当地的故元遗臣对明朝的歪曲描述，"驳荒悖之论，尽言大明仁德"，而中国使团带来的瓷器、丝绸等精美礼品，更在当地产生了轰动效应。苏联蒙古史学家弗拉基米尔·佐夫对此有高度的评价："这是一次对帖木儿帝国对外国有着深远影响的外交盛事，这位睿智的中国使节（陈诚），不但用他善辩的口才和高贵风度得到沙哈鲁的敬重，更向帖木儿国民展现了中国博大的文化和强盛的国力，以及睦邻友好的真挚诚意。从此之后，无论时局怎样变动，对东方（明朝）的友好政策，成为他们始终不变的选择。"永乐十三年十月，陈诚一行人返归南京，向朱棣献上记录他出使心得以及中亚各地风貌的著作《西域行程记》和《西域番国志》，这是两本详细记录中亚国家风俗民情的专著，不但在中国史料里有重要地位，更被西方学者所重视，近现代还有不少西方历史学家专程来到中国，重金求购此书。这次归国随行的还有中亚乃至西亚各国派来朝见的使团，最远的甚至有埃及马穆鲁克王朝的使节，人数多达 300 人，可谓万国来朝。大明与中亚、西亚国家的朝贡关系，自此巩固下来。

二赴西域后，陈诚向朱棣建言，力主朱棣接受各国请求，开放与西方各国的双边贸易，坚称此举不但能够"消减边关之患"，更能"岁增巨赋，收百年之利"。朱棣采纳了陈诚的建议，在新疆哈密、甘肃凉州等地设立互市，允许西域各国商队来此贸易。这一政策的连锁反应是帖木儿帝国也重修了原本因战火而废弛的伊朗西部古驿道，连贯至土耳其乃至埃及地区。至此从元末开始荒废的丝绸之路，重现商旅繁荣的盛景，中国的丝绸远销西亚和东非地区，中东甚至欧洲的商品与文化典籍，也渐次输入中国，值得一提的是，中国宋元数学的著名成就高次方程求解法，自元末失传后，在这一时期由阿拉伯数学家重新传回中土。此后明朝虽国策变动，但这条商路始终未断，直至明朝末年的崇祯时期，陕西西安和甘肃凉州等地，依然是西方商旅云集的国际化都市。

永乐十四年（公元1416年）四月，陈诚率使团三赴西域，这次的主要任务是同西方各国议定每年互派商队的数量，达成贸易协定。陈诚准备充分，并请朱棣"择派户部精于商务者"随行。值得一提的是，后来在土木之变后，凭口才折服瓦剌，迫使其放还明英宗的能臣杨善也在其中，这些人在随后陈诚与西方各国的商贸谈判里发挥了重要作用。是年八月，陈诚再抵帖木儿帝国，与帖木儿帝国愉快达成商贸协议的同时，更赠予沙哈鲁一件他精心准备的礼物——由明朝宫廷画师精心绘制，画有沙哈鲁进献给永乐皇帝宝马的《奔马图》。沙哈鲁感动不已，不但热情招待了陈诚一行，更亲手写了一封致朱棣的书信，朱棣也回复了一封同样热情洋溢的信件，坦言两国"相隔虽远，而亲爱愈密，心心相印，如镜对照"，并希望从此后"两国臣民，共享太平安乐之福也"。两位当时东西方最强大帝国君主的通信，诚为世界和平的千古美谈。

而这千古美谈的牵线者陈诚，则于永乐十六年（公元1418年）第四次被派往西域出使。这次出使前，陈诚母亲罗氏病逝，按照习俗陈诚须在家丁忧3年，但朱棣认为"非子鲁不可担此任"，命他"夺情视事"。是年十月初二陈诚一行抵达帖木儿国首都赫拉特，这次出使，他给帖木儿国带来了朱棣特命翻译的中国北魏贾思勰的《齐民要术》和北魏郦道元的《水经注》两部典籍。陈诚主动与帖木儿国主管农业的官员接洽，详解书中的疑难之处，甚至在陈诚的建议下，沙哈鲁还在其王宫里开辟了试验田，中国先进的农业灌溉技术从此在中亚地区广为传播。陈诚归国时，沙哈鲁竟"相送百余里，不舍之情溢于言表"。这感人的场景，也在许多中亚和西方的史料中有记载，而送别的双方谁也未曾想到，此时一幕，竟为永别。

永乐十八年（公元 1420 年）十一月，陈诚携中亚各国回访使团 500人返归北京，朝见正筹谋北征蒙古的朱棣。朱棣特意派 6000 精锐骑兵从肃州开始一路护送，此时北京周边重兵云集，旌旗招展。朱棣允准帖木儿使臣在当地自由参观，各路部队不可妄加阻拦。他还在明军三千营、五军营、神机营中挑选精兵，为使臣们表演马术骑射、步兵突击、火器操练等军事科目。史载帖木儿使臣初来时，以"吾国无此风俗"为由，拒向朱棣行叩拜礼，仅行鞠躬礼，但在历时半年的参观后，临归国前再次觐见，却齐行跪拜礼，"叩首触地"。帖木儿使团首领阿尔都沙更对朱棣坦诚相告：此次帖木儿国进献的名马，乃是沙哈鲁父亲帖木儿南征北战时的御用坐骑，素来是帖木儿国的国宝，这次进献给朱棣，正是"欲表示最敬之意也"。一番话令朱棣龙颜大悦，下令厚赐。帖木儿使臣归国后，对此次出使的详情记录颇细，近现代西方史学家对明朝军事实力的研究，大多以此为依据。这次出使无疑收到了"不战而屈人之兵"的效果。陈诚也因功升为从三品广东布政使右参政。此时正是安南叛乱之时，大批安南（今越南）难民乘海路涌向广东，广东都指挥使陈震建议严禁难民入广东，违者格杀。陈诚全力阻止，一面严捕难民中劫掠百姓的盗贼，一面在广东屯门、虎门、东莞设立帐篷，将难民集中安置居住，发放食物及生活用品，又一次善抚夷事。

永乐二十二年（公元 1424 年）正月，在广东政绩卓著的陈诚再次被调往北京，筹划他人生里第五次的西域之行。使团于四月四日出发，五月到达甘肃时，忽传来朱棣病逝的消息，即位的明仁宗朱高炽下诏停止这次出使，陈诚在安抚了哈密、柴达木地区的少数民族部落后，于十一月返回北京。此时的明仁宗"不务远略"，大规模的出使行动遂中止，属于陈诚的舞台也就此结束了。次年陈诚辞官回乡，念其通夷事的才干，明宣宗下诏令他"回籍听用，年赐双俸"。宣德三年（公元 1428 年），帖木儿国再派使节出使大明，并热情邀请大明派使节回访，其中坦言帖木儿国王沙哈鲁对陈诚挂念不已，希望大明再派陈诚出使，但被明宣宗婉拒。此时归乡后的陈诚在临川修"奈园"，与诸多好友成日吟诗作对，过着田园式的闲居生活。宣德五年，他开始撰写人生中最后一本外交著作《历官事迹》，除了记录自己五次出使西域的全过程外，更详细阐述了有关双边谈判，招抚异族，尊重少数民族习俗，通商贸易等方面的种种学问。后来明朝的几代名臣李东阳、杨廷和、王崇古等人都对此书推崇备至，近代洋务运动先驱者李鸿章等人也从中受益匪浅。另一本专门记录中越之间边界划分的著作《与安南辩明丘温地界书》，确认了中越之间几百年来的传统边界线，直到 20 世纪，还是中越边境谈判的重要参考资料。33 年后，陈诚再次出山，被明英宗朱祁镇任命为正二品光禄寺右通政，天顺二年（公元 1457 年）病逝于官邸，享年 93 岁。

这位五出西域，通好外邦，宣示大明国威的著名外交家，尽管一生品级低微，但确为中世纪中国外交史的重要人物。在中亚乃至西方，陈诚也声名远播，今天的乌兹别克斯坦、哈萨克斯坦等地，都保留了不少陈诚使团当年出使的遗迹。苏联历史学家弗拉基米尔·佐夫对他的评价甚为公允："这个杰出的中国外交家用诚恳的态度和不放弃的精神，化解两大世界最强帝国之间的矛盾，为帕米尔高原周边各民族带来安宁与和平，是 15 世纪最杰出的和平使者。"

第八章

为朱棣"融资"的夏原吉

一

说起通过靖难之役篡逆而起的永乐皇帝明成祖朱棣，除了篡逆的行为被后世颇多指摘，登基之后倒行逆施，大肆屠杀建文旧臣的行为招致抨击外，历史学家对其在位22年的评价还是挺高的。

纵观朱棣执政的22年，可谓丰功赫赫：重开大运河，编修《永乐大典》，经营边疆，西部建哈密卫，东北设努尔干都司，册封蒙古三部，西南改土归流，册封西藏活佛，往吐鲁番、伊犁、哈密派驻署理宗教事务的僧纲司，巩固发展大明统一的多民族国家。对外遣陈诚通西域，派郑和七下西洋，通好外邦，向大明称臣的属国多达80余个，最远抵中非地区。派军平安南，不战而威服日本，五次北征蒙古，平鞑靼，克瓦剌，大展天朝军威……文治武功，伟业赫赫。因而《明史》在承认其"倒行逆施，惭德亦可掩哉"的同时，也赞道他"幅员之广，远迈汉唐，成功骏烈，卓乎盛矣"。

而这"卓乎盛矣"的时代，自然英杰辈出，文有编修《永乐大典》的大明三大才子之一解缙，操持国事，有开大明内阁先河，创阁体诗的三杨内阁，武有平安南的名将张辅，以及五次亲征漠北的朱棣本人，还有威服四夷的杰出外交家郑和、陈诚。然而诸多光辉夺目的人物，却掩映不住一个人的光辉——永乐朝户部尚书，被海内外诸多明史学家赞为"永乐盛世大账房"的名臣——夏原吉。这全因一个最简单的道理：这个集列朝所有鸿业于一身的时代，列列伟绩，归根结底都离不开一个字——钱。

为这最简单的道理，且让我们看看他默默无闻，却值得尊重的一生吧。

二

夏原吉，字维喆，元至正二十六年（公元 1366 年）生人，生于江西德兴，后随做教谕的父亲迁居湖南湘阴。据说其母生他时，梦见屈原来到房中，故称他是三闾大夫（屈原）转世。他看似出身高贵，自幼却家境贫寒。13 岁时父亲过世，生活更是雪上加霜，穷人的孩子早当家，小夏原吉不但刻苦读书，更在附近教蒙学以贴补家用。他学苏东坡之法，将每月的工钱分 30 份悬挂在墙上，每日取用一份，微薄的收入，竟能被他支配得井井有条。其师知道后惊叹道："小小年纪，尤善理财，来日必理大明天下之财。"数年之后，身担大明朝户部尚书重任的夏原吉，果然实现了老师的这一预言。

洪武年间，夏原吉考取举人，为节省学费，他进入了大明最高学府国子监学习。其刻苦态度颇得执掌翰林院的宋濂赏识，经宋濂推荐被选入翰林院负责抄写文稿，别人三天打鱼，两天晒网，在上班时间嬉笑打闹，唯独夏原吉正襟危坐，安心抄录，每次都既快又好地完成任务。其兢兢业业的态度引起了朱元璋的注意，随即破格提升他为六品户部四川司主事。从此，在这个掌控大明朝财政大权的部门里，夏原吉开始了终其一生的辛劳。

夏原吉为人低调沉默，但一语既出，必切中要害，与喜好旁征博引、口才卓越的杨思义全然不同。但两人都是通才，不拘泥于"四书五经"，对算学和工程制造都多有研究，更重要的是，两人都有过贰臣经历。建文皇帝朱允炆即位后，升他为户部右侍郎，靖难之役3年间，他操持国家财政，供应前线军粮，费心费力。后建文帝事败，朱棣大兵入城的建文四年六月十三日，不知城中变故的夏原吉正在值房上夜班，连夜点算城防所需用度，最先投靠朱棣的兵部尚书茹常率兵闯入，绑了夏原吉交到朱棣面前，声言夏原吉在靖难之役中"助纣为虐甚多"，激得朱棣颇为恼火，问夏原吉有何辩解。夏原吉不慌不忙答道："君上殉难，臣子理当死节，只是请殿下容臣三天。"朱棣一愣："为什么？"夏原吉答："户部尚有账目未点算完毕，此事关乎黎民生计，请容臣三天内做完，再随先君赴死。"这个临危不惧且至死还牵挂工作的能臣，终于打动了朱棣，当即下令将夏原吉释放，官复原职留任，两个月后又提拔为户部左侍郎，事实证明，他没有看错人。

　　在升官为左侍郎数月后，永乐元年四月，夏原吉得到了他任上的第一个重要差事：赴江南治水。彼时江南，是大明朝物产最为丰富之地，是税收的主要来源。可自洪武三十一年以来，连年暴雨成灾，导致粮食减产，国家赋税大损。朱棣颇为重视此事，早在入主南京初期，就先后派遣工部侍郎吴中、兵部侍郎方宾于建文四年八月、十二月两次下江南治理。可这两位跟随朱棣北来的老班底不通南方水情，以致徒耗民力，劳而无功。因而夏原吉此行，朱棣甚为重视，行前专门派督御史俞士吉送水利书籍给夏原吉，两个月后，又派户部右侍郎李文郁前往协助。夏原吉到后，先反复考察水情，然后力排众议，更改传统治水方法，提议从吴淞河至太湖之间开凿运河，并在沿途设置水闸，控制流量，以求"涝则分洪，旱则灌溉"之效。此举动用民工10万人，夏原吉以身作则，布衣麻服吃住在工地，亲自督工。旁人劝他注意休息，他却答道：民工都在辛苦，我怎能独享安逸。

众人闻之感动，工程大进。次年，他又督造了连通白秋河至太湖的工程，将江南两大河流贯通起来，至永乐二年九月全线竣工，从此"苏淞农田大利"。值得一提的是，西方采用相同的治水方法，要等到200年后的美国田纳西水利工程时。其江南治水功绩，连朱棣的第一谋士姚广孝也为此称赞夏原吉道："古之遗爱也。"

初建奇功的夏原吉自此得到朱棣荣宠，归南京后愈加器重，不久后升为户部尚书，正式担当大账房。他借此劝谏朱棣废除文字狱，并为朱元璋时代因文招祸的文人们平反昭雪。一番开导，终令朱棣下达了大明朝不因文杀人的训诫，一批之前蒙冤几十年的文人，诸多被封杀的诗文著作，从此重见天日，明朝文化繁荣，百家争鸣，更从此开始。

三

夏原吉在永乐时代的最重要作用，是和永乐时代一系列大功业紧密相连的：造宝船下西洋，编修《永乐大典》，南征安南动兵30万，5次北征蒙古，平均每次动兵50万，经济花费都是天文数字。对比前朝后世，号称丰庶的隋朝炀帝时代，后人赞为富宋的北宋徽宗时代，累积十大武功的清乾隆时代，上述的大动作仅进行了一两样，便招致国库空虚，苛捐杂税丛生，百姓负担激增，以致变乱四起。但永乐时代，虽说难免劳苦百姓，却终能将这些大动作一一完成，个中的奥妙，正在于夏原吉的理财之能。清朝历史学家赵翼曾赞叹说："历朝论理财能者，唯桑弘羊、夏原吉二人也。"将之与西汉经济学家桑弘羊相比，评价可谓甚高。

夏原吉之所以能顺利解决这些问题，在于他高人一等的经济眼光。朱棣的历次大动作中，不断有人提议用增加赋税的办法解决筹款问题，每次夏原吉都坚决反对。他的诀窍，可以概括成一句话："裁冗食，平赋役，严盐法、钱钞之禁，清仓场，广屯种，以给边庶民，且便商贾。"

这些方法中，裁冗食最难办，其内容涉及机构精简，减少皇室开支用度，甚至限制朱棣本人花费等问题。夏原吉知难而上，永乐四年，借筹措下西洋经费为由，请旨裁减中央到地方闲散衙门200个，分流近千人。朱棣每年给诸皇子的赏赐，也经其谏劝，每年俭省近三分之一。朝廷禁军，经其核算淘汰大量老弱残兵，建成兵少战斗力精的三大营。这件件事情都是得罪人的，曾有人向其贿赂以图方便，夏原吉将众人的贿赂之物尽数挂在家中屋檐下，以表清廉之意。接着流言四起，不断有人在朱棣面前进谗言，好在朱棣对其信任有加，多次告诫群臣："构陷夏原吉者，处重罪。"

其他几条政策同时施行，平赋役增加对富户阶层的税收，减免贫民阶层税收，并允许乡民出钱代劳役。清仓场即清理各地仓库，严查贪污，每遇贪墨要案，他亲自核算，屡屡揭穿贪官伎俩。广屯种，招募内地无地乡民去边塞耕种落户。这不是朱元璋时代的强制迁移，而是国家出台优惠政策，用免税和经济补助吸引农民前去落户，结果九边各地22年来户口增倍，最早从内地闯关东的人，也恰出现在这一时期。而各个政策里，最关键也最难办的是两样——严盐法、钱钞之禁。

严盐法是对洪武朝时杨思义倡导的开中法的再调整。开中法自洪武年间实施以来，对巩固国防、加强边地防务起了重要作用，但到永乐时期却情形大变。自永乐八年起，朱棣开始主动出击，先后5次大规模对蒙古用兵，虽捷报频传，但每次出师都在30万人以上，加上下西洋、开运河、通西域等大动作同时进行，财用自然捉襟见肘。无奈之下的夏原吉跳跃性思维，变开中法为严盐法，即由每年商人向九边输粮换取盐引，变为商人仅向北征蒙古的出发地集中输送粮食换盐引。这小小的调整，虽减少了九边其他边镇的收入，却保证国家可以短时间集中大量钱粮，打好北征之战。后来迁都北京时，他旧法重用，解决了大明迁都的经济难题，虽说是权宜之计，可毕竟解决了问题。钱钞之禁是朱元璋时代的历史遗留问题。洪武时代，朱元璋发行纸币，即洪武宝钞，但当时明朝发行纸币并无准备金，导致纸币贬值，物价飞涨。到永乐时期，虽出台禁令，严禁民间金银交易，但老百姓依然对宝钞采取抵制态度。具体方法是，每到用宝钞交易时，就故意哄抬物价；每到用铜钱交易时，便恢复常价，虽时常重惩，却屡禁不止，以致一度纸不如铜。夏原吉反对用强，对症下药，一方面紧缩银根，保障宝钞信誉；另一面让宝钞价格同百姓生活息息相关的食盐挂钩，以维持宝钞经济价值。经济手段确实管用，不久后物价渐趋稳定，国家财政日益平稳。

身为大账房，又面临国家每年花费如流水的情景，自然养成了夏原吉用度谨慎的特点。每年他"谏阻奢靡事百件"，甚至包括宫廷开支和藩王用度等行为。永乐时代的各式大活动，如接待外国使节，修筑河道，乃至练兵设防，样样用款，但凡是由他负责，皆小心百倍，认真核算，能省则省，为此也时常与兵部、户部等部门的官员发生争执，由此得了一个绰号：夏刺头。所谓"刺头"，在当时民间方言里，是小气鬼的意思。

这刺头也终于刺得朱棣龙颜大怒。永乐十九年（公元 1421 年），朱棣欲发动第三次北征，一举平灭鞑靼太师阿鲁台。深感国家财政日益吃紧的夏原吉竭力阻止，触怒了朱棣，加上一直深恨夏原吉的国公张辅以及汉王朱高煦的争相挑拨，夏原吉被解除职务，送内宫监长期关押。幸好深知其才的太子朱高炽从中调解，方才保住了他的性命。在抄其家的时候家中仅布衣和瓦器，朱棣闻之感叹："果然刺头也。"而北征的结果也不幸被夏原吉所言中：朱棣连续发动远征，严盐法渐被滥用破坏，国家财税捉襟见肘，国库空虚，从夏原吉下狱的永乐十九年至朱棣病逝于第五次北征归途的永乐二十二年，仅大米的价格，就从 1 石 1 贯宝钞，上升到 50 贯宝钞。朱棣病逝后仁宗朱高炽登基，赦夏原吉出狱官复原职，首任要务还是解决这通货膨胀问题。夏原吉殚精竭虑，再改严盐法，允许商人用宝钞直接换盐引，规定以300贯换1引，另外继续对皇帝刺头，禁绝宫廷奢靡消费。明宣宗朱瞻基登基后，夏原吉主持改革商税，减少国内关卡，鼓励商品流通，削减收税比例，做到税少而财增，经永乐时代日益空隙的国库，终于重新充裕起来。宣德五年，夏原吉退休，数月后病逝于家，赠太师。这位历事洪武、永乐、洪熙、宣德四朝的大账房，堪称永乐盛世、仁宣之治两大黄金时代的关键人物。

补充一点，素来被认为刺头的夏原吉，也有大方的时候，比如每年划拨给各地收养孤寡老人的养济院的经费，从来都是逐年增加。但凡有各地闹灾，划拨救济粮米均大大超过预算。私生活方面，其亲弟弟从老家来看他，他仅赠米两石，但对京城周边乃至老家的孤苦学子，却时常得其无私资助。在这位大账房眼里，钱用在老百姓身上，也就用在了刀刃上。

第九章

明朝的"越南战争"

明成祖永乐皇帝朱棣在位22年，一生对外征战无数，5次北征蒙古，最远直到今天的俄罗斯境内，连败鞑靼、瓦剌两大部落，放眼当时寰宇，可谓所向披靡。但另一场几乎与之同时进行的战争，长久以来史家却着墨不多——明平安南之战。

安南，即越南古称，明代时期，越南北部称安南，南部称占城，自唐末建国以来，一直是中国西南的友好藩属，从宋至元，始终向中国称臣纳贡。明洪武元年，朱元璋登基不久，安南即遣使来朝，是当时中国周边藩属中最早承认大明王朝为宗主国的国家，从此两国通好。洪武中后期，趁明朝接连发生胡蓝大案，且忙于和北元残余势力相互攻杀时，安南也趁势北进，屡屡侵扰广西宁明等地区。朱元璋一度想南征安南，但终不愿劳师远征，最终只是遣使申斥。到永乐年间，种种矛盾累积，演变成一场一度把大明拖入"越战"泥潭，也给越南当地人民带来无尽灾难的战争——明平安南之战。

二

明朝与安南战争的导火索，是安南国内的一场政变，在今天越南的史料里，被称为"陈黎之变"。

朱棣登基以前，安南的国王，一直由当地陈氏家族世袭，世代受中国册封，史称"陈氏安南"，到洪武末期，其国家大权渐由宰相黎氏家族操控，国王仅保持虚名。公元 1400 年，朱棣发动篡夺皇位的靖难之役时，安南黎氏家族也发动政变，杀死国王自立，黎氏宰相改名胡一元，自封太上皇，掌控大权，由其子任国王。永乐元年他遣使臣到南京，谎称安南国王陈氏病逝无后，自己以外孙身份即位称王，现请求大明以宗主国名义册封。朱棣疑惑之下，派大臣杨勃赴安南查问，结果杨勃被胡一元重金买通，归国后竭力做旁证。疑虑渐消的朱棣遂顺水推舟，于是年八月命礼部侍郎夏止善赴安南，册封胡氏为安南国王。可纸是包不住火的，不几日，原安南旧臣吕伯奢逃到南京，面见朱棣揭发真相，并与安南国使臣当面对质，终于真相大白。上当的朱棣恼怒万分，但当吕伯奢苦求朱棣兴吊伐之师，即用武力帮助陈氏复国时，朱棣却犹豫了。在老挝宣慰司送来了外逃的陈氏王族宗亲陈天平后，朱棣决定采取相对稳妥的办法，先派御史李琦去安南，表示最强烈抗议，申斥胡氏的篡逆之罪。重压之下胡氏家族果然服软，胡一元父子向朱棣上表请罪，并表示愿迎回陈氏家族后人为王。朱棣遂册封陈天平为安南王，命广西左、右副将军黄中、吕毅护送陈天平归国。此举除了伸张正义外，当然也有借机索还安南侵占大明领土的目的，一场篡逆闹剧，似乎在朱棣的软硬兼施下，已然和平解决。

永乐四年三月，黄中等人护送陈天平进入安南境内，到达鸡岭关（今越南老街）时，安南派人前来犒劳，趁明军松懈，突然出动10万大军发动突袭，先劫走了陈天平，接着毁掉了老街通往河内的道路，当着明军的面公开处决了陈天平，而先前明朝派往安南的使臣吕松，也被胡一元杀掉。4000明军进攻受挫，只得仓皇归国。这是公然践踏大明尊严，消息传到京城，朱棣火冒三丈，当廷大骂胡氏父子"蕞尔小丑，罪恶滔天，此贼不诛，兵则何用？"终下定决心——南征安南。

永乐四年七月一日，朱棣发布《讨安南檄文》，声称"命将士出，吊民伐罪"，做好宣传工作，接着命镇守云南的西平侯沐晟任征夷左副将军，从云南进兵，成国公朱能任征夷将军，会同任征夷右将军的新城侯张辅，统十八路将军，从广西进兵，两路齐下，务求一举扫平安南。这次动兵，对外号称兵马80万，而实际兵力也不下30万，除了调动擅长湿热气候作战的四川、云南、广西各地精兵外，更从各地藩王处调集护卫数万人，借征安南而收削藩之效。对此次出兵，精于兵事的朱棣谋划周详，为了防止将帅不和，对朱能和沐晟反复告诫，让他们"不可故违以伤和气"。纪律也格外森严，规定"妄戮之人，虽建功不得赎罪"。写给众位将领的谕告里，更点出了诸如防止敌人埋伏，提防炎热天气和当地瘟疫，以及安抚当地百姓等注意事项。此外朱棣还出奇制胜，派太监马彬调集广东、福建两省水师，沿海路至占城（越南南部），堵截安南逃兵。太监统军，由此而始。

孰料出师不利，征夷将军朱能行至广西龙州时病逝，年仅31岁的张辅临危受命，代理征夷将军一职。张辅勉励众将"昔开平王（常遇春）远征途中去世，歧阳王代之大破元军，我虽不才，愿效前辈。"是年十月，张辅部进入安南境内，稳打稳扎，连克隘留、鸡鸣两关（今越南甘塘、老街），与另一路大军沐晟部会师，合力进攻安南北部重镇多邦。多邦，即今日越南的谅山，自古有"下谅山而越王降"之说，原因在于谅山险要，而其南面却一马平川，大军可长驱直入。胡氏父子也知此战重要，在多邦以宣江、桃江、富良江、陀江四处天险为依托，在当地广挖战壕，修筑防御要塞，密置弓弩火器，其弩箭与火器弹丸皆用毒药浸泡，沾之即死，各式城栅相连900里，更全民皆兵，尽发举国近百万兵民参战，可谓是15世纪越南版的马其诺防线。张辅深知"此城一破，便如破竹"，于是精心策划，先稳住营盘，继而派小股部队陆续发动佯攻，牵制敌注意力，直到十二月五日夜，决战打响，明军发动突袭。之前在护送陈天平时遭安南算计的都督黄中主动请缨，率敢死队（即当初护送陈天平的4000士兵）突围，强攻多邦东门，士兵各个争先赴死，在付出了伤亡过半的代价后，终登上城头。打开了缺口，30万明军顺势强攻，胡家父子苦心经营的多邦防线，一夜间土崩瓦解。城破之时，安南军杀出回马枪，派战象反攻明军，意图力挽狂澜。张辅早有准备，以火枪硬弩瞄准齐射，数千大象尽成活靶子，踩踏安南官民无数，明军乘胜追击，终攻克多邦城，多邦主帅——安南国防部长阮飞明被杀，史载"斩俘无算"。今天不少越南史料考证，越军在这场战斗里的死亡人数不下10万人，南征大局一战而定，此后明军长驱直入，至永乐五年五月，明军在富良江会战中彻底歼灭胡氏父子的水师，斩首37000人，"溺死无算"。胡氏父子败逃后被捕获，押送京城斩首。至此，历时一年的平安南之战，彻底结束。

平安南之战，张辅仅用一年时间，即攻克安南全境，"得府州四十八，户三百三十万"，可称是不世之功。与今人想象不同的是，此时安南并非是普通的蕞尔小邦，多年以来其四处征伐老挝、暹罗（泰国）、占城（南越）等国，甚至年年骚扰中国广西、云南边境。其部分火器装备，比明军还要先进，明朝神机营的部分火器，就是从安南之战缴获越军的火器里改良而来。可见，朱棣平安南之役，实为保障边境平安的自卫反击战争，胜利也颇为不易。明军之速胜，一者是张辅统筹有方，上下三军用命；二者也是策略正确——攻心。自进入安南境内开始，明军便向当地官民广发檄文，声称此来是助陈氏复国，告诫安南百姓不要助逆。此外，明军大军过处，皆纪律严明，与民秋毫无犯，更没收胡家父子的逆产分发当地贫民，越南士民无不"纳款以降"。鼎定战争大局的多邦之战，即是明军以当地乡民为向导奇袭成功，最终平灭胡家父子的富良江之战，更是明军以反抗胡家父子统治的当地义军陈封为先驱，一举大破之。逃窜的胡家父子也被当地百姓捕获了捆送给明军。安南之胜，人心向背是为关键。

永乐五年五月，张辅将捕获的胡家父子捆送南京，并上报说陈氏宗族已被胡家父子屠尽，至今难觅宗族，当地儒生也上万民表，请求允准安南归附大明。朱棣下诏斩首胡家父子，大学士湖广等人建议借机在安南设郡，将之并入中华版图。朱棣的燕王府旧臣纷纷响应，尽管文臣解缙、杨士奇以及第一谋士姚广孝等人竭力反对，但志得意满的朱棣还是欣然采纳，永乐五年六月一日，朱棣降《平安南诏》，晋升张辅为英国公，改安南为交趾，设交趾郡，以工部尚书黄福为交趾布政使兼按察使。正是这个看似威服四夷的决定，令本已南征成功的大明，从此陷入了长达十数年的"越战"泥潭。

三

永乐六年六月，为筹谋北征蒙古事宜，朱棣招驻兵安南的张辅归京，仅留沐晟镇守当地。然而仅过了半年，是年八月，安南战事风云再起，原安南陈氏王朝旧臣简定聚众造反，安南上洪、大塘、同登等地乡民纷纷响应，大举叛乱。此后，简定自称日南王，立其侄儿陈季扩为帝。朱棣闻讯大怒，先怒杀叛军派到南京的使臣，继而大举增兵，调云南、贵州、四川三省精兵4万人，由西平侯沐晟率领征剿，另派兵部尚书刘俊赴安南持诏书招抚，企图剿抚并用。是年十二月，沐晟率军与陈简定在安南生厥江（今越南丰盈县）决战，因轻敌冒进，被简定率重兵合围，激战之下全军覆没，明朝的交趾指挥使吕毅，派往安南招募的兵部尚书刘俊，皆在此战中阵亡。安南建省仅一年有余，局面却迅速糜烂。

究原因，祸根其实早在朱棣决定设交趾郡的时候就种下了，恰如杨士奇当时谏阻时所说："陈氏虽无能，却颇得民望，其民多怀之，其骤行废立，恐至安南士兵皆怨，钻营之徒势起，后患无穷也。"此言不虚，陈氏王朝虽然暗弱无能，但越南百姓对其感情深厚，明军平胡家父子的时候，正是打着助陈氏复国的旗号，方得到越南百姓的群起响应。结果却是改安南为交趾，强行建省，可谓自食其言，兵连祸结也就不奇怪。而叛乱的简定，是原安南陈氏国王的宗亲，跟三国里的刘皇叔差不多，打着陈氏的旗号，自然引得安南诸多百姓纷纷归附。

大乱之下，朱棣再次启用张辅。永乐七年二月，朱棣令张辅督师，发20万大军南下，时朱棣意在北伐蒙古，因此命张辅此战必须速胜。张辅却不急于进兵，到安南后先是安抚当地因战乱逃亡的流民，严惩当地贪暴害民的明朝官吏，继续攻心，直到局面稍稍稳定，才于三月南下慈廉州，直捣叛军老巢咸子关，用火攻之计焚烧叛军战船600艘。至十一月，已平定大部叛乱地区，十一月中，张辅与叛军发动了神投海之战。他令部将朱荣、蔡福率骑兵从陆地包抄，自率水师强攻，水陆并进，斩杀叛军4万多人，并成功俘虏叛军头领简定。至次年一月，张辅已尽数削平各路叛军，唯独简定所立的侄皇帝陈季扩，带兵退守安南义安苟延残喘，眼看朝不保夕。就在这时转机出现了，北方朱棣派邱福北征蒙古，全军覆没，盛怒之下的朱棣调50万大军北伐，并命令张辅火速北上，安南平叛的任务只得重新留给之前兵败的沐晟等人。果然张辅前脚刚走，陈季扩后脚就发动反攻，大败沐晟，安南叛乱平而复反，再成乱局。

永乐八年二月，朱棣北伐蒙古大胜，在成吉思汗的家乡斡难河大破蒙古鞑靼可汗本雅失里，得胜还朝时，趁朱棣心情好，陈季扩再派使者请求册封。这次的使者极尽拍马能事，引得朱棣龙颜大悦，封陈季扩为交趾布政使。一心想求封王的陈季扩大为不满，变本加厉，扩大叛乱。镇守安南的沐晟无能，无力与之交锋，只能收缩防线，勉强自保。盛怒之下，朱棣于三月再派张辅下安南。张辅到任后即出重手，先斩了此前作战不力的都督黄中（多邦之战率先冲锋的敢死队队长），激得军心大振，继而于八月再战神投海，在没有大型战舰的情况下，组成小船突击队，大破安南叛军水师，缴获敌船400艘，攻克陈季扩老巢乂安。永乐十一年十二月，张辅与沐晟合军，同陈季扩在今天越南老挝交界的爱子江决战。陈季扩动用战象8000头冲击明军。张辅多谋，命令明军神箭手瞄准，"一矢射象奴，二矢射象鼻"，结果群象大乱，反而仓皇回逃，冲垮安南军阵，陈季扩全军覆没。经撒网搜捕，终于永乐十二年一月在老挝蒙册将其全家活捉，至此持续数年的安南简定之乱彻底平定。成功平乱后，张辅押解陈季扩全家归京。朱棣命原交趾副指挥使李彬接替张辅，督师安南。

张辅之所以屡次平乱后即被调回，在于此时朱棣的主要精力，还是放在北征蒙古上，安南之事，他只想尽快解决，莫要给北征拖后腿。永乐十四年后，明朝廷把迁都北京提到了日程上，除大力营造北京皇城，疏通京杭大运河外，各精锐部队也陆续北移，对于最南方的安南，益发鞭长莫及。此时在安南，朱棣又用人不当，派亲信太监马齐镇守，敲诈地方贪墨成性的马齐，闹得安南百姓怨声载道。张辅北归后，安南各地小规模的反抗始终未停过。接替张辅的李彬，人品还算好，但懦弱无能，守土还算尽职，但未有张辅之才。永乐十六年一月，安南清华府土官巡检黎利召集各部在兰山会盟，再次举起了反抗明王朝的大旗，这就是越南历史书上至今大为宣讲的"兰山会盟"。

关于黎利，中越两国史料评价各有不同，明朝的史料称他是逆贼，越南的史料称他是民族英雄，但两国史料都承认一个事实：他是安南历次叛乱的所有领袖里，最有才能，也最得民心，人品也最好的人。曾多次作为使节出使安南的永乐时代名臣李琦就在后来给明宣宗的奏折里赞他"礼敬贤才，优恤百姓，行事睿智果敢，行军谋而后动，德行才能，皆为胡（胡家父子）、陈（简定、陈季扩）等逆贼所不及也"。如此评语，确为英雄。观其履历，他出身平民，却自幼好学，原是跟从陈季扩叛乱的金吾将军，因为陈季扩的亲信暴虐害民而与之反目，在爱子河会战前投奔张辅，因助明军剿灭陈季扩有功，被封为清安土官。张辅走后，镇守中官太监马齐在当地暴虐害民，黎利的小女儿也被马齐拐走，卖到皇宫为奴婢，从此下落不明。深仇大恨下，黎利于永乐十六年一月会盟各地安南土官举兵。明安南督师李彬无能，加上镇守太监马齐大肆采办珠宝，激得当地民众反抗四起，所以李彬虽然东征西讨日不暇给，兵乱却越剿越大，黎利之势越剿越强。消息传到京城，此时张辅正协助朱棣筹谋继续北伐蒙古的事宜，着实走不开身，加上太监马齐欺上瞒下，于是朱棣命令李彬戴罪征剿。可怜李彬，之后几年被黎利数次以奇计杀败，损兵无数，在永乐二十年（公元1422年）忧惧而死。这几年明朝之所以未像以往一样火速调兵平叛，是因为此时明朝国内正发生山东青州唐赛儿起义，加上用兵蒙古的战略重点，三线作战，力不从心。

永乐二十年李彬牺牲在工作岗位后，朱棣才遣精兵，以荣昌伯陈智挂帅南征，这支明军能打，接连在昌东、甘林之战击败黎利，逼得黎利逃往老挝求援。继而明军与越南、老挝联军在老挝农巴力大战，明军调重炮轰击，大破之，斩杀15000余人，老挝国王吓破了胆，立刻向明军请和，并答应交出黎利，谁知黎利抢先一步逃走，躲入越南俄乐山区中，其残部化整为零，开辟抗明根据地，联合当地山民同明军打起了游击。陈智才能终比不得张辅，之后两年屡次围剿，却劳而无功，双方再次陷入了相持。永乐二十二年朱棣病逝，即位的明仁宗朱高炽意图"和平解决"，派人册封黎利为清化知府,黎利拒不从命,而安南辖区的乡民也纷纷起事,响应黎利。一年后,继位的明宣宗朱瞻基再遣精兵,撤换了在此地苦战多年的陈智,启用成山侯王通为帅征剿。宣德元年二月,王通进剿俄乐山,遭黎利部将黎善伏击,损失 5000 人,交趾按察司陈洽战死。这场小败把王通吓破了胆,竟私自与黎利议和。接连受挫下,明宣宗改派安远侯柳升为帅,会同曾征剿安南的老将沐晟,从广西、云南分两路进兵,起 7 万大军征剿。可同是燕王旧将柳升的才能比张辅差太远,宣德二年九月,柳升在倒马坡战役中遭黎利包围,损失 1 万余人,其本人阵亡,随行的都督崔聚和工部尚书黄福整顿残兵继续进军,再次被打败,几乎全军覆没,二人双双被俘。值得一提的是黄福,他之前曾多次在安南各地做知府,为官清廉,爱民如子,深受百姓爱戴,今天越南民间,还有不少有关他为民做主的清官戏。这次明宣宗派他重回安南,也是为了攻心,谁知事与愿违,被俘后的黄福受到黎利的优礼,黎利亲自请他上座,并叩拜说:"倘大明官员都如阁下,我又怎能会反?"此外,对于被俘的明军官兵以及明朝百姓家属,黎利也下令优待,伤者施药救治,死者敛尸厚葬,有愿归国者更发放路费,礼送出境。曾有其亲兵擅掠明朝官民,黎利闻讯大怒,斩亲兵 8 人,并训道:"你等此种作为,与天朝(明朝)阉官何异?"大明公公,成了越南军民的反面典型,足见马齐对安南祸害之深。种种善举下,明军攻心不成,反倒被攻心,驻安南各地明军士卒"逃亡者十之四五"。而受命从云南进兵的沐晟,得知柳升败讯,竟不战而逃。先前同黎利私自讲和的王通,此时连战连败,仅存两万残兵,连同数万明军家属百姓,被黎利重兵围困在东都(今越南河内)。至此,安南之局,已然不可收拾。

百般无奈下,明王朝只好旧话重提,重议杨士奇一直力主的册封安南之策,户部尚书夏原吉以及英国公张辅拼命反对,张辅更亲自请缨,自请 10 万兵马,誓一年内讨平黎利。但近 20 年来安南这场降而复叛的拉锯战,已让明宣宗君臣厌倦，大学士杨荣的话更一针见血："国家之安危所系，在北不在南"，终让明宣宗下了弃安南的决心。是年十月，明宣宗遣礼部侍郎李琦（即永乐时代多次出使安南的那位）为使臣，到安南宣布赦免黎氏罪过，并册封黎利拥立的原陈氏王朝宗族陈暠为安南国王。在此之前，被围东都的王通已私自和黎利议和，得到不再进犯的允诺后，黎利将被围安南的两万明军尽数放回。之后明宣宗正式弃安南，废明朝设在安南的三司，明朝驻安南各级文武官员，各镇军队，以及百姓家属总计8.3万人尽数撤回。一年后，陈暠死，明宣宗顺水推舟命黎利"权署安南国事"。黎利权署安南国事期间，仿中国制度开科取士，推广儒学，并学习朱元璋的垦荒令、军屯制，休养生息发展生产。明英宗正统元年（公元1436年），黎利病死，其子黎元龙被明英宗正式册封为安南国王，这就是历史上的越南黎氏王朝。其后，两国虽在嘉靖时代又发生摩擦，但和平相处终成主流。

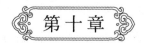

第十章

蒙古和明朝是啥关系

一

清乾隆三十六年（公元1771年）六月九日，新疆伊犁河察林河畔，离乡背井飘零一个多世纪的蒙古土尔扈特部，从伏尔加河流域出发，冲破沙皇俄国层层阻击经行万里，终在清军的接应下，成功返归中华怀抱。当年十月，清乾隆皇帝在承德避暑山庄接见了被誉为东归英雄的土尔扈特首领渥巴锡，册封其为卓理克图汗，其部落各大小首领也分别按照亲王、郡王、贝勒、贝子、国公等爵位一一册封。其部落全族分六路，分别被安置在今新疆阿尔泰山、伊犁尤都勒斯草原以及博斯腾湖等地，繁衍生息至今。这就是中华民族历史上壮怀激烈的土尔扈特万里东归。

这壮怀激烈的故事中，有一个今人已然忽略的细节：乾隆于承德避暑山庄接见渥巴锡时，渥巴锡先后送上两件礼品：一件是其随身腰刀，表达土尔扈特部永不反叛之意，此事亦成为千古美谈；第二件礼品格外特殊——明永乐七年，明朝永乐皇帝朱棣册封前土尔扈特部首领太平为贤义王的永乐印。送上此物，即表达归附中华之意。

这个不为人所注意的情节，既意味着清朝从此继承了明朝对土尔扈特的统治，也同样揭开了素来为人关注不多的、明朝初期蒙古诸部落的变迁情况。

二

洪武元年，明太祖朱元璋发动北伐，一举攻克元大都，元朝末代皇帝元顺帝仓皇北逃，明朝统一中原。但元王朝依然作为一个国家政权，占据着新疆东部、甘肃西部、青海北部、内蒙古、外蒙古、东北三省以及今天俄罗斯阿穆尔省的广大地区，并在元顺帝过世后，历经元昭宗腊哈失里、元益宗脱古思帖木儿两代君主，史称"北元"。这期间，明朝曾于洪武五年发动三路北征，傅友德的西路军五战五捷，连克甘肃、内蒙西部、新疆东部大片土地，驱逐北元在这一地的势力范围，中路军徐达部和东路军李文忠部在进兵北元国都和林（今蒙古国杭爱山）时受挫，但也杀伤北元军甚多。其后十多年，明朝设九边，广置卫所，以守为攻步步进逼。洪武二十年，明军再举大兵，以 15 万兵攻辽东，迫降驻守辽东的北元太尉纳哈出，招降 20 万人，并令北元盟友朝鲜改弦易辙，成为明朝附属国，一举"断北元之左臂"。一年后，明军命蓝玉统 15 万大军北征，在捕鱼儿海（今俄罗斯贝加尔湖）大破北元中央军，俘虏北元皇室宗族及军队87000 人，获得元王朝的传国玉玺。只身逃亡的元益宗脱古思帖木儿在土刺河被北元宗亲也速迭儿杀死。洪武二十六年，也速迭儿正式成为北元可汗，但没多久就病逝，随后，黄金家族（成吉思汗后人）争夺可汗的内战持续数年，到明建文四年，非黄金家族的鬼力赤夺取了可汗位，取消了元的称号，恢复了鞑靼的古称，至此，元作为一个政权，成为历史概念。在连年的内战中，蒙古分裂成三大部，即明朝史书中所谓的鞑靼、瓦剌、兀良哈。

先说鞑靼，即由黄金家族统率的蒙古部落联盟，其势力范围主要包括今天鄂嫩河、克鲁伦河和贝加尔湖以南。永乐元年，鞑靼太保阿鲁台杀鬼力赤后，于永乐六年拥立从帖木儿帝国政治避难回来的忽必烈后裔本雅失里为可汗，此后阿鲁台挟可汗以令诸侯，自任太师执掌大权，一面频繁骚扰明朝边境，一面与西部的瓦剌相互攻杀。从洪武末期的朱元璋到永乐初年的朱棣，皆曾多次派使者赴鞑靼处招抚，却被置之不理。

瓦剌，又称卫拉特蒙古，元朝时称斡亦剌，最初居住于俄罗斯叶尼塞河流域，元朝时逐渐南迁，定居在今阿尔泰山山麓至色愣格河一带，共分为三大部：分别是辉特部及其首领秃孛罗、绰罗斯部及其首领马哈木、客列亦锡部及其首领太平。其中的客列亦锡部，即是后来土尔扈特的前身。深通远交近攻的明王朝，自洪武末年开始便频频向瓦剌三部派遣使节，永乐七年，明朝册封辉特部首领孛罗为太平王，绰罗斯部首领脱欢为顺宁王，客列亦锡部首领太平为贤义王，渥巴锡归还给乾隆的永乐印，即是由此而来。其后，顺宁王马哈木渐成其中最强一支，逐渐掌握了瓦剌大权，并与东部的鞑靼长期内战，两家相互攻杀不休的同时，也意图借助明朝的力量。永乐元年朱棣登基后不久，鞑靼、瓦剌同时遣使入贡，朱棣热情接待，其后又利用经济手段大力拉拢蒙古各部，永乐六年朱棣下令在西北设置多处马市，用以招募蒙古部落，他还在边境划拨土地，招抚归降的蒙古人。永乐七年，先是鞑靼国公阿滩布花率部归降，继而鞑靼丞相暂卜率众 3 万归附宁夏，朱棣皆宴厚劳之。明军还时不时在边地招募蒙古人从军，授予官职且赐予汉名，即使偶尔出现归附后叛乱的情况，朱棣的态度也相当宽容。永乐八年，蒙古归附首领虎保误信流言，率部叛逃，朱棣禁止明边军追杀，并派使者骑快马追上虎保，宣布赦免其罪过，并表示来去自由，感动得虎保最后率部南归，后被安置在甘肃临洮一带定居，此后为保卫边疆出生入死，终生对大明忠心耿耿。怀柔之下，终明一世，蒙古人南下归附的事件史不绝书，朱棣的永乐时代尤其多。

至于蒙古三部中力量稍弱的兀良哈，实为朱元璋时代归附大明的辽东纳哈出部整编而来，其属地以嫩江为中心，包括今天西辽河和老哈河一带。明洪武二十二年，朱元璋在当地设泰宁卫、朵颜卫、福余卫，又称兀良哈三卫、朵颜三卫，原为朱元璋之子宁王朱权所统辖，后跟随朱棣参加靖难之役立功颇多。战后，朱棣将宁王南迁至江西，把原属宁王的大宁地区（今内蒙古宁城）尽数划拨给兀良哈三卫，并于永乐三年在吉林开原设立马市，开展贸易。同瓦剌三部在永乐朝接受明朝册封相比，他们早在之前的洪武朝，就成为明王朝的朝廷命官。

明永乐十一年，数次遭明王朝沉重军事打击的鞑靼部太师阿鲁台，接受了明朝和宁王的册封。至此，从朱元璋到朱棣，历经40年苦心经营，鞑靼、瓦剌两部皆接受明王朝的封号，从而建立了蒙古各部相互牵制且由明朝"垂拱而治"的统治体系。终明一朝，蒙古高原风云变幻，这个体系虽偶被打破，却始终未变，最终演变成了清朝的盟旗制度，这个体系也意味着北元时代相对于明朝是外国的蒙古各部落，如著名历史学家朱绍侯所言，变成"明朝中央政府管辖下的地方政权"。

三

维持这个平衡的方式，除了明王朝的怀柔政策外，也有各大势力相互征战中的此消彼长。这一时期的战争，可谓是明蒙战争与蒙古各部内战相互交织，错综复杂。

自永乐元年瓦剌与鞑靼开战以来，在人口和资源方面占尽优势的鞑靼节节胜利，志得意满下，阿鲁台对明朝也极其傲慢。永乐七年，朱棣以祝贺本雅失里继任可汗为名，遣礼科给事中郭骥（即曾被帖木儿扣押近十年的那位大明使臣）至鞑靼王庭和林出使，送还往年交战的俘虏，并赠送彩币等物，且在国书中说"可汗王朔漠，彼此可相安无事"，极力表达和平诚意，孰料阿鲁台竟将郭骥斩首，大明使团中仅随军百户李咬逃回。阿鲁台随即整顿兵马，准备南侵为明朝屏障的兀良哈三卫。消息传来后朱棣震怒，九月派淇国公邱福率 10 万精兵远征，孰料大军行至克鲁伦河后，邱福不听副将李远劝阻，率数千亲兵脱离大部队冒进，遭鞑靼军围歼，邱福阵亡，随后鞑靼军乘胜追击，10 万明军大溃，副将王聪、李远、火真皆战死。败报传来，朱棣决意雪耻，次年正月下诏亲征，集结 50 万大军，于二月十三日出居庸关北进，大军一路扫荡漠北，鞑靼部坚壁清野，远撤避战。经过周密侦察，五月终于在成吉思汗家乡斡难河捕捉到鞑靼军主力。五月中旬，朱棣与本雅失里在斡难河决战，朱棣身先士卒，率麾下亲兵冲锋，本雅失里大溃，仅带 7 人逃窜，朱棣随即下令将捕获的蒙古俘虏全部释放，并发放口粮。攻心下各蒙古部落纷纷来降，六月八日，朱棣军于飞云壑围困阿鲁台，阿鲁台以请降为缓兵之计。朱棣将计就计，先假意与阿鲁台谈判，继而发动突袭，以柳升的神机营火器轰炸，追杀百余里大破阿鲁台。七月三日，大军返归开平。至此，明朝的第一次北征，以重创鞑靼而结束。

战后，永乐八年十二月，阿鲁台遣使谢罪，贡献马匹，并借机恳请朱棣允许他迁至辽东管辖女真部落。朱棣想用阿鲁台牵制瓦剌，故拒绝了阿鲁台的请求，但表示既往不咎。同年十二月，朱棣遣使将阿鲁台流落在明朝，失散近 20 年的哥哥和妹妹送回，从此两家关系渐近。但彼时瓦剌首领马哈木借机坐大，不但吞并了许多原属鞑靼的领土，更捕获了斡难河战后逃跑的蒙古可汗本雅失里。永乐十年五月，马哈木杀本雅失里，并派使臣向明朝邀功请赏，朱棣深感马哈木"此奴骄矣"，双方裂隙日深。次年马哈木又派使者向明朝交涉，要求明朝归还投奔到甘肃、陕西等省的瓦剌部落，朱棣派宦官海童出使瓦剌，当面申斥马哈木罪过，双方关系日益恶劣。阿鲁台趁机在同年连续 5 次遣使入贡，七月朱棣封阿鲁台为和宁王，马哈木闻之大怒，频繁发兵攻打阿鲁台。十一月，马哈木大破阿鲁台，借机兵抵饮马河，意图彻底平灭鞑靼，统一漠北。为不使马哈木得逞，朱棣"决意讨之"。经悉心准备，次年三月十七日，朱棣率 50 万大军再度北进，特命皇长孙朱瞻基（后来的宣德皇帝）随行，马哈木以诱敌深入计，派小股部队不断骚扰明军，且战且退，意图引诱明军深入作战再行围歼，朱棣一路向北，于六月一日抵达忽兰失温，马哈木已在此地集结瓦剌三部最精锐的数万骑兵。六月七日决战打响，瓦剌军屯于高山上，居高临下发起冲锋，朱棣命神机营以火器轰击，继而亲率铁骑冲击，瓦剌三部兵马尽数冲杀，双方陷入混战，一时僵持不下。明军都督朱崇以火器轰击瓦剌军右翼太平部即土尔扈特军，打开缺口，丰城侯林彬（后来客死越南的明安南都指挥使）从左翼包抄，在付出惨重伤亡后冲垮孛罗部，朱棣趁机率亲兵冲击马哈木中军，更命火器齐射，殊死冲击加高科技，瓦剌终于全线崩溃，明军乘胜追击，在土剌河再破瓦剌军，马哈木、太平、孛罗 3 人趁天色已黑分头逃窜。朱棣本想继续北进，但随行的皇长孙朱瞻基劝他"不须穷追"，随即撤兵。此役令瓦剌伤亡惨重，实力大损。蒙古高原局势，再次回到相互牵制中。

瓦剌顺宁王马哈木屋漏偏逢连夜雨。永乐十三年，阿鲁台发动奇袭，杀掉马哈木拥立的傀儡可汗答里巴，马哈木转立成吉思汗弟弟的后裔额森虎为可汗，次年进兵斡难河，又被阿鲁台击败，其本人被杀。朱棣闻讯后遣使吊祭，并命其子脱欢继承顺宁王爵位。永乐十七年、十九年，阿鲁台两攻瓦剌，大获全胜，春风得意之下，他再次拒绝向明朝朝贡，并拉拢兀良哈三卫共同反明。眼看漠北的平衡将再次被打破，朱棣于永乐二十年发动第三次亲征，大军于三月三十日出师，在漠北扫荡数月，最远抵达今蒙古乌兰巴托附近，此时阿鲁台早已远逃。七月，朱棣在回师路上下令对兀结阿鲁台的兀良哈三卫进行攻击，在内蒙古屈裂河大破兀良哈，兀良哈遣使谢罪，朱棣遂班师回朝。阿鲁台虽逃脱，但实力大损，于同年接连被脱欢击败。耿耿于怀的朱棣于第二年七月借口阿鲁台图谋犯边，发动了第四次北征。大军七月出发，在蒙古高原扫荡3个月，终未找到阿鲁台，虽如此，大批鞑靼部落却纷纷归附，尤其是本雅失里之子也先土干来投，令朱棣高兴异常，赐名为金忠，随即于十月回师。金忠将阿鲁台的军事机密尽数相告，并一再怂恿朱棣继续北征。永乐二十二年三月一日，以金忠为向导，朱棣发动了第五次北征。大军在蒙古高原进行地毯式搜索，至六月已行至今俄罗斯境内，却终不见阿鲁台踪影。六月十五日，明军得到情报，阿鲁台就在向西不足百里，名将张辅"自请一月粮，率精骑深入"。朱棣却已厌倦，下令班师。七月十七日，朱棣在回师路上病逝于榆木川，享年65岁。而根据蒙古国史料记录，张辅自告奋勇要求追击的那一天，阿鲁台就躲在距离西边明军主力仅两日行程的哈喇山中，灭顶之灾，就在朱棣的一念间改变。

但阿鲁台躲得了初一躲不过十五，虽未与明军接战，但疲于奔命也导致其实力大损，再加上明朝与瓦剌的两面夹击，阿鲁台日暮途穷。而朱棣至死没想到的是，这个他亲手构筑的蒙古高原战略平衡，因他晚年两次草率的北征被彻底打破。继任顺宁王的脱欢，虽表面上终其一生对明朝采取友好态度，频繁遣使入贡，但实际上既不忠顺更不安宁。他一面于洪熙元年（公元1425年）立本雅失里的侄孙脱脱不花为可汗，自称太师；另一面疯狂向阿鲁台发动进攻，趁朱棣晚年频繁打击阿鲁台的机会，迅速东进占据了鞑靼的属地，并于宣德九年（公元1434年）在蒙古巴丹吉林沙漠击毙阿鲁台，从而控制了鞑靼。对明朝屏障兀良哈三卫，他也极力拉拢，多次派使者前往招募，两家逐渐勾连。与此同时，他在内部大肆清除异己，就在朱棣去世后3天，贤义王太平遭脱欢杀害，一年后，太平王孛罗被脱欢击败后自杀。特别值得一提的是,他将太平的客列亦锡部改名为土尔扈特部,即蒙古语中"护卫亲军"的意思,后来缔造东归奇迹的部落由此而来。

明正统四年,脱欢过世,其子也先承袭顺宁王爵位,此人因为在后来的土木堡之变里创下活捉明朝皇帝的神话,被明廷上下所熟知,但在此之前,他已经在蒙古高原乃至中亚地区战无不胜。对内他仿照元朝,设中书省和六部,巩固统治。对明朝他很有经济头脑和政治头脑,一面频繁通好令明朝君臣放松警惕;一面利用与明朝的互市贸易大发横财,更借机勾结明朝官民走私火器,招募明朝边境因军屯兼并而逃亡的士兵工匠教习火器操练之法,很快拥有了一支冠绝蒙古高原的火器部队。对兀良哈,他采取联姻、贿赂等手段,将之拉拢到自己一边。向西,他不但于正统六年攻陷了朱棣苦心经营的新疆哈密、赤斤等卫所,且顺势进兵中亚,于正统七年大掠帖木儿帝国等中亚国家,"以战养战"掠夺财宝无数,甚至在正统九年击败彼时正如日中天的奥斯曼土耳其帝国东线军队(即明史和蒙古史料都提到的"吐鲁密国")。"土木堡之变"前,瓦剌经过两代领袖开疆拓土,已然建立起一个表面忠实于明朝,真正实力强大的蒙古部落联盟,朱棣终生苦心维持的战略平衡,不到20年就被轻易打破。

说到这个战略平衡的被打破,也少不了兀良哈三卫。靖难之役后,朱棣将原宁王属地赐给兀良哈,使其实力膨胀。永乐年间,兀良哈虽曾在朱棣第三次北征时遭到痛打,但朱棣去世后,又很快和鞑靼勾连,同明朝摩擦不断。明宣宗朱瞻基登基后,曾于宣德三年亲征,于十月出喜峰口,在宽河战役里大破兀良哈三卫联军,慌得兀良哈首领完者帖木儿等人连忙入京谢罪。但两年后,明朝却放弃了九边重镇开平卫(今内蒙古多伦)。开平卫是前元朝的上都,明朝自洪武二年李文忠攻克后,数十年苦心经营,朱棣将其看作战略要地,声言"开平稳固,则辽东、甘肃、宁夏无忧"。朱棣赐宁王故地给兀良哈后,开平卫更成为钳制兀良哈的关键棋子。但明宣宗无远略，于宣德五年将其迁至独石堡（今河北省石堡县），弃地300余里，失去钳制的兀良哈从此有恃无恐，在瓦剌的支持下大肆扩充，并时常攻掠明朝边关，昔日屏障，今却成边患。明正统九年，意识到问题严重的明朝派朱勇、徐亨、马亮、陈怀兵分四路出击兀良哈，明正统皇帝朱祁镇严令搜捕剿杀，但朱勇走到河北平泉县就不敢行进，徐亨一路怯懦不敢战，仅在老哈河流域屠戮一番平民即回来冒功。陈怀和马亮则搜捕一番，根本没有找到敌人。只有宣府总兵杨洪趁机奇袭，攻克三卫中的福余卫，活捉首领马里奇。但此战并未真正打击兀良哈三卫的实力，心怀怨恨的兀良哈三卫从此更铁了心投靠瓦剌。而明朝与蒙古部落联盟一场注定的大战，从此一触即发。

第十一章

谁为土木堡惨案负责

一

在明英宗统治的正统朝，土木堡之变堪称是今人耳熟能详的大事件。明英宗正统十四年（公元 1449 年）七月，瓦剌首领也先兵分三路，悍然发动了对明王朝的全面进攻。明英宗朱祁镇仅经过 3 天准备，就率领号称 50 万的大军北征，遭瓦剌军合围，被围困在土木堡。八月十五日，瓦剌发动总攻，一举击破明朝大军，俘虏明英宗朱祁镇，成为明王朝立国以来的奇耻大辱。历代以来，也多为后人所感慨哀叹。论及罪责，也时常归责为王振擅权、草率出征，但如果细细审视从明朝宣德时代到正统时代 20 多年的政局变迁，便可见真相并非如此简单。

先看大背景：第一个要为土木堡之变埋单的人，就是永乐皇帝朱棣。朱棣在位时，5 次北征蒙古，沉重打击鞑靼、瓦剌诸部势力，可谓武功赫赫。但在他最早起兵的靖难之役后，为酬谢兀良哈三卫的出兵相助，将原属宁王的内蒙古兴宁地区尽数划拨给了兀良哈，不但使兀良哈三卫实力大增，渐成明朝边患，更使明朝北部九边顿失屏障。朱棣晚年的三次北征，虽沉重打击了蒙古鞑靼部，却使一直与鞑靼争锋的瓦剌部坐大。被明朝在蒙古草原上穷追了一辈子的鞑靼兴宁王阿鲁台，没死在明军手中，最终被瓦剌击毙，瓦剌也借此成为蒙古高原实力最强的一支，其发家历史，实拜朱棣所赐。此外，朱棣将辽东的谷王、韩王、辽王尽数内迁，留当地女真在辽东地区自治，结果至明英宗正统初年，辽东女真各部皆被瓦剌收复，成为其南下侵略的辅助力量。而得到兴宁重地的兀良哈三卫，也不甘再听命于明朝，反与瓦剌相互勾连。时人常以宦官王振为土木堡之败的祸首，但宦官参政，也是从朱棣时代开始。

朱祁镇的父亲朱瞻基，同样对土木堡之败有不可推卸的责任。对内方面，朱瞻基施行仁政，对诸多亲贵的违法行为特别是土地兼并行为颇多姑息，不但造成后来牵制明王朝精力的流民起义，更令朱元璋时代确立的军屯制大受破坏。宣德五年，监察御史陈祚就曾奏报说："辽东边地，军田被侵已达三成。"宣德六年，兵科给事中杨亮又揭发诸多亲贵"擅调边军为奴"的行为。宣德七年，河南巡抚李昌淇也上奏当地军屯土地"多被势家大户侵占，士兵无地却苦于赋役"的惨状。宣德八年，刑部右侍郎魏源揭发"宣府大同诸边地，将官侵占军屯日甚，以至兵户四散逃亡"。如此种种，明宣宗皆不了了之。军屯没有保证，军队战斗力当然被削弱。明宣宗的国防政策也非常保守，撤掉开平卫不说，还对众边将赋诗说"慎守只需师李牧，贪功何用学陈汤"。结果李牧没学来，防线却内缩严重。瓦剌也先杀太平、孛罗二首领，其族人多怨愤，数次到明廷哭诉，请求明王朝做主，杨士奇却说"夷狄相攻，乃中国之利"。明王朝最终袖手旁观，坐看了瓦剌的崛起。瓦剌正统十四年的南侵之祸，从此时就已注定。至于再说到土木堡之败的祸首王振，明朝宦官掌握批阅奏折大权的司礼监，恰是明宣宗在位时所设。

历史遗留问题讲完了，那么作为当事人的明英宗，以及被看作罪魁祸首的大公公王振，又该负多大的责任？且让我们从正统朝的朝局开始。

二

明英宗 9 岁登基后在位的正统朝，历来评价不高，个别历史学家还把它看作明王朝由盛转衰的转折点。而因后人对王振的种种抨击，这 14 年更被许多人看作王振一手遮天、残害忠良、朝政糜烂的黑暗时代。要了解真相，还需看王振本人：王振，河北蔚县人，原是个不得志的教书先生，宣德年间主动报名入宫，进入内书堂，侍奉太子朱祁镇读书，凭"矬子拔将军"（宫里太监多不识字）的一身才学，很快被明宣宗任命为东宫侍读，深得尚是孩童的朱祁镇的敬重，平日对他的称呼都是王先生。朱祁镇即位后，王振被任命为司礼监掌印太监，正式成为宦官之首。但是在正统朝初期，他离一手遮天还差很远。

朱祁镇即位时年仅 9 岁，朱瞻基临终前为他留下了 5 位大臣，分别是英国公张辅，礼部尚书胡濙，大学士杨荣、杨浦、杨士奇。而真正执掌决定权的，是明英宗的祖母张太皇太后。张太皇太后素称贤德，国家大事信赖"三杨"等文臣，且为朱祁镇每日安排经筵，即安排文臣每天给朱祁镇讲学。朱祁镇年幼贪玩，自然受不了。此时，王振一面时常组织内宫卫队操练检阅，各种军事表演让朱祁镇大饱眼福；一面又时常当着"三杨"的面劝解朱祁镇不要玩物丧志，令久历宦海的老臣杨士奇也感叹道"宦官中有此贤良，真乃幸事"。但"贤良"的王振却暗中排斥异己，任命自己的亲信纪广为禁军都督，掌握了禁军军权。张太皇太后闻讯，深感王振包藏祸心，杀心顿起。正统元年二月，张太皇太后当着朱祁镇以及 5 位辅政大臣的面，宣召王振觐见，当场历数王振诱引朱祁镇不学好的种种罪过，要赐死王振，吓得王振立刻瘫痪。生死时刻，曾称王振"贤良"的杨士奇带头求情，朱祁镇也下跪向祖母哭求，反复哀求下张太皇太后心软了，饶了王振的性命，但警告众大臣"以后不可令他干扰国政"。经此一吓，此后几年，王振分外收敛。

在这几年里，明王朝也进行了种种善举。正统元年开始清查北方九边将士的缺额，增加宁夏地区的军力守备，次年又派刑部尚书魏源持尚方宝剑，清查宣府、大同两大军镇的军饷拖欠以及军屯侵占案件，斩杀十数名违纪军官，还委任名将杨洪镇守宣府，在通州等地设十三粮仓，储备军粮，停开湖广、河南等地的银厂，减轻当地百姓负担，调3万禁军在京城周边屯田。如此种种，皆是对永乐、宣德两代诸多失误的补救，对英宗被俘后的北京保卫战也起到重要作用。此外，正统三年、五年、六年，明王朝还因灾荒减免了山东、浙江、江西的赋税，正统七年更建立了由户部直接掌握的太仓银库，专门用以储备国家行政运作的专款，皇室开支与政府开支就此分开。此举被美国亚洲史专家罗兹·墨菲赞叹为"皇室政治改革的创举"。同时还修订了朱元璋时期立下的栓选法，规定京城三品以上官员推举言官，四品以及侍从言官推举知县，一时间"正人汇进"。明王朝的国势，这段时期尚在蒸蒸日上时。

王振的势力也在这段时间"蒸蒸日上"，从张太皇太后面前捡了条命后，王振大为收敛，一度小心做人。张太皇太后对他仍旧颇为警惕，时常派人暗中监视他的不法行为，但得到的信息都是王振很奉公守法，从此也渐有好感。真正使张太皇太后转变对王振的印象，是正统四年的殴死驿丞案。福建按察使廖谟因小事打死驿丞，死者是阁臣杨浦的乡里，廖谟是另一阁臣杨士奇的乡里，杨浦坚持杀人偿命，杨士奇却坚持死者罪有应得。两位辅政大臣在内阁当场反目，吵闹到张太皇太后处，都是股肱大臣，张太皇太后也颇感为难。王振借机建议说，偿命太重，不处理也不行，不如把廖谟降职。此言正中张太皇太后下怀，深感王振办事秉公无私的张太皇太后从此对王振信任有加。此后，王振开始培养党羽，把马顺、郭敬、陈官、唐童相继安插在东厂、御马监等要害部门，其侄儿王山、王林则成为锦衣卫指挥使，大明两大特务组织皆在他掌握中。王振的专权也引起了"三杨"中最富智谋的杨荣的注意，他与杨士奇合议，相继将曹鼎、马愉等门生引入内阁，用以对抗王振势力。

对待文臣集团，王振也是软硬兼施。对"三杨"，王振起初礼敬有加，遇事皆恭敬不已，"三杨"渐渐对他放松警惕。趁此机会，王振广泛结交文臣里的中层干部，如左都御史王文、兵部侍郎徐希等人，对有纠劾大权的言官们更是百般拉拢，利用其搜罗朝廷重臣们的不法证据。他还利用文臣内部自身的斗争，在朝中御史以及六部侍郎、郎中里结交亲信，最终从文臣集团中釜底抽薪，结成一个自己的关系网。这以后杨荣病逝，杨士奇因儿子的不法事遭到王振亲信言官的弹劾，不得不引咎辞职，胡濙也因贪污被下狱，剩下的张辅和杨浦年事已高，孤掌难鸣。正统六年，华盖、谨身、奉天三大殿建成，朱祁镇设宴庆贺，按规矩王振不得出席。他私下里发牢骚，朱祁镇闻知后，连忙命人打开东华门大门，命王振入宫赴宴。王振到时，百官罗拜朝贺，至此大权初揽。次年张太皇太后病逝，王振命人私毁朱元璋立下的不许宦官干政的铁牌，从此一手遮天。这以后，王振权势滔天，曾指斥他专权的大臣于谦、邝埜等人一度被下狱，侍讲刘球被害死，曾弹劾过朱高炽的国子监祭酒李时逸，被王振用荷校（一种重百斤的大枷锁）夹住当街示众，险些横死。此外他卖官鬻爵，在六部里安插亲信，在朝贡贸易中收受瓦剌贿赂，并向外国使臣索贿，可谓作恶多端。

说了诸多坏事，也要说说王振做过的一些好事。首先，他劝朱祁镇禁止内宫宦官出外采办，即到地方上征用物品，减免广西、广东、江西等地的贡品，这确实减轻了人民负担。其次，在排除异己的同时，王振也大搞反腐，杨荣、杨士奇的诸多亲信因为贪污，多被查办。再者，他还曾于正统十年、十二年两次在山东、河南清查土地，既增加了国家税收，也让诸多失去土地的农民重新安居乐业。在边防问题上，王振曾主持大赦，赦免了许多因土地兼并而逃亡的官兵的罪过，允许他们回老部队戴罪立功，使边关重新召回了数万老兵。正统九年，王振还命户部拨出专款，帮助陕西、山西两省因受灾而卖儿女的百姓，赎回被卖子女。至于被王振陷害的忠良，虽有于谦、陈敬德、李时逸等忠直能臣，但也不乏王骥这样的贪暴之徒。他所安插的亲信，尽管有徐佑这样不学无术的昏官，却也有王文这样善于整治贪污的能臣。而从人品上说，王振虽然狭隘，常因对方对自己态度不好就大肆报复，但有时候也知羞。国子监祭酒李时逸被王振戴重枷罚站，其学生石大用知道后上书王振，表示愿替老师受罚，王振阅后自嘲"我还不如一娃娃"，随即释放李时逸。

三

明英宗正统十四年七月一日，蒙古瓦剌部首领，执掌蒙古三部大权的太师也先，率三路大军悍然发动了对明王朝的战争。这场战争与其说是明朝与瓦剌的战争，不如说是明王朝与蒙古部落联盟的战争。瓦剌的南侵大军共分三部：一部是由蒙古傀儡可汗脱脱不花率领，主要是被瓦剌征服的鞑靼兵马，东攻明朝辽东地区；一部由瓦剌知院阿剌率领，主要包括瓦剌军一部以及兀良哈军，南攻明朝军事重镇宣府；最精锐的一路是也先亲自统领的中路军，是集中了瓦剌部精锐的王牌，攻击明朝的军事重镇大同。战端一开，九边重镇自朱棣去世后20多年的和平被彻底打破，长城沿线烽火绵延，炮声连天。

说到这场战争的原因，许多史料都说是由于明朝削减蒙古马价，拒绝蒙古和亲，至于失败的原因，也往往归结到王振撺掇朱祁镇擅自出兵上。其实，问题不是这么简单的。先说原因，瓦剌首领也先并非蒙古黄金家族出身，能够征服鞑靼并掌控蒙古三部，反明复元一直是其拉拢蒙古各部的招牌，之前对明王朝的恭顺，以及络绎不绝的朝贡贸易、马市，皆是政治上的权宜之计。在也先征服了鞑靼部且常年出兵中亚地区练兵后，对明朝的战争，早已是箭在弦上，所谓削减马价、不嫁公主，只是为开战找的借口而已。之所以会选在正统十四年动手，根据蒙古国有关史料记载，长年以来也先重金贿赂明朝在朝贡贸易中负责接待的通事，探听明王朝的虚实，在得知明王朝主力精锐多南调福建和云南后，终下了动兵的决心。至于失败的原因，一个让后来文臣们回避不提的事情是：战争爆发以后，明王朝边关重臣，诸如镇守宣府的总兵杨洪、大同总督军务宋英、西宁侯朱英，皆在奏章上建议明军应以防守反击为主，如杨洪在奏报上所说，明军应"依坚城凭硬弩火器，避敌锋芒，以收挫敌之效"。但朝中文臣的看法截然相反，不只是和王振勾连一气的奸臣们，就是内阁里曹鼐、张继，吏部尚书王直，兵部尚书邝埜、于谦，皆建议主动出击，比如邝埜的奏折里建议朝廷"速派大军征剿"。之后明廷也依其所议，先期派遣驸马井源率领4万明军增援大同。文臣们和王振唯一的区别是：王振主张御驾亲征，文臣们主张派能将进剿。主动出击的战术思路，大家并无分歧。

但事与愿违，蒙古三路大军，阿剌知院连克马营堡和延庆，逼近宣府，宣府总兵杨洪兵力不足，只能凭城坚守。大同更惨，先派军在猫儿庄（内蒙古察哈尔旗）阻击瓦剌，几乎全军覆没，明将吴浩战死，接着大同总督军务宋英率大军与瓦剌战于山西阳高，再次被击败，宋英战死。大同军之所以主动出击，一是朝廷连发严旨，二是监军太监郭敬的催促。唯独辽东明军争气，明将赵忠率军在黑山设伏，大破可汗脱脱不花的鞑靼军，为明军稳住了防线。

前线败报频传，不但震撼了明廷，也牵出了一个在土木堡事变前，明王朝君臣们都未意识到的问题：以明王朝当时的军事力量，是很难战胜瓦剌的。

瓦剌首领也先之前骄人的战史，前文已经说过，可称是打遍蒙古高原以及中亚无敌手。另外一个被人忽略的事情是：明朝北部面对的对手，不仅仅是瓦剌一部，而是瓦剌、鞑靼、兀良哈三部联合的蒙古部落联盟，即使是在朱棣横扫天下的时代，对蒙古部落也只是拉一支打一支，五次北征或打鞑靼或打瓦剌，从未与整个蒙古部落作战。此时明英宗君臣面对的也先，是明王朝自北元灭亡后最强大的对手。从明朝方面来说，几十年天下承平，军队战斗力退化不可避免，而且明王朝正进行着南平邓茂七以及扫荡麓川残余叛乱势力的战斗，北方精锐大多被抽调，依托长城稳守才是最明智的选择。但七月十四日，明英宗突然宣布亲征，仅经 3 天时间，七月十七日即率领号称 50 万的大军向大同进发。消息传来举朝皆惊，吏部尚书王直率百官阻拦，遭明英宗呵斥，最终，这支带着几十万大军，和明王朝整个内阁以及六部大多数官员的北伐军，走上了北征的不归路。

王振撺掇明英宗亲征的原因，当然如史料普遍所说，是想立功，但更重要的原因是，此时王振虽然已经专权，但是朝中依然有很多反对派，比如兵部尚书邝埜、侍郎于谦、吏部尚书王直。这些六部里的重要部门，都不是王振的自己人，借一场北征的胜利巩固自己的权势才是主要目的。明英宗朱祁镇之所以同意北征，一个原因是他年仅 23 岁，年少气盛且从小王振就带他看禁军操练，早就是一个军事爱好者。此外作为一个刚过弱冠之年的皇帝，要压服朝中老臣，也自然需要一场对外战争的胜利，于是和王振不谋而合。至于百官的态度，虽然极力反对，但当朱祁镇下令反对出征者论罪后，除了铁骨铮铮的于谦外，也大都缄默不语了。之后仅准备 3 天就出征，如此犯军事大忌的行为，竟无人阻止，除了明哲保身外，也有轻视瓦剌的意思。比如徐有贞在观天象后曾言北征必败，遭到诸多大臣的嘲笑，御史王立右就曾笑他危言耸听，可见在诸大臣心里，虽反对北征，但对于胜利，大多数人是不怀疑的。

<h1 style="text-align:center">四</h1>

七月十七日，明英宗朱祁镇亲自统率的北征军出发了。因行前准备仓促，大军出发仅5天就断了粮，又逢下雨，从北京到宣府，再从宣府到大同，一路上饥寒交迫，不少明军士兵冻饿而死，史载"僵尸满路"。惨状之下，随行大臣不断要求班师，皆遭王振重罚，大军行至宣府时，已经是"人情汹汹，声息愈急"。士气低落下，随军文臣纷纷上表，请求大军回师，王振一怒之下，命兵部尚书邝埜等人在草中罚跪。阁臣曹鼐率众臣再劝，王振怒火更大，竟将众臣编入前锋营，意图打仗的时候让文臣当炮灰。这是行军前期史料的记录，大体都是说王振淫威，可有几个疑点却素来被人忽略：大军仅准备3天就出发，所需粮草和后勤全无准备，王振不知兵，但曾四征安南的重臣英国公张辅为何始终未见谏言。根据有关史料记载，在朱祁镇登位后，张辅就被解除了权力，原本在朱瞻基时代挂职的大都督一职也被解除，只是在国家有战事时招来商议。此时这位年近古稀的老将，早已是"遇事仅唯唯矣"。临行之前，他托子女安排了后事，甚至摆好了灵堂，可见早有预料。另一位大臣，兵部尚书邝埜的表现也并非全是刚直。明朝从北京到宣府一路，有7个大型粮仓，储备着明朝的作战军粮，这7个大型粮仓皆是由兵部直接调度，但是在北伐期间，7个粮仓居然没有一颗粮食增援缺粮的北征军，而形成鲜明对照的是，土木堡惨案后，代理兵部尚书的于谦仅用6天时间，便将7个粮仓里所有的粮食尽数运至京城，效率之反差耐人寻味。而且，随军出征的文武官员，可谓精英荟萃，但一

路上，除了屡屡劝谏回师外，于作战本身却没有提过任何合理化建议。王振之恼怒，一来是群臣的抗争；二来，也是怒群臣的这种非暴力不合作。

至八月一日，明军终于抵达前线大同，此时先期派出的驸马井源的部队，已经被瓦剌消灭。瓦剌闻明军大军已到，已然后撤20里，企图诱使明军出塞追击以全歼。根据蒙古国有关史料记载，此时是战是撤，瓦剌内部意见也不统一，一来是此前瓦剌虽节节胜利，但全是野战，于攻坚战却屡屡受挫。二来瓦剌三军上下斩获颇丰，士兵都有了归乡之心。何况自古游牧民族骚扰边境，执行的都是"叨一口就跑"的战略。此时不只瓦剌部将，就连也先的两个弟弟孛罗帖木儿和伯颜帖木儿也主张尽快撤兵。也先最后的决定是，如果明朝大军到达大同后并未出塞，而是原地布防，瓦剌大军即北撤班师。

偏偏明军出乎瓦剌的意料，既未追击更未固防，而是在到达后的第二天，八月二日即原路返回。原来王振到大同后，亲眼看见大同外战场上的尸骨，可谓惨不忍睹。接着又从大同镇守太监郭敬处得知战斗过程，这位之前从未经历战阵的教书先生被彻底吓破了胆。随即劝说朱祁镇班师，早就苦不堪言的群臣当然一呼百应。瓦剌得知后，起先怀疑明军有意诱惑瓦剌深入围歼，也先力排众议，决定试探性尾随追击。从大同至宣府，再从宣府至北京，原本有明朝从朱元璋时代开始修筑的上百个卫所，但是从朱瞻基开始，这些缓冲地带早就被尽数裁撤，以至瓦剌可以来去自由。镇守大同的郭登有眼光，先建议明军从居庸关北返，又派骑兵骚扰瓦剌，起牵制作用，但终是杯水车薪，瓦剌大军还是跟在了明军后面。而除了大同之外，其他明朝边镇皆紧守城门，没有人想到派兵出击，牵制瓦剌追兵，以掩护明军撤退。8天后明军抵达宣府，瓦剌大军也随即追到，宣府总兵杨洪持重，并未派人阻击瓦剌军。成国公朱勇率部在兔毛岭阻击，虽全军覆没，但终为明军赢得了3天宝贵的撤退时间。可王振却想回老家蔚州摆摆威风，坚持让明军绕远路去蔚州，走到半路又担心明军到蔚州会踩坏老家的庄稼，连忙又让部队折返跑回居庸关。就这样一路绕圈子，明军还是星夜兼程，于八月十四日中午抵达了怀来北面的土木堡，只要再坚持走一个时辰（两个小时），明军就可安然进入怀来城，这次来去匆匆的北征，也就可全身而退了。

但意外又发生了，王振因为运载自己家产的十几辆车子没有到，坚持让部队停下来等，一等就是整整一下午。而瓦剌方面，伯颜帖木儿再次劝说也先停止追击，因为明军一旦撤入怀来，瓦剌不但毫无收获，更有可能被明军围歼。也先起初也有撤退的念头，可侦察骑兵报告，明军在土木堡扎营了。也先狂喜之下，命令部队火速前进，终于在八月十四日晚抵达土木堡，先占领西边河流切断水源，把正在等候王公公家产的明军彻底包围。这过程里，兵部尚书邝埜曾建议明军火速前行，但内阁大学士曹鼐认为瓦剌军还远，不妨卖个人情给王公公，终陷入了瓦剌的包围。

八月十五日白天，瓦剌大军集结重兵，向断水缺粮的明军发动了总攻。出乎瓦剌意料的是，多日以来疲于奔命的明军竟然爆发出了强大的战斗力，明军结成军阵，数次打退瓦剌的进攻。这时张辅终于说话了，他和邝埜联合建议，让明军集中主力冲出去。朱祁镇和王振也被说动，正让张辅拟定作战计划，瓦剌突然派使者来议和了，大学士曹鼐等人力主谈判，经商定，瓦剌撤去对水源的包围，允许明军前去取水。饥渴难耐的明军士兵纷纷离开阵地取水，这时候瓦剌大军忽至，发动了突袭。一场猝不及防的攻击后，几十万明军彻底崩溃，大公公王振在乱军中被踩死，随军文武大臣在踩踏中死伤殆尽，弹尽粮绝的朱祁镇被瓦剌俘虏。这就是千古奇辱的土木堡惨案。值得一提的是，在明军覆灭后，八月十六日，此前一直持重的宣府守将杨洪和居庸关守将罗通终于出兵，趁瓦剌撤退后打扫战场，把战场上遗弃的明军武器尽数收进了自己的腰包。

败报传来，京城上下一片慌乱，文武大臣痛心疾首。先是战、和之争吵作一团，终在兵部代理尚书于谦的主持下，做出了整军备战的决定。八月十八日，监国的成王朱祁钰召开御前会议。会议上众大臣怒斥宦官乱政，当着朱祁钰的面吵作一团，并在争吵中爆发了群殴，当场殴死了王振的亲信太监马顺。因众怒难犯，朱祁钰当场宣布王振罪状，并将王振满门抄斩。而之前因为持重导致朱祁镇被俘的宣府总兵杨洪、居庸关总兵罗通、大同参将石亨，统统被赦免。九月，朱祁钰正式登基，次年改年号为景泰，正在蒙古当囚徒的朱祁镇被尊为太上皇。同时大规模的清算行动展开，诸多王振的亲信宦官及党羽纷纷落马，全权负责北京防务的于谦整肃内部，调集重兵，安定人心，最终于十一月在北京保卫战中击退瓦剌。从此为土木堡惨案埋单的罪过，也仅由王振及其党羽们承担了。

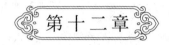

第十二章

陈白沙与明朝思想解放

一

讲过了明朝中叶错综复杂的官场权谋，刀光血影的金戈铁马，步履维艰的内政外交，呕心沥血的除旧布新，终于要讲到一个既熟悉却又陌生的环节——繁荣的文化。

说熟悉，是因为这是一个八卦比较多的时代，单是一部唐伯虎点秋香的闹剧，几百年来三笑到今天，依旧令世人意犹未尽。虽是子虚乌有，却也见证了这个时代文化人物的群英荟萃：书画有墨香悠远的吴中四才子，散文有文必秦汉的李梦阳为首的"前七子"，诗文有李东阳执牛耳的茶陵诗派，学术有王恕持鞭的三原学派，观诸英杰万象，可谓群星灿烂。但20世纪初叶，在半封建社会里苦苦思索救国道路的中国早期资产阶级仁人志士们，纵然政见不同，却不约而同地给予这时代一个人以至高的推崇，维新派旗手梁启超赞他"发扬志气，与自然契合"。革命派领袖孙中山愿"自诩为其五百年后私淑子弟"。大时代下，他是大家心有灵犀的旗帜。这个人，便是明朝中叶最伟大的思想家，中国儒家思想承前启后的杰出人物——

白沙先生陈献章。

说起明朝的思想，这是明朝文化中令后人感到分外陌生的事物。传统史学观念里，明王朝尊崇程朱理学，开八股取士，严格划定考试范围和答题思路，字字句句都要从程朱理学中引经据典，甚至立国之初大兴文字狱，实行高度恐怖的文化专制政策。然而恐怖、专制之后，却是明朝中后期新思潮的勃兴，阳明心学欣欣向荣，晚明三先生振聋发聩，西学东渐红红火火，恰如台湾历史学家萧一山所说："专制的明王朝，缔造了属于中华民族自己的文艺复兴时代。"而这文艺复兴的先驱者，便是白沙先生陈献章。

陈献章，字公甫，号石斋，又号碧玉老人，南海樵人，玉台居士等，因少年时随祖父迁居广东江门白沙乡，因此别号白沙先生。对比同时代的文化英杰，三原学派掌门人王恕的进士出身，沉浮宦海30年；茶陵诗派的开创者李东阳，自小即是神童，后又科场高中，一度入主内阁，皆是当时天下的风云人物；唯独白沙先生陈献章，虽也少年成名，身负奇才，21岁即考入国子监，但此后科场屡遭失败，仕途无门，终其一生，也不过是个白丁。然而历经岁月大浪淘沙，当同时代的英杰们纷纷隐没入历史的尘烟，白沙先生却屹立不倒，在风云变幻里终成旗帜。了解他的功业，还要从明王朝建国后的精神文明建设说起。

二

同中国自汉以后的历代封建王朝一样，明王朝同样把儒家思想作为精神旗帜，早在争天下时期，朱元璋即广纳各方儒士，设礼贤馆招揽文化英杰。明初著名文臣宋濂、刘伯温，皆为当时儒家理学名臣。刘伯温在向朱元璋论述建国大业时，提出了"以孔孟之书为经典，以程朱理学为注解"，程朱理学传人、元朝理学大师许衡被"陪祀孔庙"。明太祖朱元璋一度欲认程朱理学宗师朱熹为先祖，虽攀亲戚不成，但明王朝立国后，以八股文开科取士，考试内容"遵从圣人训导，以程朱之解为准"，从此"非朱氏之言不尊"，从考试体制到答题方式皆严格规定，全国各地县学、府学，乃至中央的国子监，更要"传授圣人之教，但有私自妄议评论者，一律重惩之"。甚至朝臣奏报，也需"依八股体例行文，引圣人之教立论"，但有违制者，轻则丢官下狱，重责斩首甚至抄斩。至永乐皇帝朱棣在位的明永乐四年，文渊阁大学士解缙以程朱理学为标准，汇辑经传、集注，编为《五经大全》《四书大全》《性理大全》，由朱棣"诏颁天下"，从此"合众途于一轨，会万理于一原"，正式奠定了朱明王朝建国的主体思想——程朱理学。

为捍卫主题思想，明王朝在文化上厉行专制。明初文化专制，不但有严格体例限制，甚至到了咬文嚼字地鸡蛋里面挑骨头的地步。朱元璋在位30年，大兴文字狱，北平赵伯宁有"垂子孙而作则"，朱元璋怀疑"则"通"贼"，杀！常州蒋镇有"睿性生知"，朱元璋怀疑"生"通"僧"，杀！怀庆李睿有"遥瞻帝扉"，朱元璋怀疑"扉"通"非"，杀！与之类似的文化案件，仅明史记录就有30余起，皆血雨腥风。朱元璋甚至连邹国亚圣公孟子也敢整肃。一日宋濂为朱元璋讲《孟子》，读到"民为贵，君为轻，社稷次之"一段，朱元璋当场拍案大怒，喝斥他："使此老在今日，宁得免乎？"随即颁旨，删去《孟子》一书中违禁言论共85处，剩余175节，编成《孟子节文》，于洪武五年发行全国作为钦定教材。次年，朱元璋又下诏书，大骂孟子言论"非臣子所宜言"，宣布罢免孟子在孔庙中的配享地位，将孟子牌位逐出孔庙，又明告群臣，凡有劝阻者，一律以大不敬论罪处死。煞费苦心，终建成了明王朝的高度文化专制。

这段文化专制，后世史家褒贬不一，比如明朝正德年间名臣杨廷和就曾赞叹道："倘太祖（朱元璋）在位，岂容时下妖言祸国？"万历时期工部尚书朱衡称赞朱元璋此举"正人心，明纲常，天下从此大安"。说天下大安的确不假，在明初内忧外患，物质文明极度落后的烂摊子下，朱元璋的高度专制，着实起到了团结全国人民的作用。洪武、永乐时代"府库充盈，官民皆富"的盛景，确与之大有关联，但消极影响同样流毒深远。明初思想家方孝孺就曾抨击道"因言论罪，人人自危，非盛世之相也"。明末思想家顾炎武更直言不讳，认为八股文败坏人才、禁锢思想。近代学者康有为更是一棍子打死，痛斥"我中华之保守衰败，起于明初也"。而纵览历史，我们会发现，从朱元璋建立明朝至明宣德年间，半个多世纪里，明王朝虽有《永乐大典》《皇明祖训》等文化建设成果，却未有一位石破天惊的思想家，未有一部足可流芳百世的文化作品，引领诗词潮流的，竟然是教条死板的阁体诗，足见文化禁锢之深。

这样的死气沉沉中，新思想也在悄悄萌芽。即使在主体思想全面确立的永乐时代，重臣夏原吉率先提出"不因文杀人"，为安抚靖难之役后举国知识分子的抵触情绪，永乐皇帝朱棣采纳其言，并补充入祖训。而随着经济的发展和文化的全面复兴，至明朝中叶，秉承理学思想却带有独立观点的思想家陆续出现，代表人物为薛瑄的河东学派和吴与弼的崇仁学派。先说薛瑄，字德温，山西河津人，天顺朝时一度入阁为相。他曾在朱熹讲学的白鹿洞讲学，核心思想只在一句话："实理，皆在万事万物，圣人之言不过摹写其理耳。"即中国儒家思想中有名的唯物主义思想，在当时影响深远，被称为北儒。与之呼应的正是南儒吴与弼和他的崇仁学派。吴与弼，字子傅，江西临川人，核心思想为"静时涵养，动时省察"，虽承袭自朱熹的"存天理，灭人欲"，却否定掉了其中的"灭"字。明英宗天顺时代，这南北两大儒皆退职还乡，开坛授徒，成化至弘治朝诸多英杰都出自其门下，而吴与弼的门徒中，正有明王朝思想史的"旗帜"——陈献章。

三

　　明宣宗宣德三年，陈献章出生于广东新会北都峰山下会村，相传其出生时"啼声嘹亮，日夜不绝，却闻诵读之声，即止啼静听，诸乡邻大奇之"。虽是传言，但陈献章少时就博闻强记，3岁即能识字，5岁便能熟背《论语》，可称是当地神童。7岁那年，陈献章随祖父举家迁往广东江门白沙乡，故后人尊他为"白沙先生"，他所创立的学派，被称为江门学派。

　　身为神童，陈献章少年成名，史载他"年少敏警"，读书"一览成诵"。19岁那年，陈白沙参加广东乡试，一举考取第九名。21岁那年，陈献章赴京参加会试，却只考取了副进士，只得入国子监继续深造。比起命运相似的丘濬等人，陈献章的运气"背"得很，此后两次参加会试，皆名落孙山。阅卷之时，主考萧滋（即丘濬的恩公）认定陈献章行文"不遵圣人之教，虽才思敏捷，却必为离经叛道之徒"，大笔一挥将其扫地出门。3年后再考，副考陈循对陈献章赏识不已，"赞其才思缜密，欲显之"。但主考江渊恼陈献章"行文狂妄"，再次将其淘汰。两度受挫下，陈献章决定离开国子监，遍访天下名师，以"悟通圣人之道"。景泰七年（公元1456年），陈献章南下临川，被南儒吴与弼收入门下，成为崇仁学派的嫡传弟子。这吴与弼在当时可称奇人，少年时，他也是江西神童，6岁入学，7岁即精于对句，16岁"诗赋之名远传"，天生的状元苗子。19岁那年偶读到大儒朱熹所著的《河洛伊渊录》，大为神往，从此立志以研习传播理学思想为己任，竟"弃应试之学"，此后精心研读理学经典，整整两年足不出户。21岁后归乡办学，从此"四方来学者，诲教不断"，开创"崇仁学派"。虽然名满天下，但教书匠的日子确实清苦，中年以后，吴与弼家道中落，生活困顿，自述"贫病交攻""旧债未去，新债又来"。穷日子里，吴与弼半耕半读，更常在农活时与诸学生研读学问，夜晚读书灯油用尽，竟"烧薪为充，诵读甚好"。如此乐观主义精神，自然感染了他的弟子，其学生胡九韶就曾感叹"唯先生遇患难仍能学习进益"。晚年的陈献章也回忆说："每遇艰难困苦，遂忆先生之安贫乐道，弥足刻骨铭心。"

对陈献章，吴与弼一开始就大为赏识。陈献章初入门下时，吴与弼即向众门徒赞道："汝等皆他日光耀我学之栋梁，唯公甫（陈献章）必可自成一家。"虽如此，但陈献章的学习成绩却惨淡。吴与弼治学严苛，要求学生"必先从事小学，以立根基，然后进乎大学"，即学习讲究循序渐进。陈献章素来"行文狂妄"，时常因妄论而遭呵斥。不过吴与弼"贫而乐"的生活方式，以及"静心省察"的学习方法，皆让陈献章受益匪浅。吴与弼对陈献章最重要的影响，恰如陈献章后来写给同门师兄胡九韶的信中所说："初从吾师，本欲寻求得功名之法，然日久熏陶，终以传道求解为己任。"此后的陈献章，"金榜题名"不再是人生目标，做学问成为终身追求。天顺元年，名满天下的吴与弼经权臣石亨推荐，得明英宗朱祁镇征召，被任命为"左春坊左谕德"，无心仕途的吴与弼虽应招，此后却屡次上表辞职，终在几个月后退休回家。25 年后，已是大儒的陈献章也重复了恩师相同的人生选择。

天顺元年，在入学崇仁学派仅 1 年后，陈献章即拜别恩师，回到家乡广东江门继续研读学问。关于这段短暂的学习生涯，吴与弼临道别时寄语道："汝好求甚解，然素独行，唯修身养性，方能成大业。"多年后的陈献章，在《答赵提学金宪》一文中也承认，投身吴门的短短 1 年里，他"尚未得其旨，未能悟其师道"，直到归乡后"静坐久之，反复体味，方见此心之体"。当代海外学者黎东方更评价道："投身吴与弼门下的短短 1 年时光，却是陈献章一生治学之路的重要转折点。"

四

天顺元年冬，陈献章回到了家乡——广东省江门市白沙村，在其家乡村庄的小庐山麓之南，修筑了一座茅舍，取名春阳台，从此闭门谢客，以吴与弼"静坐中养出端倪"的治学思路，和"一小学及大学，循序渐进"的学习方式，埋头钻研理学之道，这一钻就是 8 年。8 年间，陈献章"谢绝交游""不事耕作"，连一日三餐都由家人从墙洞里送入，此后不仅"悟其师道"，学问更是大进。成化元年（公元 1465 年）春，闭关多年的陈献章终"出关"，在春阳台开馆设学，消息一出，四邻州县纷至沓来，一时间"门庭若市，岭南才俊齐集求教"。之所以有这般轰动效应，一者陈献章早年为岭南神童，虽屡试不中，可在当时被认为是蛮荒之地的广东地区，享有盛名；二来陈献章师从吴与弼，乃南方儒家主流崇仁学派的嫡传弟子，在文化尚不发达的广东，自然具有名人效应。

身为吴与弼嫡传弟子的陈献章，开馆讲学别具一格，教学方法分五个单元：一、先静坐，后读书；二、多自学，少灌输；三、勤思考，取精义；四、重疑问，求真知；五、诗引教，哲入诗。其治学思路，承袭了吴与弼静坐养性的精髓，但重点，却在自学、思考、真知这三个环节。观其治学语录，"学贵知疑，小疑则小进，大疑则大进"一句，彻底打破了明朝立国以来对圣人的迷信。核心思想可概括为一句话：独立思考，以心求道，可称是明王朝特色的素质教育。

在素质教育的方式上，陈献章也别出心裁。他一生著文甚少，不曾有一部专著，只有若干首诗和短文，被后人结集刊刻成《白沙子集》。尤其是诗文，陈献章主张"诗引教，哲入诗"，其诗作广采民歌俚语，行文通俗易懂，内在哲理含义却悠远无穷，先后做《戒色歌》《戒懒歌》《戒戏歌》，皆朗朗上口，不仅成为其学生的座右铭，在山野百姓中同样广为流传。

传道的同时，陈献章如恩师吴与弼所预言，此时已自成一家，其核心思想正式确立——共分三个环节：一为道论，主张看待圣人之道时"贵有疑，疑则求知，求知则进"，即对前人文化思想要"批判地继承"；二为涵养论，主张学习过程中"静坐中反复体味"，在学习过程中求静，戒除功利浮躁，承袭自吴与弼"静坐中养出端倪"的治学思想；其三为自得论，对比吴与弼"求解圣人之心"的治学目的，陈献章主张自得，认为学习的目的是受用，且"一心有一得，万心各不同"，即我们今天所说的独立思考精神。恰是这条，颠覆了明王朝自立国以来文化专制的传统，即使是百年后清王朝编修《四库全书》时，对此同样是毁誉参半。近现代国学大师钱穆也说："陈白沙的独立思考精神和怀疑精神，开创了明朝中后期思想解放的先河。"

虽在后世毁誉参半，但在当时，陈献章却贤明远播，连远在京城的成化皇帝朱见深也闻其大名。成化二年（公元1466年），经翰林院庶吉士刑让推荐，38岁的陈献章再次入京，于朝堂上当廷考核，作《此日不再得》一诗，满座皆惊，朝中众文臣皆赞叹不已，争相传阅，刑让赞他为真儒再生。虽然技惊四座，但陈白沙性情耿直，更兼思想叛逆，触怒了以礼部侍郎尹昊为首的一批旧儒，仅在吏部授了个无品级的秘书官。4年后陈白沙再次参加会试，因主考是尹昊，再次名落孙山。对此，陈献章早已淡定，只是朗声一笑，此后再度归乡。之后几十年，专心以讲学传道为己任，史载"四方学者纷纷来求弟子礼"，门下英杰辈出，仅做到过明朝中央级高官的弟子先后就有50多人，这个群英荟萃的学堂，即明朝理学的重要流派之一——江门学派。对于其学术贡献，明末大儒黄宗羲曾赞叹说"我朝理学，至白沙而至精微"，南明大儒刘宗周评价陈白沙"独开门户，卓尔不凡"。至于在明朝中后期风靡一时的阳明心学，其实也与此渊源颇深。阳明心学高徒王鼎在论述两者关系时曾说"我朝理学，开端还是白沙（陈献章），至先师（王阳明）而成大明"。清朝历史学家赵翼虽对陈献章抨击颇多，却也承认：前朝（明朝）后期学派驳杂，实拜白沙先生（陈献章）自得之论所赐。

明成化十九年（公元1483年），经两广总督朱英举荐，陈献章又被成化皇帝朱见深征召入京，朱见深命他去吏部应试，早已无心官场的陈献章"托病推诿"，软磨硬泡数日后，朱见深只得授他翰林院检讨的虚职，依旧归乡教书。明弘治十二年（公元1499年），72岁的陈献章在家乡溘然长逝，明孝宗朱祐樘尊其谥号为文恭。明万历二年（公元1574年），明王朝下诏在陈献章家乡江门建白沙祠堂，万历皇帝亲笔题写祠堂额联，名为崇正堂，为明朝270年里少有的官修祠堂。11年后，陈献章更被诏准从祀孔庙，这位一生精研理学，素被斥以"毁谤圣人，离经叛道"的岭南大儒，至此终成为"亚圣人"。

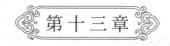

第十三章

忠良 or 奸党——王越

一

俗话说："红脸的关公，白脸的曹操。"

这是戏台的规矩，明晃晃的油彩泾渭分明，忠良还是奸党，粉墨登场间看客们就瞧得清楚。

但历史没这么简单，有一种人，在权力的最高峰纵横捭阖，大事件里呼风唤雨，可到盖棺定论时，后人却各执一词，红脸还是白脸，百年下来，依旧难辨。

比如，明朝成化年间重臣、大明王朝兵部尚书兼都察院左都御史——咸宁伯王越。

他在今天的知名度不算高，当时却是高光人物，身兼"国防部长"和"司法部长"两职，位高权重。大明朝近 300 年，因战功而封爵的文臣仅 3 人，他是其中之一。"踏破贺兰山缺"——大英雄岳飞的梦想，他不动声色地做到了。凶横的蒙古骑兵，对他敬畏万分，尊称他金牌王。《宪宗实录》记载：以越上阵，（敌）不战而奔。一个"奔"字如刀，直杀出大明军威的万里豪气。

文学成就也了得，一生诗词赋文数百篇共 20 万字，作品《王襄敏公集》是风行明朝百年的畅销书，明朝后七子领袖王世贞读罢大为拜服，连批三句"大奇"！戏曲名家李开先赞其"文思焕发，可追李杜诸人"。明末清初文坛魁首钱谦益编纂《列朝诗集》，对他的诗歌喜爱备至，一口气收录了 15 篇，在自序里深情写下读后感——"酒酣命笔，一扫千言，使人有横槊磨盾、悲歌出塞之思"——好一个文韬武略、血气方刚的英雄形象。

功勋卓著、文武兼备、权倾朝野，这是高光里的王越，只是名声……

生前身后的骂声都多，彼时清流领袖徐溥说他德行有亏，另一位名臣何乔新说他"谄媚权阉，祸乱朝纲，邀功贪战，虚耗民力"，几乎都是批奸臣的专用名词。在世的时候，言官弹劾他的奏折堆成山，百年以后，明末文人张溥大笔一挥，把他列进了《逆阉录》……

于是高光的他有多张不同的脸，史书里"以才自喜，不修小节，倨傲凌人"的是他；"爱抚士卒，优礼下属，体恤百姓"也是他；横刀立马沙场，屡建奇功的伟丈夫是他；摧眉折腰事权贵，谄媚权阉的也是他；红脸有他，白脸也有他，哪一个，才是真的他？

要知道一个真实的王越，不妨看一看他从小人物的平台上，一步一个脚印，走到权力场高处的人生。

二

明朝笔记作家黄暐曾无比艳羡地评价王越的发迹——天赐富贵。

可看看王越的出身和科举路，却是既不富，也不贵，相反，运气很坏。

王越，字世昌，河南人，明宣宗宣德元年（公元 1426 年）出生在河南浚县钜桥镇冈坡村的一个普通农村家庭，出身贫农、家穷、条件差，吃穿住行和他人没得比，真要说天赐了什么的话，或许只有一样东西——天赋。

相貌的天赋好——《明史》说他"相貌奇伟"，标准的美男子；读书的天赋好，再生涩的文章也过目不忘，业余还爱好读各类兵书；射箭也准，《罪惟录》里说他"多力善射"，至于拳脚兵器，没有记载，但从他后来时常身先士卒阵斩顽敌的表现看，应该不差。

后来王越在其文集里回忆："寒窗苦读之岁，手不释卷，感两宋之亡，胡虏入侵之恨，时常愤懑于胸，故苦读兵书，以期有所为。"金戈铁马的梦想，应该是从那时起生根的。

带着上天赐予的这一切，王越走上了科举这条独木桥，代宗景泰元年（公元1450年）中乡试第三名（举人），会试第三十三名，这些《儒林外史》里的范进们闯了一辈子的关口，一次性通过。

然后就是景泰二年（公元1451年），长长独木桥的最后一关——廷试。可坏运气，在这时候来了。

这就是黄暐艳羡无比的那件奇事：静得掉一根针都能听见的廷试现场，忽然一阵狂风刮过，偏偏把正在奋笔疾书的王越的考卷刮得无影无踪，眼见考试时间所剩无几，十年寒窗即将功亏一篑，王越却不慌不忙，向考官重要一张空白试卷，竟在剩余的时间里从容答完。一时间，满座皆惊。

这件让人匪夷所思的事情，见录于黄暐的文集《蓬轩杂记》，他感叹道："盖天生富贵，飞腾之兆，已足见于廷试也。"

天生富贵吗？

说运气，这样的运气，对于考试中的学子来说，可谓要多坏有多坏，可王越却处乱不惊，正是这超越了常人的冷静，为他后来官场生涯里的无数时刻埋下了伏笔。

飞腾之兆呢？

明朝进士的工作分配，首先是要看考试成绩。状元、榜眼、探花直接进入翰林院，二甲和三甲中选拔精英人才成为庶吉士，这工作是帮助皇帝讲解经史子集，起草诏书，组织上的重点培养对象。明朝中期以后，更形成了非翰林庶吉士不能入阁为相的规矩，前途远大着呢。

可这远大前途是和王越不沾边的，他是二甲进士，名次各类史料没有讲，应该不靠前，不是庶吉士，也就接近不了帝国权力的心脏部位。

当然，官场提拔更要看师承关系、身份背景、家庭出身，轮到王越身上，照样哪条都不沾边。

无权、无势、无后台，不上、不下、十三不靠，这就是金榜题名的王越，在步入官场后面对的真实情景，这运气，比考场里卷子被风刮跑好不到哪儿去。

十三不靠的王越，于景泰二年，得到了他官场上的第一份工作——陕西监察御史。

监察御史，正七品，这个官在当时，只有两个字可以概括——穷、险。

说穷，月俸七石五斗米，每年的年薪约45两，对照今天的物价做下换算，每月的收入大概相当于2478元人民币，养家糊口，着实不易。

不过权力大：巡视地方官员，检举核查不法，小事独断，大事奏裁，被称代天子巡狩，又称巡按御史，但凡地方官都要惧怕三分。

可责任压力同样大，大事小情烦琐，处处得罪人，错漏的后果可能非常严重。宣德年间御史谢瑶在奏折上写错了一个字，当即被贬官到安南土蛮县做知县，政治前途尽毁。这工作，如履薄冰。

风险还有站队问题，权力斗争从来都拿御史当枪。跟对一个人升得快，可跟错人，怕就是大祸临头，没一双火眼金睛，谁能看得清楚？

何况，此时的陕西并不太平，蒙古骑兵时来骚扰，凶险万分。

王越到陕西就任1年，无意外，无政绩也无过，熬着。

但就是这看似不起眼儿的 1 年岁月，对于王越的未来产生了重要的影响。

《梦余录》记载，后来王越官至兵部尚书后，同僚余子俊一次请教他这一身韬略从何而来，王越答：从陕西来。

然后王越就解释，他在陕西任职期间，凡是到边关巡视，都要详细考察当地的城关、军备，甚至几次亲历了边关蒙古骑兵侵扰的情景，"刀箭肉搏之景，件件刻骨于心"。

如果说学堂里的王越，只是隐隐怀着一个梦想的话，陕西的 1 年，却让这个梦想渐渐清晰起来，他第一次开始认识思考战争。兵法韬略，不再是纸上谈兵，却是铁马金戈入梦来的图景。

1 年以后，一纸调令改变了王越的命运，让这位当时籍籍无名的小人物，第一次有了知名度——调任浙江监察御史。

前任的浙江监察御史张进，被弹劾是王振的余党，罢官归乡了，在陕西恪尽职守的王越接替了这个职务。

论各方面条件，浙江远比陕西好得多，对王越来说，这也是一个干出业绩的最好机会，怀着一颗踌躇满志的心，他来到了浙江。

来浙江的路上，就碰到了喊冤的，开展工作以后，接到几箩筐的投诉信，告状的内容只有一件事——官员敲诈勒索。

涉嫌的官员，有县令、有知府、有布政司，都是监察御史督查的对象，受害的民众，既有普通的乡民，也有当地的士绅，甚至还有当地颇有声望的士人举子，经查实，都很冤！

年轻气盛的王越愤怒了，清平世界，怎容如此胡作非为。

但是王越没有想到，这不是一般的官员贪暴事件，贪暴的背后有一个大背景——清算。

这时明朝正处于明代宗景泰年间，关于景泰皇帝的来历，许多人都不陌生：土木堡之败，明英宗朱祁镇被蒙古人俘虏，其弟朱祁钰接替皇位，改元景泰。而后经过交涉，蒙古人放回了明英宗，被尊奉为太上皇。

景泰皇帝的这个皇位并不牢靠，太上皇还在，要树立威信，就要纠正哥哥在位时候的污点，直接批太上皇不行，那就挑当年导致明英宗被俘的罪魁——大太监王振下手。

王振在土木堡之败里死在乱军中了，可是余党还在，一条条清算，所以从景泰元年开始，先查余党，从在职的查到退休的，再查逆产，从朝廷查到民间。

这一查可不得了，有矛盾的官员借这机会相互攻击揭发，更有的地方官借清查之名，在地方上敲诈勒索，有过分的，还跟着进去添柴点火……

王越的前任，原浙江监察御史张进，就是因为被人揭发曾是王振爪牙，一道圣旨罢职丢官。王越此时却不顾这个，他读圣贤书到今天，知道民以食为天，食君之禄忠君之事。

年少气盛的王越卷袖子纠偏：他遍访浙江各府县，严查借清算为名的横暴之事，勒令有关官员限期退还非法侵占的土地，并释放无辜遭拷打的百姓，对其中情节严重的官员，更是大胆检举弹劾。

这下惹了麻烦，浙江膏腴之地，但凡是个职位，都是肥差。当肥差的，是和重臣们勾搭连环的亲信们，王越这一闹，全得罪了。

此时的王越得意得很，对待犯事官员，说情的人，经常当众高声怒斥，出够别人的丑。对百姓也好得很，工作风风火火，办事雷厉风行，还经常巡视县学，和学子们高谈阔论，指点江山，好一派意气风发。

京城里当然有很多人不满意，不知天高地厚的小御史，竟敢在太岁头上动土？立刻就有人指示言官上奏弹劾了，罪名五花八门，比如"滥施刑罚，危害地方"，又比如"横暴无忌，中伤陷害"，还有生拉硬扯，把王越和王振扯成本家兄弟的，荒唐不要紧，整你才是真。

所以王越很快发现，贪占行动虽然部分叫停，可是他重点弹劾的几位违法官员，却最终不了了之。倒是他高谈阔论的一些话，被人当成证据，列进了弹劾他的黑材料里。

当地的同僚也开始排挤他，处处不合作，表面上对你客客气气的，其实却没人理。折腾半天，给受冤者的许诺，大多数都打了水漂，而京城要好的同年也捎话来了：下次京察小心了……

可王越是倔脾气，不让干，偏要干。

顶着压力，憋闷地干了一年，虽然有重重反对，他却知难而上，硬顶压力，总算惩处了几个贪官，平反了几个小冤案，有了一点儿小工作成绩，就在这时，一声晴天霹雳硬生生砸下来——父亲去世了。

王越对父亲有深厚的感情，谁知自己刚刚小有所成，父亲却魂归西去。王越悲痛万分，悲痛以后，毅然做了一个决定：扔下工作，归家服丧。

在当时，身为朝廷命官，这种事情理当先通报上级，等到上级派来了新官，交接完工作后方可归家，王越的行为在当时，等于渎职。

这件事，或许还有另一个原因，浙江的事情，干得憋屈。

王越这一走，招来了官场生涯里第一次要命的弹劾，弹劾的罪名是"身为御史，擅离职守，目无国法纲常，视朝廷法度如草芥"。罪名还不是最要命的，要命的是弹劾他的人——顶头上司，大明朝都察院左都御史——陈循。

在明朝的官场上，御史弹劾官员，是司空见惯的，然而御史中的最高领导——左都御史，弹劾自己下属却是罕见。结果不重要，重要的是信号：你的直接领导都看不惯你，哪里还有你的容身之地。

陈循在历史上名声不错，是有口碑的清官，开始对王越很赏识，可他是景泰皇帝的亲信，清算一事，本来他是坚决的执行者，派王越去，是让他推波助澜的，谁知他唱反调，现在弹一把，顺便向皇帝表忠心，这才是重要的。

景泰三年，王越父亲去世，归家丁忧，27 岁的年纪，在官场的第一步，抬腿溅了一脚泥之后，黯然离去。

留在浙江的，是一段史书上有口皆碑的称赞：警惕贪污，激浊扬清，意气风发，见事风生，众皆佩服。这是一个曾经壮志满怀的青年，官场青春岁月的见证。

三

河南浚县的田园风光间，丁忧的王越习武、读书、奉养老母，与同年书信往来，打发时光。当然，做的最多的事还是写文，《王襄敏公集》的多部诗篇都写于这 3 年，"落日青山暮，西风百草新"，壮年之岁，倒有了几分垂垂老人的哀叹。

可这百草怎么才能新呢，西风在哪里呢？不到 30 岁的年纪，却已经暮了？

就在王越苦苦思索的这几年，大明景泰七年，发生了一件震撼朝野的大事——夺门之变。

被瓦剌放回并遭幽禁的太上皇朱祁镇，趁景泰帝朱祁钰病重之际发动政变重夺皇位，次年改年号为天顺，同时大清洗。景泰帝时期的重臣统统遭到排斥甚至治罪，北京保卫战的功臣于谦等人惨遭杀害……

这是王越丁忧的第三年，大明王朝发生了惊天动地的政治地震，这场地震，却为王越的前途震开了一扇门。

多年前，王越在浙江得罪的重臣们，这一下统统被清理了，当年弹劾王越的陈循，被发配辽东充军了。王越没有清算的前科，当年的站错队，现在倒成了站对队，前途大着呢。

果然，到天顺元年，王越被重新启用了，这次的官职是京城监察御史，遇见了新上司，都察院左都御史寇深。

寇深在历史上的口碑并不好，善于打击陷害，于谦被杀，陈循被贬，都是他在罗织罪名。这样一个上司，自然要难相处得多。

然后他见到了王越，一个听话的御史，在他面前俯首帖耳极其恭顺的人，他判断，这是一个听话的人。

4年丁忧的生活，让王越改变了很多，他是一个不甘心现状的人，4年的时间，他一直在苦苦思索改变的办法，而思索的结果，就是这个。

所以寇深看到了一个这样的王越，工作踏实认真，从不乱说话，事事都先请示领导，甚至有同僚们说自己坏话的，他也会第一时间向上反映，为人处世方面，虽听人说很桀骜不驯、恃才傲物，但是在他面前，却是很老实。这更加坚定了寇深的判断，从此坚定地把王越看成自己人。

所以，王越得到一项看似不起眼儿，实则非常重要的工作：起掌诸道奏牍，就是审定各地御史送交中央的弹劾奏章，官不大，权不小。

因为地方御史的弹劾，都要经由都察院向上报告，而都察院的处理意见，对皇帝批复奏章有着重要影响，王越做得很认真，每道弹章都认真审核，拿出最完整的处理意见，他过目不忘的本事也发挥了作用，办事效率高得很，前任几天才能审完的奏章，他1天就能审完。既有效率又有质量，寇深很满意。

更重要的是，这项工作使王越有了官场最重要的东西——人脉。

起掌奏牍，肩负审核御史弹章的工作，因此，提前知道谁弹劾你，弹劾的什么内容，这宝贵的信息资源，早一分迟一秒，都是决定胜败的关键。

所以王越这个芝麻官一下子成了炙手可热的人物，大大小小的朝臣们都有来拉拢关系的，徐有贞的人、曹吉祥的人、石亨的人、王翱的人，都是朝廷的权臣，王越保持了一样的客气、一样的距离，交朋友欢迎，走得太近免谈。

徐有贞、曹吉祥、石亨这三个拥立明英宗复辟的权臣而今窝里反，各个都有一派势力，可王越敏锐地看到，石亨一介武夫，徐有贞小聪明，曹吉祥宦官急功近利。他看清这几个人，都靠不住。

他需要找到一个稳固的、能给自己最大帮助、助自己实现理想的人。

那个理想不是做御史，不是取代寇深做监察御史，而是像自己这些年诗篇里所咏叹的那样：横刀立马，笑傲沙场。

在各色的面孔里，王越注意到一个人，这人此时只是个礼部侍郎，在三个权臣之间左右逢源，城府深得很。但他心忧国事，权谋只是他的生存方式，现在他的地位是不高，但是前途无量。

就是他——李贤。

王越和李贤走得很近，特别是在和徐有贞以及石亨两次博弈的关键时刻，都是王越向李贤透了风，让李贤早早做了应对，从而反败为胜，将两个政敌送上了绝路。对此，李贤很感激。

感激了就继续交朋友，谈朝局，聊兵法，李贤惊叹，这个不起眼儿的御史竟然满腹锦绣，胸藏百万兵！钦佩之情，油然而生。

油然而生的结果就是官位高升，由于尽责的表现和寇深的举荐，天顺四年王越被任命为山东按察史，这是掌管一省司法审判大权的最高官职，正三品。4 年，一次性连升三级，戏文里才有的好运气，王越熬到了。

四

大明天顺七年（公元 1463 年）春，草青马肥之时，一封加急快报送抵山东省按察司，急召山东省按察使王越进京面圣。

原来渗入河套草原的蒙古鞑靼部连续对大明边境发动侵扰，北方军事重镇大同，从天顺六年至天顺七年，连续遭侵扰达5次，损失惨重。

明英宗朱祁镇急召已是百官之首的李贤商议，谁能承担大同防御重任呢。

李贤犹豫、思考，说出了那句改变王越一生的话：越可为之。

急召、面见，王越"伟服短袂，进止便利"。满意，授都察院右都御史，巡抚大同。这是掌握大同一地军政大权的要职，封疆大吏。

河南农村的贫寒孩子，浙江任上的莽撞御史，京城里老实巴交的小公务员，谨小慎微的山东按察使，权震一方的封疆大吏，13年，39岁。

监察御史只是一个过场，按察使也只是一个过场，从此刻开始，金戈铁马不再入梦，而是贯穿他之后所有的生命。

怀着久违的梦想，王越来到了目的地——山西大同，映入眼帘的，是面黄肌瘦的士兵，破败失修的城墙，冷清荒凉的城市，骨瘦如柴的战马，惶惶不安的边民，是一个几任守将留下来的烂摊子。

是烂摊子就要收拾，武器好办，李贤很照顾，装备全都给新的。边民的情绪要安抚，主要是要恢复生产，把逃难的难民都吸引回来。垦荒，战马稀缺？买马，想办法从蒙古人手里买，拿我们的粮食换。部队士气低落？训话没用，士兵们都是粗人，四书五经听不懂，校场演武，亲执强弓，全军欢呼，都服了……

苦心经营3年，新城墙修起来了，新的骑兵部队组建了，新的士气高涨了，新的大同，商旅云集，往来繁荣。

接着又一个晴天霹雳，明朝成化元年，王越母亲病逝，按规矩，再次"丁忧"。刚刚干出事业，又一次无官一身轻了。

但这次不一样，上次是伸腿一脚泥，这次是顶着头上的光环：戍边良臣王越。

果然丁忧期满后，成化三年，王越再次被重用，回任都察院右都御史，赞理抚宁侯朱永军务,征讨盘踞延绥地区的蒙古部落。这是一个相当于三军参谋长的职务,铁马金戈梦半生,而今终于亲临战阵。

得到这个机会,还是拜王越的老友李贤所赐。成化皇帝登基后,身为内阁首辅的李贤,提出了一个完整的边境作战计划——搜套计划,主题就是集中兵力,彻底清除河套地区的蒙古势力,一劳永逸解决大明边防要害问题,其意义之远大,令年轻的成化皇帝听得热血澎湃。

可真正负责国防谋划的兵部却坚决反对,以李贤为首的内阁阁臣,和以兵部尚书白圭为首的兵部大员,为此争得不可开交,成化皇帝被吵得头大,最终决定:筹划一次小规模战役,权当练兵。

这才有了王越这一次出师,以参谋长的身份,迎接他沙场的第一战,然而他不知道,从这一刻起,他已经被卷入了另一场政治斗争的旋涡里——套寇之争。

现在他上了战场,等待他的却是当头一棒。

杀气腾腾的明军接连与蒙古的游牧骑兵小部队遭遇,然而让王越难以忍受的事情发生了,蒙古兵数次击败明军,甚至敢在劣势兵力的情况下发起反冲锋,而大明军队的无能、怯懦,一触即溃,以及他的长官总指挥朱永的无能指挥,一切都铭刻在王越心里。

难以忍受也要忍受,这位搭档朱永是永乐朝名将朱能的后人,正宗的名门贵胄,世袭的爵禄,不好惹。

出征的结果当然是劳而无功,报个不胜不败,先糊弄过去。

可王越却深知,打仗,不能糊弄,面对蒙古这样的对手,打赢,不容易。这些,朝臣们看不见,却嚷得最凶。

劳而无功的出师,然后是背后最大的靠山李贤去世。边关吃紧,正是朝廷用人之际,两年以后,他再次以参谋长的身份来到延绥,大战靼靶头领阿罗出等人,先后在镇羌寨、崖窑川等地重创蒙古军,兵部的大员们突然觉得信心爆棚——这不是能打吗？

那就彻底打一场大的吧，这次兵部不再反对了，苦口婆心地劝明宪宗，明宪宗终于动心了，打！

这次几乎是抽调了九边的精兵，组成了一支8万人的庞大军队，统帅依旧是朱永，赞理军务的依然是王越。按照朝臣们的设想，蒙古各部落在河套地区的总人数不超过6万人，且力量分散，以8万对6万，胜利的把握是很大的。

可是当王越检阅完所统率的部队后，得出结论：胜利的把握，是很小的。

因为他发现，这所谓的8万人，真正拥有作战能力的士兵只有1万人多一点，其他的，不过都是来凑数的，而河套地区的蒙古人，有6万人。

主帅朱永不信这个邪，一心想要打胜仗光宗耀祖。王越苦劝不听。一次二人带兵出巡，路遇数百蒙古游骑，身边的几千士兵转眼就逃了大半，只剩得百余人在侧，眼看着就要被俘。危急时刻，王越命令所有人列阵，与蒙古骑兵对峙，及至黄昏，蒙古人怀疑有埋伏不敢上前，仓皇退去，这才保护着大家平安回到大营。经过这事，朱永彻底服了王越，横扫河套的海口，不敢再夸。

面对敌强我弱的形势，王越只好有多大锅下多大米，8万军队步步为营，分头驻守，和蒙古军队交战多次，凭借着堡垒掩护，虽然没有完成"驱逐套寇"的任务，却也重创了敌人，消息传到京城，明宪宗龙颜大悦。

兵部的官员更高兴，一心撺掇皇帝打更大规模的战役。战后朱永被调回京城，王越留守延绥地区，在兵部官员的撺掇下，明宪宗又一次动了打大仗的念头，决定再动用8万人，以武靖侯赵辅挂帅，王越为参赞军务，再战河套。

这可就是不顾事实了，河套蒙古军的实力是有目共睹的，大明军备屏弱，不经过长时间整顿是没法打仗的，这样的仗，只能让士兵白白送死。

兵部的官员们是不管这些的，最早他们反对动兵，因为动兵是李贤提出来的，他们和李贤不和，对头支持的我就反对，现在李贤过世了，内阁主张暂缓动兵，那我就要支持，赢了是我的功劳。民族利益，国家大义的后面，夹带的其实是个人算盘。

但王越是懂兵的，他在前线的诗里就写得很明白：吁嗟我老不足怜，塞上征夫泪成血。可谁又在乎征夫泪呢。这次皇帝是下了决心的，不是前几次互有杀伤就能交差的。不打，是抗旨，会被主战派口诛笔伐，打，难赢，败将的结局，也是羞辱。

历史就这样把王越推到一个尴尬的位置上，李贤去世了，内阁里无人支持，兵部也无人支持，内阁、兵部之间的权力斗争，却要他和前线数万将士来受这夹板气。

怎么办？求助内阁吗？李贤去世了，现在这几个和自己不是一路人。上书皇帝直言吗？明宪宗是有名的不务正业的皇帝，看得懂看不懂你的奏折都是回事。和兵部理论？更没用。打赢了是他们的功，打败了王越背黑锅，就是这么回事。

怎样才能不背这个黑锅？王越无奈，却不服，就像当年被风刮跑了试卷他不服一样，他相信，这次有办法。

办法找到了，就在那个新帅赵辅身上。

这是个比朱永还无能的人，带兵干的最多的事就是贪污腐败，捞了钱就贿赂宫里的太监。

以下的情节，来自《明宪宗实录》里，赵辅被刑部审讯时的笔录。

成化八年四月，得意扬扬的赵辅来到延绥与王越会合，王越热情招待，大献殷勤，吹捧得赵辅飘飘然，恰逢这时，边关来报，有蒙古军来骚扰。赵辅喝得醉醺醺的说要去看看。

看了就吃了一惊，延绥城外，蒙古骑兵来去如飞，出城迎击的明朝骑兵吃了大亏，城楼上的赵辅，吓出一身冷汗。

接着赵辅就对王越换了一副笑脸，问王越此次出征胜算几何，王越做叹息状，说明知不可为而为之，我等食君之禄，理当为国尽忠。赵辅一听急了，连说先别急，可以从长计议。见赵辅上钩，王越叹道："办法倒是有，其实就在您身上。"

从一开始，王越就把赵辅摸透了，此人懒、馋、贪，自己没钱送礼，可是此人有钱，所以惜命，这就好办了。

接着，赵辅回京禀报，带回的，是王越亲自撰写的一份清单：荡平河套，驱逐蒙古部落，至少需要 15 万大军，战后河套修筑各类工事，至少需要 400 万两白银……

朝廷没这么多钱，何况明宪宗朱见深喜好修道炼丹，有钱也都做这个了。再加上朱见深身边的贴身太监，都是收过赵辅好处的同党，上下一鼓噪，明宪宗终于改变了主意——暂缓用兵。

不送礼，不出头，一场必败的战祸，就此躲过。

可王越躲过初一，没躲过十五。兵部的官员愤怒了，箭在弦上的战争，就这样轻易取消了，弹劾王越的奏章一道接着一道，不光兵部官员们的亲信言官上奏，连国子监的太学生、民间的举子秀才们，也跟着斥骂。这其中，就有当时的新科状元、明朝儒家宗师王阳明的父亲王华，一句"（王越）怯如娇妇，见虏如见主，百年后何颜朝列祖"，直把王越说成是胆怯女子不肖子孙，骂得狠。

可言战者未必勇，言和者未必怯。

无论如何，有赵辅出头，抗旨的罪过总算躲过去了，他可以继续统兵在边关，内地冲天的怒气，王越闻得到，却不争辩，争辩也无用，只有默默地等，等一个为自己正名的机会。

他等到了。

成化九年九月（公元 1473 年），王越收到线报，蒙古可汗满都鲁率各部全线出动，向甘肃天水、定西地区发动大规模抢掠，其在红盐池（今内蒙古鄂尔多斯旗王府西南）的营地兵力空虚。王越抓住战机，调集了5000 精骑出击，这是他麾下仅有的可以抗衡蒙古骑兵的部队。大军从延绥出发，夜行 800 里，直插红盐池。路遇狂风大作，众军皆慌，一老兵坦然道："此天助，乘风击之，必大捷。"王越连忙下马行礼，当场提升这位老兵为千户（团长），一时间全军士气大振，然后是总攻，血战，大获全胜。

当饱掠的蒙古大军乐呵呵归来时，他们看到的，是红盐池满目的尸首，烈火焚烧过的痕迹。全军号啕，渡河撤出河套平原。

这是自土木堡之变以来，明朝骑兵打出的最漂亮的奇袭，也是明军在土木堡之辱后，取得的第一次扬眉吐气的胜利。一切的导演者，是王越。正确的时间，正确的地点，一场正确的战争。

付出了无数次委曲求全，忍气吞声，夹板气，撺掇挑唆——王越，打赢了一场为北部边疆迎来和平的战争。

可王越的麻烦也不断到来。

首先是胜利打了兵部一记耳刮子，兵部的官员们当然不高兴，不高兴就继续弹劾。接着朝廷里也传谣，说王越这一仗抢了多少金银财宝，兵科给事中刘通上奏，说王越"杀良冒功，屠戮无辜，尸横千里，惨不忍视"。说得好像就和他在千里之外的北京目睹一样，兵部记名郎中张谨弹劾王越"杀人如草芥，用钱如泥沙，虚耗天下国力已成个人之功"。这个张谨，是兵部尚书白圭的亲信门生。

一场大捷，四面树敌，为什么？

一是因为他太优秀，兵部的书生才子们，辛苦筹划许久的作战计划，抵不上王越一招奇袭，实在是脸上无光；二是政见不和，王越反对大规模地对河套的战争，和兵部以白圭为首的主战派意见严重相左；三是没有后台，赵辅是被王越利用的，朱永只是工作关系，内阁没有王越的支持者，又有大功又少后台的人，当然好欺负。

于是明宪宗的态度也很微妙，先是加太子少保，象征性地赏赐了一下，然后又封为三边总制，这是一个掌握延绥、甘肃、宁夏三地军政大权的实权职位，可不久以后又派蒋琬接任，命王越提督军务，虽然兵权依然在手，可味道毕竟不对了。王越聪明，知道这是功高震主，连忙上书请求交出兵权，回都察院任职，果然明宪宗龙颜大悦，立刻允准并赏赐王越正一品禄。一场灾祸，总算躲过去了。

可以后怎么办，树敌这么多，而今又没了兵权，回京的日子，怕是更不好过。现在最重要的，还是要在高层找到一个支持者。

兵部，不可能，几个大员都和自己势不两立，内阁，也不可能，万安、刘吉这些人，比兵部的人更靠不住，内宫宦官，那些人都是贪财的，自己是个清官，全部家当，也不够送一次礼的……

这时候，有个老部下给王越牵了条线，找他，一定行。

这个老部下叫韦英，是从前王越军中的百户（连长），后来调任到御马监（宫廷卫队）任千户（团长），他给王越介绍的人，正是他的直系长官，大内宫廷御马监总管——太监汪直。

这是个家喻户晓的人物，后来做了西厂的总管，草菅人命，滥杀无辜，激起无数民愤，结党营私，把持朝政，是个臭名昭著的人，明末谈迁写《国榷》的时候，还把他列为与王振、魏忠贤、刘瑾齐名的四大权阉之一。

可是他确实有权，是当时明朝宦官中最受明宪宗恩宠的人，也是当时几位宦官里最有权势的人之一，攀附上他，就可以呼风唤雨。

但是怎么攀附呢，王越穷，送礼，倾家荡产也送不起，让人家当你后台，凭什么？

可攀附汪直，未必要用钱。王越很快找到了办法——尊重。

汪直是战俘出身，多年来受尽了歧视，即使如今权倾朝野，不但许多文官瞧不起他，宫里的一些太监也瞧不起他。王越不然，见到汪直，每次都毕恭毕敬，极尽讨好赞美之词，满腹的经论，全用来唱赞歌，甚至在无人处遇到汪直，还会毫不犹豫地对其行跪拜礼，这礼貌，一来二去，把汪公公乐得脸上开花。

只有尊重是不够的，要获得汪直的支持，还要真正给人家办事。汪直看上了王越，让他办一件事——陷害项忠。

项忠是兵部的老臣，白圭去世后，他担任兵部尚书，常年以来，和白圭一起站在王越的对立面。

但是他清正廉洁、刚正不阿，看不过汪直西厂的胡作非为，经常站出来怒斥，甚至向明宪宗揭发，虽没动摇汪直的权位，却令他怀恨在心。

共同的敌人，让两人一拍即合。

可是一直以来汪直都没搜集到项忠的罪证：说贪污，他为官清廉；说结党，也是子虚乌有；说拥兵叛乱，更是不可能。欲加其罪，很难。

汪直终于找到一条罪——项忠曾经受太监黄赐所托，任命刘江为江西指挥使，请王越以都察院的身份加以旁证。贪污、结党，都不算什么，私自任命军事官职，可是犯了封建制国家的大忌。

汪直还信誓旦旦地保证：项忠落马后，你就是新的兵部尚书。

果然，经过汪直策划，其爪牙揭发，王越旁证，项忠被革职受训，不久后罢官回家。之后，成化十三年（公元 1477 年），王越加太子太保、兵部尚书兼左都御史，浴血奋战十年没能得到的职位，在一个太监的帮助下得到了。

至此，王越的权位达到了官场生涯的最高点，不是靠政绩、战功、忍让，而是攀附太监，罗织罪名，打击陷害同僚。在当时，这很让人不齿，敢怒不敢言的不齿。

可是王越是为了什么呢，仅仅是权位。

他对汪直极其谄媚，每次见面都要行叩拜礼，每次叩拜，都是在无人看见的地方，某日被同僚刘吉瞧见，当面一阵嘲笑，登时羞惭得无地自容。可见，他是知羞的。

攀附汪直后，除了项忠一事，他没有为权力再陷害过谁，经济上更是清白，家境清贫，不捞钱，不排斥异己。

他少年气盛过，受打击，忍气吞声过，还是打击，最后的抉择——攀附权阉，最无耻却最有效的一个选择，生前的成功，后世的指摘。

而在攀附汪直，成为兵部尚书后，到成化十八年（公元1482年）汪直失宠被贬，5年来，他只做一件事——打仗，或是在兵部筹划防务，或是在前线领兵作战。有汪直在，再无人敢弹劾，无人敢掣肘，无人敢说三道四。

所以有了成化十六年的大捷，王越率兵，汪直监军，从大同出发，杀至兴宁海（内蒙古绥宁县），打破鞑靼军主力，鞑靼可汗只身远逃。北部边陲的蒙古游牧骑兵遭到致命打击，战后论功行赏，爵封威宁伯，成为明朝仅有的3位因军功封爵的文臣之一。另一位边臣余子俊在王越打下的地盘上修筑起边墙，就是我们今天看到的，现存于内蒙古地区的，佑护了无数边关百姓的明长城。

无论少年气盛，无论攀附权阉，无论陷害忠良，不变的，依旧是那一个金戈铁马的梦想，这，或许就是他所做的所有的一切的，唯一的答案。

可因为这最后的抉择，为他迎来了生前身后的指摘。汪直权势滔天时，宫廷里的戏子阿丑某日演戏，在明宪宗面前扮小丑，模仿汪直的打扮，手里提两把斧子出场，大叫道：汪太监手里两把钺，一把陈钺，一把王越。此话一出，宪宗大乐，王越，也就永远被钉在汪直走狗的定义上了。

明成化十九年，汪直失宠被贬，王越受株连，贬官安陆，不停为自己上诉鸣冤。后来明宪宗的儿子孝宗即位，深知王越之才的当朝名臣马文升出面说情，方才解除流放，退职归养。7年后，再次上书鸣冤，明孝宗下诏，恢复其左都御史的职位。弘治十年（公元1497年），大明边陲再度吃紧，西北有吐鲁番侵扰哈密，北部鞑靼的达延可汗频繁扰边，明王朝先后选拔7人担任边关重任，全不合格，无奈之下，只好又想到这位毁誉参半的老人。72岁的王越临危受命，在贺兰山会战中再次大破鞑靼大本营，继而挥师西进，粉碎了吐鲁番对哈密卫的图谋。这时，打击还是来了，言官们不放过他，翻出他勾结汪直的老账，趁太监李广之死，将他歪曲成李广同党，忧愤之下，王越病逝军中。墓志铭上写得委婉"虑泄事机，焦劳过度，成疾而卒"，与《明史》的记录大为出入。不光彩的帽子，一旦戴上，生前身后都摘不掉，无法辩护，不能辩护。

都说一失足成千古恨，可为一个理想，值还是不值？

这是他的故事，读罢，是如王世贞一样拍案叫"大奇"，还是如徐溥一样感叹"德行有亏"。值，还是不值，不同的人，会有不同的评判，这样的突击道路，选，还是不选，不同的人，也有不同的抉择。

一切历史都是现代史，但一代人只能做一代人的事。

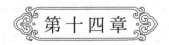

第十四章

弘治帝怎样应对极端天气

在明朝为什么会灭亡的问题上，现代历史学家曾提出一个新观点：明朝，灭亡于小冰河期。

小冰河期，是自然科学上的一个名词，意思是指一段时间内，一个地区乃至全球频繁出现极端天气的现象。放在国家发展上，就是指一个国家数年里，水旱灾害持续发生，瘟疫不断，农业生产遭受巨大打击，人民因天灾死亡无数。对于靠天吃饭的封建王朝来说，这样的打击无疑是致命的。

如果按照小冰河期的标准看，晚明崇祯末世，确是一个灾难频发的时期。崇祯登基后的 17 年里，几乎每年都有破坏力巨大的自然灾害发生，从陕西大旱到河南大旱，再到山西大旱，外加河北瘟疫、山东蝗灾……持续不断的自然灾害激化了国内矛盾，导致暴乱四起，外加清朝不断入侵，内忧外患下，最终亡国。

但如果说崇祯时期是小冰河期的话，那么明王朝不止经历了一次小冰河期，至少，明朝弘治皇帝朱祐樘（公元 1488～1505 年）在位的最初时段，也是一个极端天气频发的时段。

但这时期的明王朝，非但没有像崇祯时期那样亡国，反而在朱祐樘的合理施治下浴火重生，不但抵抗住了自然灾害，更开创了后人津津乐道的"弘治盛世"。后人对这一时期的赞美之词，史料上可以查到很多。然而被忽略的，是一个鲜为人知的事实：明孝宗弘治帝登基早期的"大抗灾"。

一

如果要评选明王朝历史上苦命的帝王，明孝宗朱祐樘或许可位列一席。

先是身世苦，其父明宪宗朱见深，是历史上赫赫有名的庸君之一，其在位 22 年，其中有 16 年不上朝，首开了明朝皇帝消极怠工的先例。施政上他宠信宦官汪直等人，导致朝政败坏，政府效率低下，一批能臣遭到贬罢去职，文武百官，多是庸碌混日子之人，民间有民谣讽刺说"纸糊三阁老，泥塑六尚书"。私生活上也非议颇多，专宠年长他 19 岁的万贵妃，任由她祸乱后宫。朱祐樘的母亲，是后宫的一名普通宫女，得朱见深宠信生朱祐樘时，就险些遭万贵妃堕胎，后为躲避万贵妃迫害，在深宫里隐姓埋名 6 年。朱祐樘与朱见深父子相认后，朱祐樘之母遭万贵妃迫害致死。其后，万贵妃一直谋求废黜朱祐樘，导致朱祐樘数年来小心翼翼，在万贵妃的不断刁难下生活。最后平安即位，可谓历经磨难。

平安即位后的朱祐樘发现，父亲留给他的，是一个十足的烂摊子。偏偏屋漏又逢连夜雨，这时期的明王朝，是极端自然灾害频发的时期。

仅仅是朱见深去世时的成化二十二年（公元 1486 年），陕西发生大地震，河南发生水灾。朱祐樘登基后，弘治元年，山东旱灾，江苏水灾。弘治二年，河南水灾，华北旱灾。弘治三年，浙江水灾。弘治四年，陕西旱灾，江西水灾。弘治五年，苏松河水灾，广西瘟疫……

除了自然灾害，国家的内外部问题更多如乱麻，国库空虚，财政几近崩溃，朱见深在位时沉迷修道炼丹，几乎把国家财富挥霍殆尽。政府官员混日子，做一天和尚撞一天钟，贪污腐败日益严重。外患方面，蒙古鞑靼、瓦剌各部持续骚扰，边关战火不断。朱祐樘登基后厉行拨乱反正，罢黜昏聩官员，提拔能臣干吏，整顿吏治腐败，减免百姓负担。而要励精图治，国家的重中之重，就是抗灾救灾。

关键是：怎么救？

别的不说，钱呢？一分钱难死英雄汉，抗灾需要钱，就算朱祐樘是七十二变的孙猴子，也变不出一毛钱来。

朱祐樘不是孙猴子，他只做了一件事就解决了问题——割肉。

事实上当时明王朝的家底还是很丰厚的，关键在于钱用得不是地方，就像一个肥胖病人，不该长肉的地方全是肥膘。所以要解决财政问题，既得勤俭又得舍得割肉。

先是割老爹的肉：成化朝时代留下的庙宇寺院，关门的关门，充公的充公，什么法师、方丈的，劳改的劳改，还俗的还俗，吃斋念佛管啥用，统统干活去。

然后就是割自己的肉，神仙都不养了，宫廷的日子当然也得勤俭：仅光禄寺用于做菜的牲口，由每年的 10 万减到每年 4 万，香料用量由原来的每年 2685 斤减少到每年 1635 斤。人员当然也缩编，皇宫的人员编制比登基前少了近一半，各类开支竟然缩减了六成。

政府改革当然也不闲着。闲职官员裁撤的裁撤，采办之类的土匪行动一律叫停。宫廷宴会，包括接待外国使节之类的外交活动，也都一概从简。总之四个字：能省则省。

节衣缩食一番，弘治朝初年的各类开支，竟比成化朝减少了八成。这些钱大都变成了一批批发往灾区的粮食与物资，都是朱祐樘精打细算，从牙缝里抠出来的。

钱抠出来了，就该救灾了。

在当时，破坏力大持续时间最长的就是水灾。白花花的救灾银填不平这无底洞，折腾下去，比尔·盖茨都得破产。

朱祐樘知道，彻底解决问题就必须修水利工程。当时中国水患的重灾区有三个：河南地区、淮北地区、苏杭地区。治水患的关键在于：要选择正确的人。朱祐樘找到了三位熊猫级水利人才：白昂、徐贯、刘大夏。

二

第一个人：户部侍郎白昂。开工点：河南开封。斗争对象：黄河。

弘治二年（公元 1489 年）五月，黄河爆发洪害，在开封黄花岗决口，山东南部以及河南大部皆成汪洋，明朝政府先后投入 5 万多人救灾，折腾到八月份，灾情总算缓解。

许多熟知水患的大臣此时给了朱祐樘当头一棒：眼下水灾不过是一个开头，更大的水灾必将风云再起，连京杭大运河都有阻断的可能。

修吧！九月朱祐樘下旨，命户部侍郎白昂修治黄河，发民夫 20 万，令山东、河南、北直隶三省巡抚皆受白昂节制调度，要权给权要钱给钱，只要把黄河治好了。

在今天的教科书里，黄河被尊称为中华民族的母亲河，但是翻翻漫长的中国古代史卷册，我们不得不悲哀地发现：这位伟大的母亲更像是一头疯狂的怪兽，无数血泪斑斑的水灾记录由此而写成。怎么对付这头怪兽？黄河两岸的地区都把修坝当作主要工作，结果要么是堤坝被咆哮的黄河水冲毁，要么是东家不闹西家闹，摁下葫芦起来瓢。那就挖掘人工运河疏通水道吧，大禹他老人家不就是这么做的？可开工了才明白，人工挖河的速度远赶不上洪水暴涨的速度快。你正挥汗如雨地赶工程，却发现已被淹没在茫茫波涛里了。

在这个问题上，著名奸臣徐有贞（即害死于谦的那位）曾做过一个经典的实验，操作如下：找两个容量相等的水箱，装满同样质量的水，一个箱子底部开一个大窟窿，另一个箱子底部开若干面积总和与大窟窿相同的小窟窿，开始放水，结果证明：开若干小窟窿的水箱水先放完。

徐有贞用这个实验说明：在开挖运河缓解水患的问题上，与其开挖一条大运河，不如开挖若干条总流量相等的小运河（徐有贞张秋治水，或谓当浚一大沟，或谓多开支河，乃以一瓮窍方寸者一，又以一瓮窍之方分者十，并实水开窍，窍十者先竭）。

这个实验在400多年后，也被美国物理学家史密斯尝试过，这就是物理学著名的水箱放水实验。著名的巴拿马运河正是以此为理论基础开凿成功的。

理论虽然正确，并取得过治水成功，可很多人并不信。别人不信不要紧，负责治水的户部侍郎白昂相信。

白昂，字廷仪，江苏常州武进人。天顺年进士，历任礼科给事中、兵部侍郎、户部侍郎等职务，主要工作经历包括：在凤阳督造皇陵、在江苏沿海剿灭倭寇，纵观其履历，不是打仗就是修坟，貌似和水利工作没啥关系，但之所以选择他，是有原因的。

首先因为治水就是打仗，需要调动人力，统筹指挥，会治水的人未必会带兵，但会带兵的人肯定会治水。中国古代相当多的水利人才，都有过沙场横刀立马的光荣历史。

其次他是清官，千百万工程款从手里过，眼皮都不眨一下，相当严于律己。更牛的是，他对祖宗都要严格要求。去凤阳督造皇陵，眼见当地闹灾，他给中央提意见：太祖的坟咱修得寒酸点儿，剩下的钱全赈济灾民？这种事放在封建社会实在是大逆不道，但白昂不管，长久以来他都坚持一个信念：老百姓的饥寒比皇帝家的坟重要。

一个连朱元璋都不怕的人，当然不会怕洪水。所以，他最合适。

白昂不怕洪水也是有原因的，20年前他科场登第，坐师正是徐有贞。虽然他们的师徒关系很短（徐有贞不久后就倒台），但徐有贞在治水方面的才华与思想，他学得青出于蓝。

这一次，46岁的白昂接过老师的枪，他面对的是更强大的对手——黄河。

壮志满怀的白昂来到了河南，他发现，整个中原大地已经是汪洋一片，波及河南、山东、河北、江苏等地区。他和他的治河大军，仿佛《圣经》故事里的挪亚方舟。

白昂毫不慌乱，黄河最终是要奔流入海，治水的关键在如何让黄河以最平稳的线路入海。所以，白昂提出了治水方略：北堵南疏。

北堵，就是在黄河以北的沿线地区修筑堤坝，防止黄河水向北蔓延；南疏，就是在黄河南岸地区广挖运河，分流缓解洪峰压力，并将黄河南岸几条水道连接起来，引导黄河水经淮河入海，一句话：把黄河水平安赶下大海，就是胜利！

但理论好未必是万能的，哪个地方该修堤坝，哪个地方该清淤，哪个地方该泄洪，都是需要反复斟酌的。白昂抓住了两个关键的开工点：河南阳武、宿州古汴河。

具体操作方法是：沿河南阳武修筑长堤，阻止黄河水北上，疏通宿州古汴河，引黄河水入汴河，再由人工开掘线路，将汴河与淮河连接起来，使黄河经由淮河入海。施工方法则完全按照徐有贞的实验理论进行，黄河南线开挖大大小小的运河，分流入淮。

与之相对应的，是大大小小的拦水坝和分流运河的修筑与挖掘，白昂细致考虑到了所有的可能：在修筑河堤的同时，也在河堤下面修筑拦水坝缓解水势。从河南到江苏，从江苏到山东，数千条大大小小的分流运河开工了，它们仿佛一根根坚韧的网线，细细密密，缠住黄河猛兽庞大的身躯。这是一项横跨中原四省的大型水利工程，施工时间却有限得很：必须要赶在第二年雨季到来前完成施工，否则新一轮大水风云再起，所有的心血都将化为泡影。

工程大，工期急，白昂迎难而上了。他充分延续了天不怕地不怕朱元璋都不怕的传统，工程监督一丝不苟，违纪官员逮谁办谁，特别是在分流泄洪这一敏感问题上，白昂毫不留情，专拿富户豪强开刀，尽量保护小民百姓家财产，直把几省地方大员折腾得叫苦连天。

因为如此，整个治河工程进展顺利，但白昂却并未轻松，他隐约感到，自己这个看似完美无瑕的治河计划里，似乎隐藏着一个巨大的漏洞。

终于，当他来到一个地方，仔细观察了当地水情后，他找到了这个漏洞。

这个漏洞，叫山东张秋河。张秋河西接黄河，东接京杭大运河，是中国北方水路交通的枢纽，在决定治水成败的引黄入海工程里，黄河经由山东入淮河的整条道路上，它是重要的拐点。

因为特殊的地理缘故，所以长久以来，黄河一发脾气，张秋河准受株连，直到公元1453年，徐有贞以其独创性的治水方略加以整治，方才太平下来。到白昂前来视察工作的时候，中原大地汪洋一片，这里却太平无事。

但白昂却敏锐地发现：这个平静，是暂时的，治水计划的最大漏洞，正在于此。

所有的治水计划，核心都是让黄河进入淮河。这有一个前提：黄河水进入淮河时，流量已经大为减弱。但是，如果是更大的洪水呢？一旦入淮的洪水超过了淮河的承受力，那么淮河沿岸势必将遭受灭顶之灾，而张秋河将会率先发生决堤，成为整个淮河大水灾的导火索。意识到问题严重的白昂急忙向朝廷写了奏折，建议从山东东平至青县，开凿12条运河，将部分黄河水引入山东大清河与小清河入海，缓解淮河的分流压力。这是一个事半功倍的方略：既避免淮河水患，又解决山东北部旱区的用水问题，可谓是一举夺得，万无一失。

然而，白昂收到的中央回复是：不准！愕然的白昂反复思考，就是不明白咋回事。

白昂的这封奏章送上去后，朝堂里就吵翻了天，几位重臣经过讨论：一致建议是不修！关键是钱，修水利费钱，国库本身不富裕，现在追加投资，为的只是一个未必会出现的可能，这不是犯病吗？山东的官员也不干：河南发水干我鸟事，你把黄河水引到我家来，不是给我找麻烦吗？言官们更是把白昂骂得狗血喷头。具有讽刺意味的是，支持白昂意见的最重要人物竟然是刘吉，只有他苦口婆心坚持这是防患于未然的最好方法，但他正确的声音，很快就淹没在铺天盖地的反对声里了。

白昂叹了口气，继续干活了。弘治三年夏，这项连接中原四省的大型水利整治工程竣工了，从此，饱受洪涝灾害的黄河中游地区，在之后半个多世纪解除了水灾的困扰。白昂归京后得到褒奖，后被提拔为刑部尚书，继续坚持铁面无私的工作作风。退休后，朱祐樘亲笔为他题写了"宏裕之量，明达之才"八个大字，今天立于江苏常州白氏宗族祠堂内。弘治五年，黄河再次爆发洪灾，地点成了苏北淮河流域，如果当年听从了白昂的意见，这一切是可以避免的。

说到这场水灾，就引出了第二位水利人才：刘大夏。

刘大夏，字时雍，湖北华容县人，天顺七年进士，先被选为翰林院庶吉士，然后于成化元年被调入兵部职方司（国防总参谋部），长期从事国家军事行动的谋划工作，在这个单位里，他一干就是23年。

到弘治朝开始的时候，刘大夏52岁，长期被下派于地方，从广西干到浙江。弘治五年他是浙江布政使，正在浙江惩办贪官，追缴流失的公款，突然新任命又下来了：朝廷升你官了，快北上吧。

收拾好包袱，刘大夏才知道，所谓的升官，其实是个苦差事：黄河发大水了。

弘治五年春，黄河在张秋镇、黄陵港等地决口，夺汶河入海，两岸尽成千里泽国。更为危险的是，贯穿南北的京杭大运河也被阻断，南方漕运完全瘫痪。

这可麻烦了，要知道北京城的物资供应都是靠漕运来维持的，漕运一旦瘫痪，国计民生且不说，京城的老少爷们儿吃什么。

必须要尽快解决！

于是朱祐樘火速布置，调15万民夫修治河道。这时，前线总指挥、工部侍郎陈政积劳成疾，竟然一病不起，最后牺牲在工作岗位上了。人死了，活还没干完，派谁去呢？朱祐樘犯愁了，就在这时，一边的王恕再次提出自己的建议：让刘大夏去吧。

于是刘大夏以右副都御史的身份出发了，这次他的任务远比平乱艰巨。工程进展缓慢，漕运的恢复又刻不容缓，这次黄河水灾是百年一遇，没个几年工夫根本治不完，漕运必须马上恢复，北方一大堆人的吃饭问题就靠这个解决呢。

具体的治河方略，是参考元朝大臣贾鲁治黄河的办法：分流入淮。操作方法是：挖掘几条干道，引导黄河进入淮河，经淮河入海。总之，尽一切努力阻止黄河北上，这是一个大工程，在当时的条件下，这也是唯一正确的办法。

此时刘大夏却做了一个奇怪的决定：在黄河的决口处开挖一条向北的运河。

这让专家们很不理解：不是要阻止黄河北上吗，怎么还要往北挖？这不是胡闹吗？

看似胡闹，其实是对的。

因为刘大夏知道，当务之急，是恢复南北水路交通，漕运中断了，要想尽快恢复，必须开挖一条临时河道，将京杭大运河重新连接起来。这么做当然是有风险的，但是，只要其他几条河道能够做好分流工作，这么做就是最快捷的办法。同时，这条作为暂时河道的运河，还能分流入淮，起到缓解洪峰的作用。

于是几十万民夫动工了，事实也确如刘大夏所料，南北漕运再次恢复，连接大明帝国的运输线，终于又畅通无阻了。而在之后的分流工程里，黄河洪水泛滥不断，也正是这条月河一次次缓解了洪峰的压力，保证工程顺利进行。

漕运恢复，这只是治理黄河的第一步，分流入淮才是重头戏。几十万民工勤扒苦作，日夜赶工。为了尽快完成任务，刘大夏豁出去了，50多岁的老头儿天天连轴转，没一天睡囫囵觉，吃住全在工地上，在工程紧急的时段里，更是亲自扛着沙包上阵干活。领导都模范带头了，底下人哪儿敢怠慢，上上下下拧成一股绳，终于保质保量地完成了施工任务。

经过两年努力，黄河成功改道，由原来的经山东入渤海，变为此时的经淮河入黄海，肆虐中原数十年的黄河水患，就此平息。数十万流民终于可以重返家园，中原大地的广大黄泛区，也得以重新恢复生产，这是一项伟大的创举。

刘大夏的名字，也伴随着这个伟大的创举，从此长留在黄河两岸。今天苏北地区的一些州县，每年都要进行拜河神活动，而河神，正是刘大夏。

顺便说一句：刘大夏的这一整套治河方略，基本上沿用了元朝治黄河的方法，外带自己一点儿小创举。但元朝治黄河，却治得矛盾丛生，治出了一场推翻帝国统治的农民大起义。刘大夏治黄河，却治出了国泰民安，由此可见，好方略也需要好人执行才是。

经过白昂与刘大夏两位重臣的治理，肆虐数年的黄河消停了，中原四省恢复了生产，可谓功德无量。但是另一位熊猫级水利专家的工作同样至关重要，甚至可以说，没有他的劳动，白昂与刘大夏在黄河边做的贡献，相当多的都是无用功。

第三个人：徐贯。开工地点：江南。斗争对象：苏松河。

三

弘治五年（公元 1492 年），朱祐樘又惊闻晴天霹雳：江南苏松河河道淤塞，洪水泛滥，灾情波及松江、常州、苏州、镇江等重镇，这都是中国当时最重要的产粮区！

这可是后院起火。明朝北方的粮食主要靠南方供应，南方的粮食和赋税主要靠江南，所以民间有谚语说"苏湖熟，天下足"。如果苏湖不熟呢……

解决办法只能是治水了。白昂最合适，可朱祐樘选择了另一个人：工部侍郎徐贯。

白昂是户部侍郎，刘大夏是地方领导，只有徐贯是建设部副部长（工部侍郎），正经八百的搞工程出身，貌似专业最对口，但事实上，他和水利工作是最八竿子打不着的。

徐贯，字原一，浙江淳安人，天顺元年进士，历任兵部主事，福建右参议，辽东巡抚，主要工作成绩只有一个——打仗，至于治水嘛，可以说是既没吃过猪肉，也没见过猪跑。

但这不是乱点鸳鸯谱。首先，徐贯只做狠事，在福建的时候不经领导批准把官仓的粮食分给灾民，还差点儿宰了管仓库的军官。后来到辽东做巡抚，严办不法军官，将罪大恶极者脱衣游街，给予精神和肉体的双重摧残。《辽东地方志》记载，一提这位大爷的名号，许多老兵油子竟吓得哆嗦。

狠人徐贯还有一个特点：谨慎。他不打无把握之仗，还亲笔题写了一款墨宝"百闻不如一见"以自省。治水这种高技术含量工作，没有这种调查研究的精神是万万不能的。

而最重要的一条是，朱祐樘深知：南方的水患和北方的水患不一样。

徐贯风尘仆仆地来到了江南，在考察灾情后他明白：不一样，确实不一样。徐贯的任务只有一个——清理淤泥。工作看似简单，实则专业技能要求更高，难度更大。

苏松河，就是今天的苏州河，是太湖流域的一条支流，它的沿岸，是由苏州至松江（上海）的中国当时最富庶的经济带。直到今天，太湖流域的清淤问题，依然是当地政府头疼的大事。

为啥难，这是个科学问题。上游水流带来的淤泥，到了水势平缓的地方就会沉积，形成淤积，从而引发水灾。所以，清理淤泥就像在家清理鱼缸一样，是每隔一段时间都要做的必要工作。

但为什么苏松河最严重？原因在于：苏松河淤积不止天灾，还有人祸。

人祸，就是苏松河沿岸甚至河道上的庄田。淤泥土质肥沃，自然被很多人盯上，在河道上修坝建圩，开垦良田。这样一来，水道的行洪、泄洪能力大大下降，造成严重的洪涝灾害。这些庄田因为建在坝上所以平安无事，总之，横竖全便宜这群浑球儿了。

于是，波涛汹涌的苏松河，上游被人占坝建地，下游也被人占坝建地，用赵本山的话说，"终于从一根筋变成两头堵"。长此以往，任你怎么累死累活地挖淤清淤，也解决不了问题。

但这群浑球儿都是当地豪门，地方官知道此举的危害，可谁也管不了。别人管不了，徐贯管。

到达灾区后经过考察，徐贯下令：凡是建在河道上的违章建筑，限期内必须全部拆除。消息传来，中小地主们人心惶惶，豪强大族们只是冷笑：你算什么东西，管到我们头上来了。

很快他们不笑了，徐贯不仅管到他们头上，还要骑在他们头上。眼见命令石沉大海，徐贯调动兵马，对各类违章建筑进行强拆，先拿苏州的几家皇亲国戚开刀。这可是一石激起千层浪，有拦的、有骂的，京城这边也不消停，官员天天上书骂徐贯，连后宫皇亲们也轮番喊冤。一开始朱祐樘只装听不见，实在受不了了，干脆下了一道诏书：谁敢再妄议徐贯，一律法办。

领导撑腰，徐贯干得更欢了。所谓地主恶霸还是软骨头多，立刻一百八十度大转弯，家家争着拆违章建筑。徐贯再接再厉，他选拔了一批具有专业技能的中层干部，开始了大规模的苏松河清淤工程。不到一年的时间，苏松河流域的清淤工作全面完成，生产全线恢复。

事办完了，可徐贯不走，他接连给朱祐樘上书，力主对苏松河流域进行进一步整治。因为徐贯知道，清淤是一个长期工作，今天挖完了用不了多久又会堵，折腾下来又耗时又耗力，想长期解决问题，还得依照科学办事。

单纯的挖掘淤泥只是笨办法。淤泥是水流冲击形成的，如果水道流量加大，流速加快，那么淤泥沉积的数量就会少很多，日常的清理维护也会省事。为了彻底解决问题，徐贯奏请朱祐樘批准，做了另一个件事：挖河。

这是江南历史上一次大规模的河道整治工作，徐贯开挖了数条运河，将苏松江与附近的几条水域连接起来。为了控制水的流速和流量，他特意设计了拦水闸与蓄洪水库。如此，苏松河不仅水患解除，更为太湖几条河流的分流泄洪起到作用。今天我们去江南，依然可以找到当年建设的水利工程遗址，看到这些的时候，你一定会由衷地感叹：中国人的智慧是无穷的。

弘治八年（公元 1495 年），徐贯主持的江南地区水利整治工程全线完工。这是一项对大明王朝有着生命线意义的工程。占明朝财政收入大半的江南地区重现繁荣，水灾肆虐的太湖流域重如"鱼米之乡"的盛景。若无此举，弘治朝的盛世大局，只能是镜花水月一般的泡影。

功成归京的徐贯升为工部尚书，不久退休，去世后赐谥号为康懿。这位奠定江南百年繁华的人，竟然同样在清朝人官修的《明史》中无传。关于他的记录，都是从福建、江苏、辽宁等零碎的地方志中整理得来。但我相信，他不会因为史官的偏见而被岁月遗忘，因为他倾注了无数心血的苏松河依旧奔腾不息，欣欣向荣的江南，是那段燃烧着热血的岁月的见证。

　　徐贯是一个心系百姓的人，一个勇敢无畏的人，与弘治盛世的许多名人比，也许他从来不是一颗明星，却是一块厚重的基石，沉默地托起无数幸福的诞生。

　　三个重灾区的改造完成，标志着弘治朝抗灾工作的全面胜利。以后的数十年，自然灾害依然时有发生，但大规模自然灾害基本绝迹了，重新爬坡的大明王朝，可以全面开始生产建设了。

　　朱祐樘在位时期，之所以被称为"中兴"，不仅仅因为抗灾救灾的胜利，更因为他进行的一系列大刀阔斧、几乎改变明王朝命运的经济改革。这些改革，离不开一个人——丘濬。

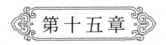

第十五章

明朝最牛经济学家——丘濬

一

公元 1487 ～ 1505 年的 18 年，是明孝宗朱祐樘在位的弘治朝，也是明王朝近 3 个世纪历史上又一段"黄金时代"，对内罢黜奸佞小人，整理内政，修治黄河，改革税制盐政，增加国家财政收入，修正司法条例，废除苛刑严政，整理天下典籍，减轻百姓负担，清丈土地，遏制兼并；对外整顿防线，收复哈密，阻遏鞑靼进攻。18 年间文治武功良可称道，史称"弘治中兴"。

这段中兴岁月，同样是杰出人物风云际会的时代，文臣有"两京十二部，唯有一王恕"的吏部尚书王恕，两任同样拥有卓越眼光的兵部尚书马文升、刘大夏；号称"大明最强内阁"的刘健、谢迁、李东阳三位阁老，史称"大明理财能臣"的李敏、叶淇两位户部尚书；中国杰出水利专家白昂、徐贯；边将里也有镇守边关，数次击败蒙古人入侵的王越、秦纮、陈寿、王轼等能将。文化人物同样英杰荟萃，开明王朝前七子诗文先河的李梦阳，中国美术史不世出的天才画家唐伯虎，王恕为代表的儒家理学三原学派，中国儒家杰出思想家陈白沙，均在这一时期大放异彩。诸多英杰里，后来苏联革命导师列宁只给予一个人最崇高评价——中国十五世纪最杰出人物及人类中世纪最伟大经济思想家。近现代国学大师钱穆也赞叹他"乃中国第一流人物"。这个人，就是在弘治朝早期以礼部尚书身份入阁的内阁大学士——丘濬。

丘濬，字仲深，号玉峰，琼山，别号海山先生，今海南省琼山下田村人，明朝中期著名经济思想家。在今天的海南省，他被尊称为"海南双璧"。与他并称为"双璧"的，是后来世人皆知的明朝第一清官海瑞。在朱祐樘即位的弘治朝早期，面对国库储备空虚殆尽，财政收入锐减，大江南北自然灾害四起，北部边关战火连连，大明王朝内外交困举步维艰的局面，身为重臣的丘濬以卓越的眼光，把握住治世的两个关键点——效率、税收。经呕心沥血苦心谋划，终帮助明王朝摆脱困境，重新迎来复兴的局面。其卓越贡献，不但匹配得"双璧"的名号，更堪称弘治中兴的总设计师。

为何有此评价，还是让我们从丘濬的人生谈起。

二

丘濬出生于明永乐十九年，其命运非常坎坷，生下没多久父亲即病死，与母亲相依为命。虽家境贫寒，但丘母粗通文墨，很早便督导丘濬学业，丘濬也从小就体现出无与伦比的天赋，3岁即能识千字，更"过目成诵，出口成章"。不仅天赋惊人，治学也同样刻苦，自小就酷爱读书，家里没钱，就想尽办法借别人家的书读，史载"家贫无书，尝走数百里借书，必得乃已"。有次丘濬向县里一家老学究借书，老学究不借，丘濬在老学究家软磨硬泡半个月，吓得老学究竟然跑到县衙报官，当地县令知道后劝解道："既有好学之心，何不成其大志？"允许丘濬借住在老学究家中翻阅。

少年丘濬博览群书，不仅经史子集烂熟于心，天文地理、释道农桑、算学医学，皆有所涉猎，明史上说他"以博综闻"，恰是这段时间打的底子。

正统九年（公元1444年），带着以济天下的梦想，丘濬参加广东乡试，一举拔得头筹。3年后丘濬拜别母亲，赴北京参加会试，这次却摔了跟斗，不但没考中，甚至连归家的路费都没有。幸好国子监祭酒萧滋赏识丘濬才华，举荐他入国子监继续学习，之后不但悉心辅导丘濬学业，更在生活上时常接济。7年之后，丘濬终于金榜题名，以一甲身份被选为庶吉士，入翰林院做侍讲。翰林院被后世戏称为"宰相培训班"，可谓前途大好。3年之后，丘濬的恩人萧滋横遭劫难，此时朱祁镇发动夺门之变，复辟后，本属景泰帝一派的萧滋被清算，免去内阁大学士之职，罢官回乡永不叙用。众人唯恐避之不及，唯独丘濬仗义，竟亲自在郊外相送。接着有人给朱祁镇打了小报告，朱祁镇闻听后却赞叹说"于己有恩尚不忘，此乃忠臣也"。非但没有难为丘濬，反而将丘濬提拔为翰林院侍读。天顺朝的八年间，丘濬的主要工作是为朱祁镇讲学，每次侍讲时，丘濬"洪亮流利，旁征博引，滔滔不绝，切中要务"，朱祁镇"大喜之"。天顺七年冬天开始，朱祁镇身体每况愈下，诸多政务皆交给时任太子的朱见深处理，朱祁镇对朱见深谈起丘濬时说，丘濬"博通古今典章，虽善雄辩然治世之才稍逊，却可多听之"。

成化元年的大藤峡之乱，在震撼了明王朝的同时，也让丘濬的治世之才崭露头角。叛乱伊始，诸内阁大臣皆反对朝廷派兵，建议由两广地方政府自行征剿，唯独丘濬上书反对，言侯大苟不可轻视。之后叛乱果然越演越烈，明王朝不得已委派韩雍为将，调重兵镇压。此时的兵部尚书王复定下了步步为营的作战方针，丘濬上书反对，提出直捣大藤峡的建议，并详细分述步骤，第一步先占领广西荔浦，切断叛军退路，继而16万大军分三路，一路主攻，两路伴动牵制叛军，最终三路会攻大藤峡，彻底剿灭叛军。

奏报送上后，兵部官员皆以为荒唐，兵部侍郎王竑（即土木之变后带头殴死马顺的那位）嘲笑说"竖子不知兵，实乃胡言"。但内阁首辅李贤和前线总指挥韩雍却大为赞赏，最终依计行事，一举剿灭大藤峡叛军。韩雍直捣黄龙的妙手，实为丘濬运筹帷幄。此次大捷也令丘濬声名鹊起，原本以为丘濬治世之才稍逊的朱见深也对他刮目相看，之后节节高升，先提升为翰林院侍讲学士，又以礼部侍郎身份兼任国子监祭酒，坐上了当年恩人萧滋的职务。其间丘濬还受命编纂《英宗实录》，为掩盖明英宗朱祁镇的过失，曾有同僚欲在编纂实录时给于谦妄加罪名，丘濬却坚决反对，坚持秉笔直书。因他的刚直，我们今日才看到夺门之变的真相。

虽声名鹊起，但在明英宗、明宪宗两朝的 30 多年里，颇具治世之才的丘濬，做的多是文化工作。他也曾多次上奏纵论时事，比如朱见深发动的数次搜套战争，丘濬与兵部官员看法一样，反对草率动兵，他一句"难事不在战与否，却在战而胜之"，可谓切中要害。在用兵河套的问题上，丘濬修正了兵部尚书白昂的赔钱论，认为开发河套固然费钱，但"河套农桑之利，足输九边之用"，必能"解朝廷兵费之忧，熄中原流民之患"。王越在成化八年，十六年两次大破蒙古可汗，迫使鞑靼部退出河套草原，丘濬皆在第一时间上书，建议朝廷"速屯边兵，迁移流民，充实河套边防"。对于众多朝臣一筹莫展的经费问题，丘濬创造性建议出台优惠政策，鼓励北方商人特别是山西盐商在河套兴置产业，开垦农田。此项奏议引起骂声一片，户部尚书殷谦指责丘濬"身担礼部要职，不思本务，却妄议户部事，此渎职之行也"。刑科给事中毛弘更给丘濬扣了个"擅变成法，妄论祖制"的帽子，户科给事中丘弘更过分，甚至怀疑丘濬"私通商贾，暗收贿赂，不可不查也"。对这一切，朱见深倒是不查，却也不纳，反多次劝丘濬"汝忧心国事虽可嘉，然理财用兵皆非汝之责，朕用汝，乃用汝之长野"，还是希望丘濬做好文化工作。当然这期间丘濬的文化工作也不差，一是颁布了擢拔之制，即全国各县县令，每年需选拔三名本地家境困难却好学上进的 14 岁以下少年才俊，上报中央由国家资助完成学业。这可称是世界上最早的义务教育法。此外他身兼国子监祭酒（中央大学校长），多年来悉心教育，为国家培养诸多人才，弘治、正德两朝诸多英杰皆出自他门下。在编修《英宗实录》的同时，他也编写了另一部史料经典——《宋元纲目》，这部详细记录宋元时代蒙古人历史的著作，不但成为之后明王朝制定对蒙古政策的重要参考，直到今天依然是世界各国蒙古史学者的重点研究对象。虽在朱见深时代被认定治世之才稍逊，丘濬礼部侍郎的位置却稳如泰山，在错综复杂的官场争斗里置身事外，算是因祸得福。但坐山观虎斗的丘濬也不闲着，兵部尚书项忠骂过丘濬"纸上谈兵，神似赵括"。后来汪直陷害项忠，丘濬也让自己的门生御史杨礼跟风弹劾，落井下石一把。户部尚书杨鼎因河套一事同丘濬结下梁子，后也被丘濬整出了擅用公费的黑材料，黯然罢官回乡，至于两位曾给丘濬扣帽子的言官毛弘、邱弘，丘濬也一直惦念着，时常趁给朱见深讲课的机会说坏话，终令二人先后被撤职丢官。其睚眦必报的行为，也为他最后的悲剧埋下伏笔。

除此以外，丘濬在成化朝的 23 年中，忙里偷闲，默默地做着一件事，正是这件事，不但造就了他在弘治朝初期的一鸣惊人，更奠定了他在中国历史上无与伦比的崇高地位。

三

明成化二十三年（公元 1487 年）十二月，即位仅数月的明孝宗朱祐樘，收到了丘濬送来的一份石破天惊的礼物——丘濬呕心沥血 20 年完成的皇皇巨著《〈大学衍义〉补》。

《大学衍义》是南宋理学名家真德秀的名作，是全面继承发展朱熹理学思想的儒家经典，其内容包括儒家理学修身、齐家两大内容，被此后历代学者奉为经典。身为后人的丘濬，仿照此书的体式，完成了独创性的著作——《〈大学衍义〉补》，中心思想只有一个：治天下。

这部30万字的著作，全面论述了此时明王朝面临的种种问题——官风糜烂，财用枯竭，垦田锐减，天灾横行，并一针见血地指出了解决问题的两大关键——效率、税制。而其中具有颠覆性思想的一句话是：食货者，生民之根本也。在重农抑商政策实行上千年的中国，第一次鲜明提出了商品经济是国民经济根本的主张。著作分二十三卷，卷卷皆讲经济政策，以孔子"天何言哉，四时行焉，百物生焉，天何言哉"为核心思想，全面阐述大明朝农业、税收、军屯、外贸、关税、盐政等改革措施。书中的思想，是对两千年中国封建社会传统经济思想的全面颠覆。直到几个世纪后，清朝大儒纪晓岚在编纂《四库全书》时，依然痛斥丘濬"率意妄做，可谓荒谬"。清末维新领袖梁启超却对其颇为推崇，一日梁启超与某西方富商交谈，对方大谈西方近代重商主义思想，梁先生大笑，手指一本《〈大学衍义〉补》道："汝之说，此书早尽言也。"

在丘濬生活的明朝中期，此书一经问世，自然引起轩然大波，时任内阁辅臣的徐浦认为丘濬之说妖言祸国，但年轻的朱祐樘却深感兴趣，数夜"挑灯研读，时击掌嗟叹，言大明竟有如此奇才也"。数日后对丘濬表达了"读后感"："此书既为救时之良策，更为治万世之远谋。"当即下令福建布政使负责刊印，全国发行。

正是以这部《〈大学衍义〉补》为参考，少年登基的朱祐樘大刀阔斧，开始了对于大明王朝政治、经济的全面整合，政治上，依书中"官职不在多，却在效用；良臣不在品德，却在督考"，朱祐樘启用王恕为吏部尚书，设立京察、栓选、评考制，即后来张居正考成法的前身。税收上，如丘濬书中所言"国家财税之锐减，一在土地兼并，黄册萎缩；二在米粮通运，耗费巨大；三在机构重叠，关节横生"，朱祐樘简化了税收体系，裁减税收机关，在全国范围内遏制兼并，并继续开放辽东和湖广的无人区，招募农民屯垦，缓解土地矛盾，更推出了折纳银钱制，即农民可将半数税粮以白银方式缴纳，这一条，即是后来"一条鞭法"的前身。弘治五年，原内阁首辅刘吉被撤职，丘濬以礼部尚书身份入阁，首开明王朝尚书阁老先例。之所以破例，看中的还是他这份治世之才。

丘濬也未让朱祐樘失望，除高瞻远瞩外，具体改革措施上，丘濬更谋划详尽。弘治三年，朱祐樘着手整治江南税赋，清理历年积欠，丘濬认为"百姓苦于苛政，不宜催逼，需平抑赋税，方可两难自解"，继而详细谋划，重施周忱时代的平米法。在具体税收策略上，丘濬推出了问责制，即每年秋收初期，地方官要向朝廷报计划，具体税额，以朝廷下发的凭票为据，不得肆意加征，小小的改动，就堵住了官员贪墨的口子。在税粮运送上，丘濬推出了兵补制，每年负责押送运河税粮的运军，由兵部统一补贴，减轻运军负担，运军所过之府县，由当地布政使和按察使联合监督税粮押运盘点，实行集体负责。他还创立扣分制，凡税粮有减损，各级负连带责任的官员都要被扣分，扣分到一定程度，便自动下岗。苦心谋划下，成化朝时期连年入不敷出的明王朝终重现生机，数百年后，清末政治家曾国藩也曾感叹："前明弘治时，民不加赋却国用足，诚为我朝之鉴也。"

在成为阁老后，丘濬做的最重要的一件事——盐政改革，影响更是深远。改革的对象，正是朱元璋时代杨思义首创的开中法。开中法的本意，是要在国家垄断盐业贸易的前提下，用授权盐业贸易的方式，鼓励商人向边关输送粮食。但在明朝中期，这一政策已很难实行：一者是官员贪墨，利用盐业贸易渔利；二者是部分商人弄虚作假，利用明王朝发放的盐引扩大食盐贸易，甚至造假盐引渔利。但最重要的一条是：开中法原本的方式是商人用粮食换盐，但是在明中期，盐价和粮食价格的比例早发生了变化，单纯的以粮易盐早已无利润。因此朱祐樘即位早期，虽屡次清查，查办大批贪墨官员，但诸多盐商对此应者寥寥。

这个问题，丘濬在《〈大学衍义〉补》中也有论述："开中法之弊，贪墨为其表，无利乃主因。"弘治五年，依新任户部尚书叶淇陈奏，朱祐樘正式改革"开中法"，由原来的"以粮换盐"，变为"以银换盐"，一字之变，即引得商人纷纷响应，国家得到大笔收入充实国库，北方盐业贸易也因此繁荣。此奏议虽由叶淇提出，但身为阁老的丘濬是坚决的支持者，不但在朝堂上极力赞同，更与反对改革的徐浦等人据理力争，他更看到了叶淇看不到的地方：奏请朱祐樘"调太仓之粮输九边，以太仓粮易九边银"，即用政府行为"宏观调控"，防止银多粮少造成物价飞涨。可年轻急于求成的朱祐樘这次并未采纳，事实果如丘濬所料，数年以后，北方边境粮食价格暴涨，差价竟与中原相差 3 倍。从此时起，原本垄断食盐业的明王朝变成了"批发商"，盐业贸易的繁荣，带动了两淮和山西两大商人集团的崛起。国家不但通过开中法获得了大量收入，更从盐业贸易中抽取了大量盐税，明末史学家谈迁曾赞叹道："国朝盐业之利，自此数倍于前。弘治中兴之局，富庶由此奠定。"在这"中兴之局"中，呕心沥血的丘濬实现了祖父"以济天下"的厚望，明史称他"一代贤辅""中兴贤儒"，至为公允。

四

但相比于"弘治中兴"18 年的诸多英杰人物，无论是比起"凝重有度"的内阁首辅徐浦，还是被赞为"弘治三君子"的马文升、刘大夏、王恕三位六部堂官，以及被赞誉为"公谋断内阁"的谢迁、李东阳、刘健三位阁老，甚至比起地位远不如他的杨守随、王琼、姜宛等地方官，身为大明朝"副总理"的丘濬，不但在正史中的记录多被一笔带过，且在清代更遭诸多"大儒"的口诛笔伐，生前身后的评价相去甚远。有关他的记录，很少见于专门的传记，只能从明朝中期的历次"大事件"中摘录整理。声名寂寂如此，原因究竟何在？

论学识，丘濬自幼即被称为神童，在弘治朝当时更可称学问第一，是当时官场上难得的博古通今的人才。论政绩，丘濬为官数十年，任礼部堂官时大行义务教育，参与编纂《明英宗实录》《宪宗实录》《宋元纲目》。弘治五年，他奏请整理天下典籍，抢救珍贵资料无数。著作《〈大学衍义〉补》更是眼光超然，领百年风气之先，入阁为相后，又苦心筹谋，兴利除弊，堪称弘治中兴的总设计师。论名声，丘濬为官清廉，身为阁臣，家境却贫寒至极，其所住房屋，还是初入京城为官时购置，40年来无钱修缮，早已破败不堪。他一生酷爱读书，逢好书必买，囊中羞涩时，宁可跑到当铺当家具，至他去世时，已是家徒四壁。然而对于学富五车、呕心沥血、为官清廉的丘濬，其老上级，时任内阁首辅的徐浦在其文集《谦斋文录》中却有不同评价："丘公固有经天纬地之才，然为官一生，素来胸襟狭隘，睚眦必报，因小隙构陷同僚，党同伐异，终令声名受损，也诚为天下为官者谏。"

事实正如徐浦所言，丘濬为人胸襟狭隘。成化朝时，仅因政见不和，便趁项忠、杨鼎等人遭陷害时落井下石，引起了公愤。朱祐樘即位后，丘濬官升一级，身兼大明朝经济建设的重任，虽是宰相，但肚子依然撑不得船，但凡有不同意见，皆遭他打击报复，甚至于同内阁同僚也时常争吵。史载一次在内阁与同僚刘健争吵，面红耳赤时，丘濬竟掷冠于地，差点儿就动手开打，朝堂之上，凡有言官弹劾丘濬，丘濬立刻当场对骂，徐浦说他"污言秽语尽出，全无宰辅之风"。此外，身负奇才的丘濬性格也极为高傲，尤喜奉承之言，凡"赞誉其才者，皆得其喜，指斥其过者，皆惹其恕"。正因如此，在他为官的晚期，留下了一生最大的污点——弘治六年的王恕案。

王恕，字宗贯，时任明朝吏部尚书，在当时，他是出名的直臣。朱见深时代，他曾在云南抵制明朝太监的采办，且救下了因弹劾妖僧继晓被下狱的言官林俊，一时声名大震，民间有言"两京十二部，唯有一王恕"。朱祐樘登基后，将已退休的王恕召回，任吏部尚书整顿吏治，裁汰冗官惩治腐败，建树颇多。同为清官能臣的他，本与丘濬是一类人，但不幸的是，王恕同样性情孤傲，且在弘治朝初年，王恕官至执掌人事权的吏部尚书，在六部中号称天官，对待其他五部尚书时常趾高气扬，对时任礼部尚书的丘濬更是如此。起初丘濬尚能忍耐，但弘治五年丘濬入阁后，王恕依然对丘濬指手画脚，不但日常交往中傲慢无礼，且工作中时常抵触。是年八月，王恕向朱祐樘提交一份被裁官员名单，其中有三分之二是丘濬准备启用治理经济的能臣，二人为此大吵，王恕竟当着朱祐樘的面，数落丘濬成化朝时期陷害言官打击项忠的烂账，令丘濬大伤自尊。此后两人不交一言，怨仇从此结下，偏巧此时，太医院一个叫刘文泰的医生也因机关精简问题同王恕结怨，便借机对丘濬大加奉承，两人竟成了莫逆之交。经二人合力整黑材料，丘濬终于抓到了王恕的一条"小辫子"——成化年间王恕罢官归乡后，曾找当地秀才撰写自己与奸臣做斗争的光荣事迹，其中对先帝朱见深的行为多有嘲讽。弘治六年（公元1493年）春，丘濬"鸡蛋里挑骨头"，授意刘文泰上奏，指责王恕诽谤先帝，一时间朝野震动，大臣们纷纷借此相互攻击。朱祐樘命锦衣卫夜审刘文泰，稍一动刑，软骨头的刘文泰就把同丘濬的密谋和盘托出。真相大白后，同样厌烦王恕飞扬跋扈的朱祐樘乘机命王恕退休回乡，这位声名显赫的老政治家从此彻底告别了政坛。对于打击陷害的丘濬，朱祐樘仅申斥之，并无任何加罪，一时间朝议哗然。

虽被除掉，但王恕威望崇高，在成化朝时曾救下林俊，弘治朝初年的两京之狱时，更救下多名得罪权臣刘吉的言官，早就是各位御史给事中眼里的大恩公，赶走王恕，丘濬可谓得罪天下言官。此后几年，任丘濬鞠躬尽瘁，各路言官口诛笔伐，弹劾丘濬的奏章络绎不绝，从而彻底把丘濬"搞臭"。弘治八年七月，积劳成疾的丘濬与世长辞，享年 73 岁，朱祐樘大为悲痛，追赠太傅，谥号文庄，并拨大内专银在丘濬家乡修建陵寝，其墓高 6 米，分 16 级台阶，上有朱祐樘亲笔提写的"理学名臣"四字，足见悼念隆重。但朝臣们反应冷漠，丧礼的时候吊客寥寥。丘濬生前的莫逆之交刘文泰前来吊唁，一进门就被丘家家丁乱棍轰出来，丘濬夫人当场哭骂："汝损吾夫清誉甚矣！"

虽是损清誉甚矣，但弥留之际，丘濬依旧一心扑在工作上。生命的最后时刻，丘濬双目近盲，难以写作，依然以口述方式向朱祐樘上奏章。一是建议朱祐樘"可招募边地良民为壮勇，以补军户之兵不足"。依此议，丘濬去世数月后，朱祐樘正式颁布了《民壮法》，即从农村乡民中选拔精壮民兵，农闲时训练，战时编入军队，这是世界上最早的义务兵役制。二是完成了《大明会典》的修订纲要，依丘濬的提纲，两年后朱祐樘正式下诏修改《大明会典》，删去朱元璋时代诸多苛刻刑法条文，可谓善莫大焉。而一直伴在丘濬身边的这位记录员，是丘濬弘治元年编纂《明宪宗实录》时的助手，丘濬当时就赞他"宰辅之才，他日成就远胜于我"。这个人，就是彼时翰林院修撰，后来大明正德朝内阁首辅，被明史赞颂为"镇静持重""补苴匡救"的一代名臣——杨廷和。

第十六章

十六世纪的中国海商们

2005年作家李敖在北大演讲的时候，曾有一句发人深省的名言：5000年来，我们总以为敌人来自草原，直到吃了亏挨了打才明白，我们真正的敌人来自海上。

从其演讲的内容看，这句话所指的对象，是鸦片战争及其后的中国，但明王朝，恐怕对这句话也会体会至深。从建国开始，明王朝的主要战略防御重点，就是北方的蒙古部落，从朱元璋起就修筑长城，北方设九边，囤积雄兵百万，到朱棣时更迁都北京，加强北部防御。来自海上的威胁，从元末明初开始，先是倭寇的持续骚扰，屡剿屡不绝。不过在明朝中前期，多是小打小闹。从明朝中期的嘉靖皇帝朱厚熜登基开始，倭寇却成为困扰整个明帝国的大患，从山东到浙江再到广东福建，倭寇肆虐中国东南沿海长达20年，这期间葡萄牙殖民者、西班牙殖民者相继来犯，东南沿海百姓惨遭屠戮无数。海上的敌人，渐成中国边防大患。

翻检明朝中期有关海患的各种史料时，我们却惊讶地发现了如下的几个新名词。一是奸民，多出现在有关葡萄牙殖民者入寇的各类记录中，称葡萄牙殖民者是以沿海奸民做向导，继而侵扰中国东南沿海，起先只是少数人，后来却有"人心思乱，百姓纷纷为奸民"的记录。二是"真倭""假倭"，真倭容易理解，多是来自日本的海盗倭寇，假倭却鱼龙混杂，有"海匪""海寇""海贼"，都是沿海当地华人。甚至在相当长的一段时间里，"假倭"骚扰的次数和规模，要远远大于"真倭"。如此奇景，确为先前历史所罕见。不管"奸民"还是"假倭"，却都折射出了另一个新名词：明朝中期，中国东南沿海的华人海商。

一

在明王朝立国后的一个多世纪里，海商其实是一个非法的词。

战国时期开始，中国东部沿海就有以海外贸易谋生的商人群体，到唐宋元时期，中国沿海的海商已然渐成规模，甚至一度达到极盛之景。比如中国东南沿海边民大规模地移居东南亚，就是从唐朝中后期开始的。到宋元时期，中国的海外贸易曾达到顶峰，东部的泉州、宁波、广州等港口，皆为国际化贸易港口。元朝末年轰轰烈烈的农民大起义中，东南沿海起事的张士诚、方国珍等人，皆与东南沿海业已壮大的海商势力有密切联系。比如张士诚麾下的诸多将领，皆是海商家族出身，方国珍虽是贩盐出身，却是以联合海商，啸聚海上的方式起兵反元。《元史》说东南元末农民大起义时，说"东南海寇四起，交相为乱"，诚为实情。

农民出身的朱元璋，从争天下开始，至最后一统河山，对海商采取的是严厉打击策略。在明王朝鼎定天下后，朱元璋先是严厉打压江南富豪，尤其是有海商背景的富户们，不但课以重税，更逼迫许多家族举家北迁，至北方边境地区屯垦。这里要提一人，即大名鼎鼎的江南富豪沈万三。世人皆传说他有聚宝盆，事实上他的发家方式很简单，就是坐镇周庄，利用运河便利收购内地货物，再高价转卖外国商人，方国珍、张士诚等人皆是他的贸易伙伴。《吴县县志》说他的发迹"富甲天下，由通番而得"。明朝建立后，沈万三主动表忠心，不但向朱元璋捐献财物，为朱元璋修缮南京城墙，更出资犒赏军队。不过，他的这些行为却惹得朱元璋大怒，明朝洪武六年（公元1373年），朱元璋降罪沈万三，将其流放云南，家产充公，7年后沈万三死于云南（又说贵州）。事情还没有完，洪武十九年（公元1386年），沈万三二子沈至、沈庄又获罪入狱，沈家再遭抄家。甚至在朱元璋临作古的洪武三十一年，借"蓝玉案"由头，朱元璋再次将沈万三家人下狱，沈万三曾孙遭凌迟处死。几度整治，终让这个元朝末年富可敌国的家族凋零败落。

朱元璋之所以整治沈万三，有说是垂涎于沈家巨大财富，也有说是因为沈万三犒赏军队，犯了朱元璋的忌讳。然而一个不容忽视的事实是：自明朝一统天下后，先前张士诚、方国珍等部的残余势力皆盘踞沿海诸岛，时常伺机骚扰内地，他们勾结倭寇以及沿海海商，连年作乱。对此朱元璋采取了最简单粗暴的办法，一面在东南沿海屯兵50万，设立卫所上千，加强海防；一面大力整治国内与海匪有瓜葛嫌疑的海商们。沈万三，就成了朱元璋杀鸡儆猴的道具。同时朱元璋厉行闭关锁国，就在沈万三获罪的次年，朱元璋裁撤了自唐朝起开始设立的泉州、明州、广州三处市舶司。大明律更规定：凡擅自造船且与外国人交易的，一律处斩，家人流放戍边。严打之下，自唐宋起日趋繁荣的中国东南海外贸易，几乎禁绝30年。

海禁口子的松动，是在明朝靖难之役结束，永乐皇帝朱棣登基后第二年开始的。永乐元年，永乐皇帝朱棣在明州、泉州、广州三地重开市舶司，尤其是广州市舶司，不久之后由宦官监管。朱棣有此举，一面是为即将开始的郑和下西洋做准备，另一面也是为加强对官方朝贡贸易的管理。明朝海禁与清朝最大的不同，就是明朝并非闭关锁国，而是将海外贸易权牢牢抓在政府手中，由政府进行官方贸易。但这种官方贸易基本是花钱买面子，往往都是花买人参的钱换外国人的萝卜，以体现大明朝的富庶。海禁的两个缝隙，也在此时产生——私货与互市。

所谓私货，就是外国来朝贡的使团，除了携带进行朝贡贸易的货物外，往往还夹带许多私人货物，用以进行私下贸易。而贸易的方式，就是在市舶司的监管下，与当地商人进行互市。这种情况在永乐元年就曾发生，渤泥国使者在南京与当地商民互市，市舶司请示朱棣是否征税，朱棣大方地表示免税。这以后很长时间，对互市少征税甚至不征税，就成了惯例。如此一来，大批外国使团朝贡时，都争相夹带私货，私下的互市比官方的朝贡贸易还要热闹。历经朱元璋时代打压的中国海商，就这样缓慢地复苏起来。

到了明朝中期的宣德、正统年间，情况继续起变化，彼时明王朝承平日久，东南沿海经济发展迅速，打破明王朝官方垄断的商业走私活动日益猖獗。明王朝曾多番打击走私，比如宣德八年（公元1433年）八月就曾严令各省查禁走私。景泰三年（公元1452年）又在福建搞整顿，严禁沿海边民私下与海外商人贸易。但新海商势力还是发展起来，比如在福建，就出现了专门交易走私货物的乡集，形成了一套地下网络，并在正统年间演变成轰轰烈烈的邓茂七大起义。起义虽然被明王朝镇压，但彼时明王朝刚刚经受土木堡之变，国家元气大伤，因而对参与叛乱的众多走私势力胁从不问。顾炎武的《日知录》上说此后"私通番者益多也"。

明王朝不知道的是，朱棣重开市舶司后至15世纪末的这近一百年，中亚国家战乱，陆上丝绸之路今不如昔，中国的丝绸、茶叶、瓷器在欧洲国家价格暴涨，而转运东方货物的马六甲航线，这一时期正控制在西亚和东南亚国家手中，他们通过朝贡贸易得到的中国货物，向西方国家高价售出牟取暴利。仁宣之治后的明王朝，已不堪朝贡贸易的负担。一面是市舶司管理松弛，外国朝贡使团往往违反规定，带来超过限额的货物进行交易，为了面子，明王朝基本都是照单全收。朝贡的越多，明王朝赔本也就越多。同时明王朝土地兼并严重，自明英宗朱祁镇在位开始，国家田赋收入连年锐减，朝贡贸易也就越发力不从心。

到了明朝正德四年（公元1509年），明王朝不得不再次做出调整，规定凡外国来华贸易的货物，但凡私货，皆按照百分之二十的比例抽税。从此开始，原本负责监管私货贸易的市舶司，职责更多转向了税收。原本由市舶司监管的私货互市，改由市舶司在当地组织牙行来完成。所谓牙行，就是市舶司出面，委派当地人组织市场，管理私货互市，受委派的人要求是当地有抵业人户，其实就是与市舶司关系密切的当地商人。此时是明武宗朱厚照在位的时期，先是刘瑾乱政，继而刘六、刘七起义，随后明武宗又北伐蒙古，游猎四方，上上下下花钱的地方很多。经此改革，市舶司果然收入大增，仅正德五年（公元1510年），广东市舶司送交中央的白银就达30万两，给明王朝解了燃眉之急。可从此时起，市舶司的职权一步步下降，沿海的海商势力借助"牙行"掩护，走私活动日益猖獗。

观明朝立国之后的海禁政策，至16世纪初叶，可谓演变甚多，海禁的严厉程度，可以说是时紧时松，但总的趋势，却是越来越松。此时明朝商品经济发展，资本主义萌芽初兴，东南沿海海商势力日益增多，且借牙行等改革，许多交易日益合法化，市舶司的权限，也在一步步缩小，原先的包办一切，变成越来越多的放权。但与此同时，从永乐至正德年间，明朝市舶司的关税收入却在直线上升，早年的花钱买面子，变成此时税额日益增加。海商权限的扩大，海禁政策的名存实亡，已是大势所趋。此时，一个外来因素的加入，给这个大趋势加了催化剂——葡萄牙人。

这时正是16世纪初叶，西方新航路开辟时期，葡萄牙船队一路拓展，先击败垄断印度洋贸易的印度舰队，又占据马六甲，下一个目标就到了中国。葡萄牙人第一次造访中国，是明朝正德九年（公元1514年），葡萄牙船队抵达珠江口，他们要求与明朝政府贸易，因为拿不出明朝朝贡贸易的勘合（贸易许可证），遭到明朝政府拒绝。不过，葡萄牙人发现了另一群人——广东当地的走私商人们，他们主动与葡萄牙进行交易，且给葡萄牙人做向导。通过在广东牙行供职的商人牵线，葡萄牙成功向广东镇守太监行贿，获得了入京觐见朱厚照的机会。孰料好景不长，正德十六年（公元 1521 年）朱厚照病逝，嘉靖皇帝即位，对葡萄牙采取了强硬态度，不但驱逐了广东沿海的葡萄牙商船，更调动水师，在广东屯门、西草湾两次痛击葡萄牙舰队。眼见得和明朝政府通商没戏，葡萄牙开始和沿海的海商们勾搭连环。这些常年在东南沿海搞走私贸易的海商，在当地熟门熟路，且饱受明朝政府打压，自然乐意与葡萄牙合作发横财。从此，葡萄牙人、倭寇、东南海商联合作乱，反复骚扰东南沿海，这就是嘉靖皇帝在位时期开始的倭患。

今人说到抗倭，波澜壮阔的战斗说了很多，不过一些提及很少的事情，却会让后人惊讶：与葡萄牙人以及倭寇勾结的沿海海商，固然都是当地臭名昭著的走私犯，但沿海的百姓也纷纷参与其中。比如嘉靖二十六年（公元 1547 年）著名的横屿岛之战，是葡萄牙人、倭寇，以及海商李光头等人联合占据浙江横屿岛，将当地建成了一个国际贸易港口。日本历史学家藤田丰八曾赞此地为十六世纪的上海。岛上贸易繁荣，商旅云集，不但各国商人纷至沓来，就连当地周边的商户也纷纷参与。岛上不但有集市，更有李光头的衙门，葡萄牙人的教堂和医院，俨然一个国中之国。嘉靖二十六年，明朝闽浙总督朱纨调集大军，发动强攻，一举攻破双屿岛。上岛后他惊奇地发现，岛上 40 里长的主干道竟然寸草不生。朱纨不禁感叹道："商旅往来之多，由此可见。"双屿岛之战后，大批的海贼们逃至福建地带。朱纨趁热打铁，火速追击，相继在福建吴语和走马溪重创海贼，且严厉打击走私，将有通番行为的 90 多名罪犯当众正法，重手打击下，福建倭患稍息。

但让人扼腕的事情发生了，立下战功的朱纨，旋即遭到弹劾，众多御史纷纷指责朱纨"滥杀无辜，草菅人命"。众议汹汹下，嘉靖帝也不得不罢掉朱纨官职。朱纨受不了这个气，愤然感叹说"去外国盗易，去中国盗难"，慨然服毒自尽。

朱纨之冤，后人大多归结为奸臣陷害、奸商诬陷，但一个实际情况是，不止福建当地与海贼有勾结的势豪大户们，就连普通的小民百姓，也有人状告朱纨。当地沿海百姓，多年以来都参与走私贸易，许多人以此为生。朱纨秉承嘉靖帝圣旨，到任后厉行海禁，打击走私，自认为为民做主，却无意断了大多数人的活路。彼时福建，走私猖獗已经多年，当地士绅权贵乃至普通百姓皆有参与其中，就连京城的福建籍官员，也多有人从中渔利。海商猖獗，作乱沿海，其实是明王朝一百多年来海禁自酿的苦果。

在明朝海禁开放前，称雄东南沿海的海商们，耳熟能详的是三个人：王直、徐海、吴平。

二

许多历史书里，这三位海贼，毫无例外地都被称为汉奸，因为他们与此时肆虐中国沿海的倭寇，有千丝万缕的联系。三个人在海商中身份不同，人生目标不同，下场却殊途同归——被明王朝镇压。

说三个海商有什么区别，或许可以这么说：一个很有理想的，一个有点儿理想的，一个根本没理想混吃等死的。

很有理想的，是王直。他是徽州歙县人，本就是商人家庭出身，成年后先是在老家搞走私，遭明王朝连番打击损失惨重，几次被追得走投无路，最后决定赌一把，伙同徐唯学、叶宗满等同伙于嘉靖十九年（公元 1540 年）

流窜到广东，倾囊所有打造了一艘大船后偷偷下海，躲过了明朝战舰的巡逻，此后就"放开金锁走蛟龙"。他们先加入了海商许栋的走私团伙，许栋被明军在双屿岛击毙后，部下差点儿鸟兽散，关键时刻王直挺身而出，率领残部冲出明军重围。此后几年，王直盘踞于东南沿海的海岛上，和明王朝打起了游击战，对外贸易也做得有声有色，凭着海上打劫以及往日本走私，迅速聚敛了巨额财富，原先大大小小的海商势力，也被他一一平灭。不但能打，王直还很能送，明朝沿海的官军头目，有多人曾收过他的好处，与他相互勾结。经数年苦心经营，王直成了东南沿海中国海商的魁首，沿海的海商船只，必须要挂王直的五峰令旗，才能在海上安全通行。当了老大的王直，也有了一个响亮的名号：老船主。

今人说起王直的发迹史，无不说他勾结倭寇，作乱东南。事实上，王直虽然一直往来于中日之间，但一直到他当海盗的第五年（公元1544年），才真正带了三个倭寇一起打劫，之前的买卖，基本都是他的团队单干。当了老大后，王直不再打游击，反而大大方方地在日本长崎建立了自己的地盘，起名号叫宋国，在当地自立为王，招兵买马，成为各路海贼中实力最强的一支。今人多以王直麾下有诸多日本倭寇为由，称其为汉奸，其实所谓倭寇，都是王老船主打仗的炮灰。顺便说一句，盘踞长崎的王直，将与自己一直有贸易往来的葡萄牙人介绍给长崎当地诸侯源义长，葡萄牙人从此获得了在日本通商以及传教的权力，西方的科技尤其是军事科技开始大量传入日本。后来的织田信长，正是积极向葡萄牙学习火枪技术，最终统一日本。说此举改变了日本历史，毫不过分。

但王直的理想不是改变日本历史，而是改变中国历史。在安徽搞走私的时候，他的理想是出海；出了海后，他的理想是当老大；当了老大后，他的理想是做老船主。一步一步，靠他敢赌的性格，他都实现了，而在他心里，却还有一个终极的理想：废除海禁，让海外贸易合法化。

嘉靖三十三年（公元 1554 年），胡宗宪就任浙直总督，让王直看到了赌一把的曙光。

胡宗宪到任不久，王直就给了他一个下马威。他从四月起，先打下太仓，又打下苏州，接着攻克青浦、嘉定、闸北，在明王朝最富庶的江南地区，轻轻松松来了场自驾游，所过之处杀戮无数，财物洗劫一空，明王朝的军队根本无法抵挡。兵威之下，胡宗宪很识趣，开始谋求和平解决，他先派使者蒋州出使日本，与长崎诸侯源义朝达成协议，以给予朝贡贸易特权为条件，令这路日本诸侯放弃侵扰，这等于给了王直一个和平信号。王直随即向胡宗宪表示，希望双方进行和谈。双方往来使者数次以后，王直提出了解除海禁，开放互市等要求，表示若如此，他不但会停止侵扰，更会帮助明朝剿灭其他肇事的海盗势力。解除海禁的事情，非胡宗宪能做主，但开放互市却可以商量。嘉靖三十六年（公元 1557 年），王直率大队人马开至浙江，在得到胡宗宪有关人身安全的保证后，王直放心上岸，至杭州与胡宗宪面谈，并再次托胡宗宪转奏明王朝，请求开放互市。

然而事情在这时候起了变化，开放互市的事，嘉靖帝朱厚熜起先态度暧昧，但闻听王直已经登岸至胡宗宪营中，朝中的反对派们登时底气足了。先是明朝兵部明确拒绝了互市的要求，接着御史王本固竟在杭州设计诱捕了王直。胡宗宪原本想招安王直，用以对付倭寇，没想到事与愿违，可还没等他发火，王本固理直气壮的弹劾就来了，言之凿凿地怀疑胡宗宪通倭。朝廷里的愤青们也口诛笔伐，连番斥责，重压之下，为保全自己，胡宗宪只能缄口，不再为王直辩白。即使是在狱中，王直依然不放弃自己的初衷，连番向朝廷上奏折，先是保证自己一定可以戴罪立功，抵御倭寇，更坦言如果开放互市，明王朝可以通过外贸获得重利。奈何痴心一片，明王朝始终充耳不闻。嘉靖三十八年（公元 1558 年）十二月十五日，王直在杭州被处斩，临终有遗言："死我一人，恐苦两浙百姓。"此话不幸被他言中，王直遭诛后，其部下在养子毛海峰的带领下盘踞浙江岑港，与明军对抗，明王朝调集了戚继光、俞大猷两位抗倭名将，苦战8个月方攻克。更让明王朝意想不到的是，沿海的倭患因王直之死而加剧，群龙无首的海盗们，对明朝东南沿海发动了大规模的侵犯。王直在世时，海盗入寇，不过几千人，王直死后，几乎每次入寇，都是上万人的大规模入侵，惨烈程度，远超先前。

比起有理想的王直来，同样被看作汉奸的徐海，是一个有点儿理想的人。

比起王直主动赌一把，倾家荡产做海盗。同是枭雄的徐海干这行，完全是被他叔叔拉上贼船的。

他本是杭州寺庙的一个和尚，法号叫普静，每日吃斋念佛，日子也算无忧无虑。有一天，他的叔叔找上门来，哄骗他一起出海做生意发财，徐海上了船才明白，原来是做海盗。巧合的是，徐海的叔叔正是当年一起随王直跑船的老弟兄徐乾学，徐海就这样，成了王直手下的一个马仔。徐乾学想摆脱王直自立，踢开王直单独和日本倭寇合作，在一次战斗中意外被打死了。痛失亲人的徐海，就这样加入到了倭寇的队伍里。

上了船的徐海，经过无数次战斗才发现，吃斋念佛半辈子的他，最大的本事竟然是打海战。

徐海擅长打海战，几乎是无师自通，不但独创了海战阵法，还精指挥。彼时明朝水师的主力战舰是大福船，吨位和火炮都优于倭寇海盗船，所以一旦在海上遇到明朝舰队，倭寇大多都是好汉不吃眼前亏，开几炮立刻开溜。徐海却不溜，他独创了近战法，利用倭船速度快灵活的优点，发挥铁炮小炮的优势轰击明军，多次成功以小搏大，凭节节胜利，徐海在倭寇中地位攀升，很快有了一支自己的武装。他的角色类似于抗战电影里那些领着鬼子扫荡的汉奸们，即给日本海盗做向导，在中国沿海侵扰，事后坐地分账。因他的部队战斗力强悍，明军多不敢战，许多没种的明朝水师见了

"徐"字战旗竟然立刻逃命。彼时明朝水师中,能与徐海对战的水军将领,仅俞大猷一人。

如果说对王直,胡宗宪尚存招安之心的话,那么对徐海,胡宗宪从一开始就下定了决心:除恶务尽。可徐海太恶,明军的实力根本除不了他。所以就在与王直接洽的同时,胡宗宪假意拉拢徐海,连番派使者接洽,并向徐海出示王直与胡宗宪往来的书信。得悉王直也欲归降后,徐海降心大起,他本身就是被倭寇,外带他十分宠爱的美妾王翠巧早不愿过这种颠沛流离的日子,天天给徐海吹枕边风。徐海也深知,窜犯海上,并非是长久之计,总要给以后谋个出路,因此也与胡宗宪频繁使者来往。但徐海不知道,自己的亲信王傲在几次出使后,被胡宗宪策反,成了明朝的内应。灭顶之灾,逐渐降临。

嘉靖三十五年(公元 1556 年)正月,动心的徐海为试探明朝态度,发动了对浙江沿海的试探性进攻,徐海军连掠瓜州、慈溪,明朝溃不成军。胡宗宪果断判断出徐海的意图,一面调集重兵与徐海对峙,一面派使者夏正斥责徐海。徐海试探着提出,要胡宗宪给他的部下犒赏,胡宗宪大手一挥送来 5 万两白银,外带好酒好肉。徐海又一次试探性进攻,在青浦江面上,俞大猷部浴血奋战,杀退徐海。恩威并施下,徐海终于服软,卧底的王傲又故意给徐海放风,说徐海的同伙陈东、麻叶二人也准备投降。几番权衡下,徐海降心渐定,主动从浙江沿海撤退,并放还先前抓获的 200 多明朝俘虏。就在徐海松懈间,胡宗宪突然发动进攻,派俞大猷奇袭徐海的老窝乍浦岛,一举端了徐海老巢,徐海多年打劫积累的财物被洗劫一空,众多部下的亲眷也落入了明军之手。如此一来,先前被胡宗宪求着投降的徐海,如今却不得不投降了。

胡宗宪的几招彻底制服了徐海,随后徐海俯首帖耳,表示愿意诚心归降。胡宗宪趁热打铁,让徐海率兵消灭自己的老搭档陈东、麻叶,作为归降的投名状。人在屋檐下，徐海只好低头，随后徐海再次发挥水战天才，连续消灭陈东、麻叶两个同伙，将两人绑了送给胡宗宪。如此一来，横行东南一世的徐海，终在海盗里众叛亲离。得此结果胡宗宪立刻传话徐海，允许他归顺。徐海立刻带上万部下来到杭州，杭州城外，徐海旌旗招展，军威浩大，明朝官员无不心惊。胡宗宪不惧，摆出总督派头镇住了徐海。接着解除徐海部下的武装，安置在杭州城边的沈庄，此时徐海正在憧憬着太平日子的美梦，面见胡宗宪的时候就表示："此次归顺，不求大富贵，但愿得一闲职，全家太平度日足矣。"他不知道，一场灾难马上要降临了。

是夜，胡宗宪调集了最精锐的俞大猷部，对徐海的降兵发起突袭。明军忽然杀到，毫无防备的徐海部登时大溃败，经一夜杀戮，徐海部上万人被歼灭，全军覆没的徐海，走投无路下愤然投水自尽。这支仅次于王直的东南第二大海寇势力，在胡宗宪一步一步的算计中，就此覆灭。

主动做倭寇的王直，和被倭寇的徐海，至今依然是家喻户晓的人物。然而比起这两位有理想的海商，此时的明朝东南，还有第三股海商势力，这个没理想的人虽然今天知名度不高，却也是彼时明王朝头疼的角色——吴平。

王直是半路出家做海盗的，徐海是被海盗的，相比之下，吴平的资格却老得多，他家世代都是做海盗的。

吴平，福建诏安梅岭人，从明朝正统年间开始，这里就是走私的重灾区，吴平的祖父、父亲皆上过明朝当地政府的通缉令，到吴平这一代更是闯出了名堂。横屿岛之战时，他只是一个跟着李光头冲锋的小头目，一场横屿岛之战，闽浙地区有影响力的海盗头目，大部分都被明军捕杀了，小头目的吴平从此脱颖而出。他先是做了大海盗林国显的侄女婿，在林国显的帮助下有了一支自己的团伙。而后就随帮附伙窜犯东南，王直嚣张的时候，他跟着，徐海嚣张的时候，他也跟过，等着王直和徐海相继伏诛后，吴平收罗了两人的不少部下，实力一下子膨胀，一跃成了东南沿海势力最强大的海盗，并接下了王直死后与日本方面的合作关系。从嘉靖四十年（公元1561年）开始，吴平大肆窜犯福建一带，相继攻克兴化、走马溪、浯屿等沿海重镇，杀掠平民无数。明朝倭患的重灾区，也从浙江转到了福建、广东。

要说吴平的发家全靠捡了王直、徐海的洋捞，却也不尽然，和徐海一样，吴平也是个擅打海战的高手，连船坚炮利的葡萄牙舰队都被他打劫过，人送绰号"闹海长鲸"。比敢赌的王直，他胆子更大，不但和倭寇合作，打劫上也很有国际主义精神，不仅劫掠福建、广东，也时常窜犯朝鲜、越南、爪哇等周边国家，他的部下也是华人、日本人、葡萄牙人、越南人都有，堪称国际海盗团伙。他的据点是今天广东和福建交界的南澳岛，此地地势险要，易守难攻，且打劫方便，明军曾数次强攻，皆无功而返。此时嘉靖帝急欲解决倭寇问题，连下诏书申斥当地地方官。为求政绩，明王朝又拿出了招安把戏（这次是真心想招安），吴平狡猾，先答应了招安，却死守着南澳不挪窝，中间不断向明王朝狮子大开口要军饷，且抽个冷子就出去打劫。到了嘉靖四十三年（公元1564年），吴平降而复叛，大肆掠夺福建、广东地区，一度兵逼福州，被耍得团团转的明王朝才知道上当了，而彼时吴平，已拥兵数万，且有巨型战舰百艘。无论当年的王直还是徐海，论实力都难与他同日而语。

嘉靖四十四年（公元1565年）五月，经过精心准备，明王朝发重兵围剿吴平，这支大军由名将汪道昆为总督，麾下包括俞大猷的俞家军，戚继光的戚家军，还有四川刘显的川军。三支明朝最精锐的王牌军皆拿出来对付吴平，可谓动了血本。五月中旬战斗打响，吴平收缩防御，将战船集中在梅岭，阻遏明朝水师突进，另在南澳山头上挖掘战壕，储备了3年的口粮，意图长期坚守。孰料戚继光出奇兵，亲率千人敢死队，从山路小路杀入，一下子抄了吴平的后路。明军随即发动总攻，俞大猷的水师奋力突击，在梅岭全歼吴平水师。全军覆没的吴平不愧是闹海长鲸，硬是在明朝水师炮火下驾船冲开缺口逃生。可叹的是，因此事，在此战中立下头功的俞大猷遭总督汪道昆弹劾，竟遭撤职查办。

次年，始终耿耿于怀的明王朝决定跨国追捕，由汤克宽与戚继光联合率军，进入越南继续追杀吴平。明军从越南金兰湾登岸，分路搜捕吴平下落，终于在万桥山包围吴平，经一场激战，全歼吴平部390人，吴平死于明军炮火下。这场小规模的战斗，在明王朝历史上有重要意义：他是最后一伙被明军歼灭的倭寇，此战之后，中国东南沿海，再无大规模倭寇侵扰。

三

持续数世纪的倭寇之乱落幕了，但海禁问题，并没有结束。

其实一个多世纪以来，明朝质疑海禁的声音始终未停息过，嘉靖皇帝登基初期的名臣欧阳德就曾进言：以海禁防海匪，如抱薪救火也。嘉靖皇帝登基后，在海禁松还是严的问题上始终摇摆不定。朱纨的愤然自尽，王直的壮志未酬，悲剧根源皆于此。随着明王朝政局的变动，越来越多的阳明心学学派的大臣执掌国家大政，这些新思想洗礼下的官员，不少都有商人背景，对海外贸易持开明态度。嘉靖晚年，徐阶为内阁首辅，曾奏请开放海禁，遭到诸多清流们的反对，此事最终不了了之。但海禁之开，已为时不远。

嘉靖皇帝去世后，隆庆皇帝朱载垕即位。隆庆元年（公元1567年），开放海禁再次提上日程，彼时隆庆皇帝，接过的是嘉靖皇帝留给他的烂摊子，国库的存粮，只能支持一个月。财用匮乏下，开放海禁自然成了必然的选择。隆庆元年二月，朱载垕正式下诏，解除自朱元璋时代起已实行近200年的海禁，允许沿海商民与外国商人进行贸易。这一事件，就是历史上著名的隆庆开关。此后至明朝灭亡的70多年里，据西方经济学家统计，世界上有三分之一的白银都输入了中国，中国东南沿海经济从此蓬勃发展。原本是非法武装的海商，终于获得了合法的身份。在大航海时代已然进行了近100年后，古老的明王朝，终于敞开大门，迎接世界。

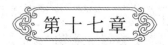

第十七章

不败神话戚家军

俗话说：世界上哪有不败的将军。

明朝万历十五年（公元 1587 年），山东蓬莱一所简陋的房舍里，一个戎马一生，此时已到弥留之际的老将军，留下了这样一句掷地有声的豪言：三十年间，先后南北，水陆，大小百余战，未尝一败。

他说，他是不败的将军。悠悠青史下，历代后人无一人说他口出狂言，无一人质疑他吹牛皮，所有了解他的人都知道，他所说的，是不折不扣的事实。

这个将军是戚继光，那支他统率下未尝一败的虎师，就是大名鼎鼎的戚家军。

一

在戚家军出现之前，自土木堡之变开始，至明朝中期，从北到南，不管是对付北方游牧骑兵，还是东南沿海的海盗倭寇，明军都败了很多次，败了很久。

明朝军队，在开国的时候，曾是一支横扫天下的雄师。徐达、常遇春、蓝玉，一次次追亡逐北，打得蒙古部落仓皇北逃。到明成祖朱棣时代更是极盛，朱棣5次北伐漠北，除了前两次蒙古部落尚敢接战外，余下3次，皆避明军锋芒，仓皇逃窜。明朝历史上最耻辱的败仗，当属1449年的土木堡之变，明英宗亲自统率的50万大军被瓦剌全歼，明英宗被俘。但这场惨败是拜瞎指挥所赐，外加此时明军精锐正在南方平定邓茂七。等到紧接着的北京保卫战，明军硬碰硬的在北京、大同等地和瓦剌军厮杀，一举击败对手，迫使瓦剌放还明英宗。可见此时明军尚能打硬仗，明朝军队战斗力真正大幅度退化，应该是从明宪宗朱见深开始。

　　明宪宗朱见深在位时期，蒙古鞑靼部已经占领了河套，明王朝曾多次发动搜套战役，企图驱逐河套的蒙古人，但事与愿违，几次北征，诸路军队皆畏敌如虎，不敢硬打，明军的怯懦、畏战，从此暴露无遗。此后虽有明孝宗18年中兴，但随后的荒唐皇帝朱厚照怠政，他虽自号武宗，时常统兵北巡，还和蒙古鞑靼可汗达延汗硬碰硬地打了一仗，但正是这时期，明朝完全丢失了河套草原，失去了这个宝贵的战略要地。到了嘉靖帝朱厚熜在位的时候，明朝简直是惨败大连环，先是继达延可汗后成为蒙古草原最强力量的鞑靼阿勒坦可汗，持续肆虐明朝边陲，年年破关南下，抢掠人口财物无数，甚至在嘉靖二十九年（公元1550年）搞起了大突袭，绕过明朝边防城关直冲到北京城下，差点逼得嘉靖帝签城下之盟。北京城外十几万明军竟无人敢出战，只敢跟在后面礼送蒙古军出境。北部边防败绩连连，东南沿海也好不到哪儿去，明朝水师虽然数次挫败葡萄牙殖民者，却屡屡被倭寇海匪打得灰头土脸。特别是嘉靖三十五年，40个倭寇登陆江南抢掠，一路杀到南京，沿路杀害军民数千人，明朝当地部队竟然无力阻止。军队战斗力如此不堪，明朝只能在北方加固长城，凭城抵御蒙古人，在东南剿倭中，胡宗宪也不得不拉下脸皮，机关权谋算尽，诱降战斗力强悍的王直、徐海部。王直伏法后，余部一千多人盘踞岑港，明朝调动数万精兵，打了8个月方才全歼，怎一个灰头土脸了得。

当年横扫天下的大明雄师，怎会如此不堪？

说原因，当然有很多，比如明朝自中期开始的重文轻武，文官带兵，少不得有外行领导内行瞎指挥的情况，又比如明朝军制分散，都督府有统兵权却无调兵权，兵部有调兵权却无统兵权，相互牵制造成事权不一，还比如明王朝政治腐败，军官贪墨，吃空额扣军饷，造成战斗力低下，都是原因，但核心的问题，却是士兵。

明王朝的政府军，从开国时就实行军屯卫所制，这个制度借鉴了唐朝时候的府兵制，明朝洪武、永乐两朝军力强大的根基，即来自于此。军屯卫所制的前提只有一个——土地保障。明朝士兵，基本都是国家划拨土地，战时打仗平时耕种，士兵世代服役，土地所有制完善的情况下，这个政策自然能激发士兵的作战积极性，且节约国家钱粮。明朝初期有军队180万，朱元璋曾自夸说"养兵百万，不费国家一分钱粮"。从明宣宗朱瞻基在位开始，明朝土地兼并日重，土地兼并的黑手，自然伸向了军屯。明朝宣德、正统、成化年间皆曾多次清丈军屯，但治标不治本。到了明孝宗弘治中兴时期，为保障军队战斗力，明孝宗一面清丈军屯，重新给军队划拨土地，一面颁布了《民壮法》，即各省州府，皆有义务挑选精壮农民，由国家给予补贴，战时打仗，这是世界上最早的义务兵役制度。此举一度奏效，但好景不长，明孝宗过世后，即位的朱厚照行政不作为，军队的土地兼并日重，大公公刘瑾就曾企图借清丈军屯来树立政绩，却激起反对，酿成安化王叛乱。此时明朝，军队土地侵占已成尾大不掉之势了，至嘉靖朝开始，越演越烈。

军队土地流失的最大危害，就是大量士兵流离失所，或者沦为军官家里的佃农。有的无地士兵为了活路，不得不给权贵家当杂役、奴仆，到了嘉靖朝中期，甚至达官贵人家修楼盖庙，也就直接调部队当苦力，保卫大明江山的百万雄兵，就这样沦为了苦役、杂役、佃农。这样的军队要战斗力，显然不可能。结果，就有了明军战场上屡战屡败的情景。

中国封建王朝的军事历史，总有这样一个固定的剧本，早期国家军队强大的时候战无不胜，后期国家军队战斗力衰退腐化，就不得不依赖大量带有私家军性质的军队，来继续保家卫国的使命。东汉末年的各路诸侯，唐朝末年的各路藩镇，宋朝的岳家军，等等，都属于这类性质。从明朝中期开始，随着政府军战斗力的退化，大批有卓越指挥才能的将领开始自己募兵，编练有浓厚私人烙印的军队，以期建功沙场。戚继光和他的戚家军，就是其中之一。

二

其实建立私人烙印浓厚的募兵军队，并非戚家军所首创，早在土木堡之变时，大同总兵郭登就曾招募健儿五千，用以补充兵力不足，但那时明军战斗力犹存，募兵只是补充。到了明朝中后期，边防形势日益严峻，大批募兵军队悉数粉墨登场。在戚家军扬名立万之前，嘉靖年间，北方有宣府总兵马芳在宣化编练的马家军，南方有谭纶曾在南京、台州等地"招募壮士，教以战阵"，四川有大将刘显的刘家军，还有早期在苏州抗击倭寇，由任环招募苏州乡民组成的任家军，和戚继光齐名的抗倭名将俞大猷，也有一支精锐水师俞家军。然而众多的×家军中，大多都是昙花一现，时至今日，名声最响亮的，还是戚继光亲手打造的那支英雄部队——戚家军。

戚家军之所以名声响亮，自然因为战斗力强悍，战绩辉煌。这一切，是怎么做到的？封建王朝中后期，私家军性质的部队，往往比政府军更有战斗欲望。究其原因无外乎以下几点：统帅的个人威望，士兵对敌人的苦大仇深，打起来不用动员，严明的纪律，同宗的地域性。戚家军，不但兼而有之，且有独创。

　　和其他的×家军相比，戚家军有很多相同之处。比如戚家军的士兵几乎都来自浙江义乌，对倭寇苦大仇深，戚继光个人，也建立了在军队里的绝对威信，戚家军纪律之严明，在封建社会上，怕是只有岳家军可以比肩。但与其他×家军不同的是，其他的募兵军队，多数只能依赖于其原统帅的调度，一旦统帅换人，不是战斗力溃散，就是士气懈怠。戚家军不同，后来的历史证明，即使在戚继光晚年遭罢斥后，他留下的戚家军依然保持了强悍的战斗力，在后来的万历抗倭援朝战争中建立功勋，并在辽东与后金的会战中用一场壮烈的战斗走完了最后的路程。在各类×家军中，戚家军更像一支国家军队，一支无论由谁统率，都能保持坚决的纪律、绝对的服从、一往无前的战斗精神的军队。这一切，都来自戚继光个人的独创——制度建军。

　　戚家军与其他军队最大的区别，就是严格到极致的军事制度。这是一支从选拔士兵、军事训练，乃至思想动员上都有严格纪律条令的军队。戚家军的选拔条例是最严格的：城市中人不要，相貌油滑的不要，在衙门里做过事的不要，性格暴躁的不要，优先挑选的，是憨厚朴实的农民。戚家军的练兵条例也是严格的，根据现存戚继光家乡蓬莱的有关记录，戚家军的训练科目，是明军中最多的，包括阵法、号令、练心、胆气、力量、武艺六方面。戚家军的待遇也好，虽说工资不高（士兵一年十两白银，折合人民币六千元，只相当于自耕农一年收入），但奖金丰厚，比如每杀死一个敌人，就奖赏30两，缴获的战利品，士兵平分。没仗打的时候，就拿训练来发奖金，每年正月、四月、七月、十月的初二，是戚家军训练考核的日子，考核成绩好的，就发奖金，成绩差的，就扣工资。另外比如作战有功，勇敢冲锋，再小的功劳，都找由头奖励，再小的错误，也找由头扣钱。除了严格外，戚家军也有人性的一面，规定除军机、谋反、杀人、奸盗、赌博等原则问题外，其他错误只要初犯，都可免于处罚，但一旦受罚，就要集合同队士兵，将军律高悬供桌上，当场处罚。戚家军的思想工作也做得好，每个营的战旗都绘有不同的图腾，以示忠君报国思想，思想动员灌输到每个士兵。戚继光的理想，就是要用严格的制度，树立一个军队的荣辱、尊严、士气、信仰，打造一支战无不胜的雄师，他做到了。

其实制度建军，是戚继光很早开始就有的构想，他是明朝开国侯爵戚升的后代，虽世袭爵位，且 17 岁就承袭了父亲的官职，但从小刻苦，全无纨绔子弟的骄纵。23 岁那年去北京参加武进士考试，碰上了阿勒坦发动的庚戌之变，战后兵部要求考生们每人写一篇如何防备蒙古入侵的策论，戚继光的策论叫《备俺答（阿勒坦）策》，很快在京城广为流传。就是在这篇策论里，他提出了一个颠覆明朝军事理念的观点：一个强大的军队，不能靠带兵者个人的能力维持，需要完善的制度和正确的执行，方能长盛不衰。所谓"兵制完备，令行禁止，定标准，重四艺，严军纪，重赏罚，可长保虎狼之师也"，实是戚继光的真知灼见。彼时的代理兵部尚书王尚学阅后大赞，夸耀道："此子他日必成名将也。"

少年成名后，戚继光先调防山东登州，升任登州指挥，在当地裁汰冗兵，整顿纪律，加强战备。此时倭寇的侵扰重点是江南地带，远在山东的戚继光自然没有用武之地。兢兢业业干到嘉靖三十二年（公元 1553 年），戚继光终于接到调令，升任浙江都司，专门负责军队屯垦，管后勤的活，自然也不是他所愿。所幸没干多久，浙江参将战死沙场，戚继光火线替补，升任参将，镇守宁波、台州、绍兴三府。到任没一个月，就有大批倭寇进犯，壮志满怀的戚继光立刻率军出击，欲打好出道后的第一战，没想到却是当头一闷棍：明军士兵见到倭寇，立刻撒丫子逃命，晒他一个光杆儿司令，幸亏戚继光眼疾手快，弯弓搭箭射杀倭寇头目，方稳定了战局。倭寇溃逃后，明军象征性地追了几步，接着就不追了，任戚继光如何严令，都无济于事。

　　一个月后又有倭寇来犯，戚继光率军迎战，明军又是一触即溃，幸亏戚继光处乱不惊，死战不退，才杀退敌人。但明朝士兵的怯懦无能，令他刻骨铭心。战斗结束后没多久，戚继光立刻打报告，给浙直总督胡宗宪上《任临观请创立兵营公移》，要求练兵。

　　事情似乎很顺利，戚继光慷慨陈词，胡宗宪虽对练兵成败心存怀疑，但还是支持了他，将其心腹曹天佑麾下的3000新兵交给戚继光训练。然后，戚继光就开始实施他制度建军的设想。戚家军最初的管理条令，训练科目，军事纪律，都是在这时期成雏形。经两个月整训，3000新兵战斗力大进，很快在几次小规模战斗里重创倭寇，部队凶猛地冲杀，摧枯拉朽地进攻，让年轻的戚继光满意不已。真正的考验马上来了：嘉靖三十七年（公元1558年），因王直伏诛，其余部盘踞岑港，大肆烧杀，明军调动上万军队围剿，戚继光的部队也在其中。当倭寇们决死一战的时候，戚继光再次看到了那不堪回首的一幕：他用完备的制度苦心数月训练处的士兵们，再一次在日本人的倭刀下崩溃，逃命，任人宰割，最后历经八个月苦战，明军终攻克了岑港，但付出了数倍于敌人的代价。

　　戚继光因此看到了他构想里最致命的一环：制度看似完美，却还远远不够，还需要对制度坚决的执行，执行的人，是士兵。入浙以来的三场闷棍，终于把31岁的戚继光彻底打醒了，如果说心目中的军队是一把锋利的宝剑，那么此时，冶炼这把宝剑的好钢都找不到。

　　一年后的八月，经过苦苦的思索，连番的寻找后，戚继光终于找到了自己所需要的士兵——浙江义乌青壮。民风淳朴悍勇的义乌人，是戚继光几经查访比较，确信的最佳人选，是足够铸造一把锋利宝剑的好钢。八月，戚继光至义乌募兵，经严格挑选，选定了4000人。然后是训练，将之前练兵的种种制度创建正式确立，严苛的训练，严明的赏罚，坚决的纪律，只为这一把披荆斩棘的利剑——戚家军。

戚家军很快训练成型了，从是年十月起，戚家军开始参加战斗，多次在小规模战役里击败倭寇。因这些胜仗，嘉靖三十九年（公元1560年）三月，戚继光改任台州、金华、严州参将，这支成军不到半年的新军，从现在起顶在了抗倭的第一线。真正的战斗，也从此时开始。

青锋出鞘，戚家军，来了。

三

戚家军的这场大考，发生在明朝嘉靖四十一年（公元1562年），中国军事史上的命名叫：台州九战。

这场战斗，不能不说是明王朝自找的，侵扰台州的倭寇，大部分都是当年王直的旧部。王直死后，倭寇一度群龙无首，随后经重新整合，又对浙江发起侵扰，比起以往千人规模的小侵扰，这次的动静非常大。参战倭寇总数不下两万人，这是明朝浙江省自建省之后，遭遇的最大一场兵灾。而顶在第一线的，就是成军仅一年之久的戚家军。

这时候的戚家军，仗打了不少，但多是百人规模的小战斗，真正千人以上规模的战斗，这是第一次。比起对面打了一辈子仗的倭寇来说，戚家军，还是一只初上战场的菜鸟。

四月，菜鸟们的战斗开始了。倭寇兵分多路，声东击西，先是2000倭寇故意乘船在绍兴海面招摇，接着又分路骚扰沿海州县。随后倭寇兵分两路，一路500人进犯新河县，主力部队2000人则盘踞宁海外围，伺机而动。新河县，是戚家军的后方大本营，里面住着戚家军的亲属家眷，包括戚继光自己的妻儿。先攻此地戚家军必救，调走戚家军主力后再发动进攻，倭寇的算盘打得精。但戚继光不惧，你打算盘我打人，他先派戚家军主力火速回援，在新河外围聚歼了500倭寇。见戚家军大出，倭寇自以为得逞，2000主力倾巢而出攻打台州，当他们抵达台州外围的花街时，却惊讶地发现，眼前是2000严阵以待的戚家军。原来驰援新河后，戚家军马不停蹄，深夜急行军70里回援台州，终于在花街堵住了倭寇。然后进攻，追杀，倭寇着实抗打，先被打垮，接着又整军反扑，再打垮，再反扑，接连被戚家军追杀了40里，最后不追了——倭寇败退至台州白水洋，统统被赶下江喂了王八，2000倭寇几无遗。值得一提的是，前后七战，戚家军仅阵亡3人，这支戚家军苦心铸造的军队，今日终显现出其坚韧的品格和强大的战斗力。3：2000的伤亡率，在整个中国军事史上，也可谓空前绝后。此战过后，"遇戚不得活"的说法不胫而走。

可还有不怕死的，仅过一个月，又有2000倭寇进犯浙江丽水，戚继光在丽水外上方岭设伏，再次重创倭寇。十几天后，此战残存的倭寇与另一股倭寇合兵，纠合3000人窜犯温岭，戚继光火速进兵，在倭寇行军路上将其拦截，一场遭遇战再次痛歼倭寇。得胜后的戚继光马不停蹄，他对胡宗宪奏报说："昔倭寇来我迎击，今宜是主动出击也。"带着这支已历遭苦战的部队，戚继光主动进兵，直接攻打倭寇盘踞在宁波外围的老巢，经过两场大战，将浙江沿海的倭寇据点尽数捣毁。至此，历史上赫赫有名的台州九战落下帷幕，戚家军共计斩首倭寇首级1478个，另倭寇有数万人溺死。浙江倭寇遭到了毁灭性打击，肆虐浙江沿海十数年的倭寇，经此一战全军覆没。从此之后，浙江再无大规模倭寇骚扰。

台州九战，是戚家军自建军后经历的第一场大战，观整个过程，昔日横扫东南沿海的倭寇，在戚家军面前败得体无完肤。打打不过，跑跑不过，斗脑筋更斗不过，比起伤亡率，最后更达到了10000：69（戚家军总共阵亡69人）。如此结果，自然有戚家军战斗力强悍，戚继光善于用兵等原因，但有一个原因也不容忽视，戚家军的军阵——鸳鸯阵。

所谓鸳鸯阵，是戚家军一种独特的军阵方式，以12人为一小队，12名士兵2人持短刀，4人持长枪，2人持狼筅（一种竹制武器），2人持盾牌，还有一人为火兵，一人为队长。进攻的时候队长指挥，盾牌掩护，长短兵器配合攻击，进可攻退可守。现代军事学家普遍认为，在冷兵器时代，鸳鸯阵是一种几乎无懈可击的军阵，该军阵的核心优势就是协作，将士兵之间的团队作战能量与协作能力发挥到极致。日本"二战"时期名将板垣征四郎曾这样形容鸳鸯阵："一个日本武士对付一个戚继光的士兵，可以轻松地获胜，但是12个日本武士对付一个鸳鸯阵，却会被轻松地击败。"

被很多次轻松地击败后，倭寇彻底视浙江为死地了，浙江太平了，可福建却大乱。大批倭寇随即窜犯福建，因台州九战得胜，戚继光官升都指挥使，又在义乌征兵3000人，戚家军此时，已有了7000人规模。嘉靖四十年九月，戚继光带着这支新老结合的戚家军远征江西，平定江西黎天明农民起义。与倭寇打游击不同，黎天明将部队屯扎在马鞍山，在山上筑造工事，负隅顽抗。这是戚家军自建军以来，面临的第一场攻坚战。面对敌人的严防死守，戚继光独辟蹊径，率部从山后爬山奇袭，一举捣毁农民军大营。经两个月奋战，江西全境即告平定。这场抗倭战争期间的插曲，为戚家军之后即将面临的一场大战——福建抗倭，无意中练了兵。

就在戚家军与农民军苦战时，福建沿海已然弥乱。数万倭寇持续窜犯福建，与浙江倭寇不同的是，福建倭寇更加嚣张，不但在沿海岛屿上有据点，还在内陆打下诸多根据地。而且福建当地的倭寇，原本沿海的各路海匪勾结甚深。浙江的倭寇基本是抢完了就跑，福建的倭寇是抢完了占地盘，嘉靖四十年十月，大批倭寇进犯福建，连续打下走马溪、兴化、牛田等地。次年七月，明王朝命戚继光率部驰援福建。戚继光率6000戚家军从温州出发，沿海路抵达平阳，再从平阳取陆路入福建。此时正是东南雨季，连日暴雨如注，戚家军连日急行军，沿途路过村庄，只在村民屋檐下避雨，对沿路百姓秋毫无犯，戚家军纪律之严明，可见一斑。

面对福建沿海倭寇四起，州县告急的危局，戚继光几经分析，决定打蛇打七寸，先消灭盘踞横屿岛的倭寇势力。

横屿岛，是今天福建宁德市外围的一个小岛，与大陆之间，是一片相隔十里的浅滩，这段距离，乘船容易搁浅，退潮了全是泥潭，素来是易守难攻之地。这里盘踞的 2000 名倭寇，是诸路倭寇中实力颇为凶悍的一伙，多是来自日本九州地区的"真倭"。戚家军迎难而上，面对牛田外围的泥潭，戚继光命令士兵们趁退潮时负草填补，踩着草堆前进，在黎明时分胜利上岛，然后摆阵，决战，仅用一上午时间，就全歼 2000 倭寇。继而戚家军迅速南下，向与牛田相邻的福清倭寇发起攻击。戚家军赶到福清时，当地倭寇已经严阵以待，上万倭寇扎营 30 里排出长蛇阵，意图死守。戚继光假意放话，说要先休整一下，倭寇闻讯后随即松懈，不料戚继光立刻下令，全线进攻。九月一日总攻开始，戚家军兵分四路，一路攻仓下，一路攻锦屏，将 30 里大营倭寇切成四段，继而分割围歼。另两路军队在上原岭、林木岭设伏，围剿残敌。九月一日深夜，戚家军奇袭击破倭寇大营，随即四下放火，上万倭寇陷入了一片火海，随后戚家军奋勇追杀，一鼓作气连平牛田、上都等地，将这股倭寇彻底剿灭。

捷报传来，福建百姓奔走相告，福建巡抚戴游震带领民众，在福清城为戚家军举行盛大庆功。但戚继光却顾不上喝庆功酒，福清战役刚结束，戚家军就接到线报，另一股倭寇正集结在莆田。戚继光随即假装开庆功会麻痹敌人，继而又率 2000 精锐秘密行军前至莆田，孰料这次却出师不利，戚家军找来的领路向导是个汉奸，戚家军被他带进了死路，到天亮时戚继光才发现，他们处于莆田山谷之中，四面被倭寇包围。绝路之下，戚家军反戈一击，不但要突围，还要反吃这伙倭寇。几次反扑，都被倭寇利用地形优势打退，危急之下，戚家军士兵周能组成敢死队，强行夺取了倭寇死守的吊桥，戚家军终于冲了过去，莆田倭寇崩溃了。此战戚家军付出了他们参加抗倭战争以来的最大伤亡79人。在危急关头担任敢死队的周能等37名戚家军士兵，几乎全部牺牲。

自嘉靖四十年入福建后，戚家军历经数战，消灭倭寇5000多人。但因疾病等非战斗减员，到十一月，戚家军士兵能战者只剩3000人，戚继光只好率军回浙休整。这次大捷，也让他升任至副总兵，回浙后他再去义乌征兵，将戚家军的规模扩充到了万人。

然而戚继光前脚刚走，倭寇又卷土重来，嘉靖四十一年二月，倭寇发动进攻，拿下福建兴化。明王朝再调戚继光入福建进剿，四月戚家军再抵福建，四月二十一日，戚继光与另两位名将刘显、俞大猷合兵，参加了平海卫之战，一举剿灭盘踞平海卫的2000多倭寇。十一月，戚继光被提升为总兵官，并受命镇守福建。

之前戚家军经历的数次苦战，虽有挫折，但总的来说，是集中优势兵力打歼灭战，晋升总兵后的戚继光，很快就迎来了一场敌众我寡的重大考验——仙游之战。

嘉靖四十二年（公元1563年）十二月，倭寇集中两万兵马，围攻福建仙游县，仙游县在县令陈大有的带领下全城抵抗，渐渐力不能支。戚继光火速驰援，这时驻福建的戚家军正值换防，只有6400多人。戚继光先派两百亲兵入城协防，接着使用疑兵之计，不断在倭寇包围圈外围调动兵马。这些方式果然奏效，倭寇摸不清戚继光的用意，暂缓了对仙游县的进攻。十二月二十六日，戚继光苦苦等待的战机终于到来，是日大雾弥漫，戚家军借大雾发动奇袭，一举端了仙游外围的倭寇营地，随后戚家军各个击破，将两万倭寇逐个歼灭，至十二月二十八日，仙游之战胜利结束，共计斩首倭寇6000多人，溺死烧死者上万。明史说"盖东南用兵以来，军威无如此之盛者"。次年二月、三月，戚继光乘胜追击，将仙游之战中逃脱的倭寇残部尽数歼灭，随后又与俞大猷合兵，参加了南澳之战，剿灭盘踞当地的海匪吴平，并一路紧追至越南，在越南万桥山将吴平彻底歼灭。至此骚扰东南沿海数十年的倭寇全部消灭，在万桥山之战结束一个月后，嘉靖皇帝朱厚熜在登州为戚继光修筑"父子总督""母子节孝"两个牌坊，以表彰他的赫赫战功。

四

在整个平倭战争中，戚继光和他的戚家军大出风头，素来强悍的日本倭寇遇见戚家军几乎是一触即溃，很少能硬碰硬打两把。平定倭寇后，戚继光一度奉命监管潮州、惠州防务，戚家军的驻守范围，覆盖了浙江、江西、广东、福建四省，中国南部几乎都在戚家军的佑护之下。

此时，他人生里的又一次转折到来：隆庆元年十月，奉命入京。

此时嘉靖皇帝朱厚熜已去世，隆庆皇帝朱载垕即位，嘉靖时期困扰明王朝的南倭北掳之患，到此时已大为改善，南方倭寇尽灭，北方持续骚扰边境的蒙古鞑靼阿勒坦可汗，也屡遭宣大总兵马芳的打击，气焰大减。但东北方面边患仍在，蓟州北面的朵颜部落以及代表蒙古黄金家族的土蛮依然持续骚扰。尤以蓟州受侵扰最甚，戚继光北调之前，蓟州总兵 10 年里换了 7 个人，不是战败论罪，就是毙命沙场。蓟州是北京的门户，门户不宁怎么得了。于是在大学士张居正的推荐下，战功赫赫的戚继光奉命入京。

戚继光这次北调，主要是张居正举荐，在戚家军壮大的历史里，张居正是一个起重要作用的人物。戚家军早年的成军，是浙直总督胡宗宪的扶持，在军饷、物资供应等方面都给了特殊照顾。后来内阁首辅严嵩倒台，胡宗宪被株连，一直被看作胡宗宪亲信的戚继光也没幸免，在严嵩倒台初期，就有言官弹劾戚继光是"严党"。胡宗宪论罪下狱后，兵科给事中韩庆再度弹劾戚继光。事实上，和戚继光一样战功卓著的俞大猷，就在这场风波里被罢官论罪，另一位名将刘显也被戴罪立功，唯独戚继光幸免。这一切，自然来自张居正的庇护。和同时代许多名将相比，戚继光的另一大特点就是会做人，无论是严嵩当权时，还是高拱、张居正掌权后，对于顶头上司们，他都倾心结交。要结交，自然要舍得花钱，所以也就时常有人弹劾戚继光"经济上不干净"。根据明朝人王世贞《史乘考误》里的记录：戚继光最早和张居正结交，是在嘉靖四十年台州大捷后，戚继光奉命进京述职，由老上级谭纶牵线认识张居正。此时的张居正是国子监司业兼裕王府（朱载垕）侍读，官职尚小但前途远大，认识后两人书信往来不断。戚家军每次大捷，都缴获大量物资财物，除一部分上交外，大部分都用来赏赐部下和给上司送礼。随着张居正节节升迁，二人关系也越发亲密。到隆庆皇帝在位时，内阁主政的两位阁老高拱与张居正，皆有自己的亲信边将，高拱有宣大总督王崇古以及宣府总兵马芳，张居正有蓟辽总督谭纶，而戚继光的北调，既为加强北方边防的需要也是张居正加强个人权力的需要。

戚继光入京后，先在京城负责练兵，被任命为神机营副将。上任伊始，戚继光就把满朝文武"雷"了一把。隆庆二年（公元 1568 年）正月，戚继光上《请兵破掳四事疏》，提出由他亲自训练 10 万大军，然后主动出击平灭鞑靼，彻底消除北患。此疏在朝野中引起轩然大波，竟有言官弹劾戚继光居心叵测。毕竟在封建社会，又是重文轻武的明朝，由武将独立训练 10 万大军，不遭忌讳是不可能的。两个月后，戚继光再次上奏，重申练兵意义。最后在张居正的调解下，戚继光被调离京城，官升为蓟州总兵。为安抚戚继光，明朝给了戚继光"总理蓟州、昌平、辽东、保定练兵事宜"的权力，名义上的威权和蓟辽总督相当，但当时辽东、保定、昌平各有总兵，根本不受戚继光节制，所谓"总理"，其实只是个虚衔，戚继光练兵十万的愿望还是无法实现。

今人说起戚继光，大多都是说他东南抗倭的战功，而事实上，戚继光镇守北方的功业，丝毫不亚于南方抗倭，无论是在他生前还是身后，对于明王朝的历史，都起到了重要的影响。

戚继光上任后的第一件事就是整顿，此时的蓟州，虽是边防要冲，但多年来蒙古骑兵持续骚扰，败仗连连，正是士气低落战斗力低下时。戚继光先是裁撤冗兵，淘汰大量老弱残兵，继而在蓟州当地募军。蓟州募兵不同于浙江，戚家军招募最多时，也不过几千人，而蓟州一次性却要招募数万人，戚继光的方法是：将新兵先分散到地方训练，进行层层考核淘汰，最后选拔优秀士兵编入队伍。当然戚继光也知道，短期的练兵，根本无法成就一支虎师。蓟州边境绵延两千多里，战线远比东南抗倭要长，蒙古骑兵来去迅速，也远比倭寇快得多，要加强防御，练兵是不够的，还要筑城。

明朝一直是凭借长城抵挡蒙古人进犯，戚继光调任蓟州时，蓟州的城墙年久失修，边防城墙许多都已塌陷，蒙古人来了挡不住，城破后也没人修，就这样恶性循环。因此戚继光建议，要在蓟州加修 3000 座敌台。明王朝同意了他的看法，但是因经费问题，把 3000 敌台改成了 1000 座。隆庆三年（公元 1569 年），这场浩大的工程开始了，所修的城防，叫空心敌台，这是戚继光的又一发明创造。这种城防与明王朝原先的城墙不同，它高 3～5 丈，宽 12～18 丈，共分 3 层，因中间一层是空的，故得名空心敌台。这种工事上面设有垛口，工事里设有射击空，下层设有重炮，每个工事里有士兵 10 人，工事与工事之间有士兵 60 人，工事与工事之间相隔 200 步，互相声援。如果说鸳鸯阵是这个时代无懈可击的野战组合，那么空心敌台，就是这个时代无懈可击的防御组合，它的火力配置，是弓弩、火枪、重炮相结合，火力打击可以覆盖射程所及的整个区域，加上工事之间相互呼应，基本不留射击死角。日本军事思想家石原莞尔曾认为，戚继光的空心敌台，是近代立体防御思想的前身。

到隆庆五年（公元 1571 年），这个东起山海关，西至昌平的防御体系终于竣工了，两千里的防线上，坐落着 1017 座空心敌台，原本是蒙古骑兵抢掠首选的蓟州，而今成了他们越不过去的天堑。值得一提的是，整个工事的花费，由于戚继光的合理调度，竟然比原计划节省了一倍。除了筑城，这两年里戚继光做的最重要的事情就是练兵，虽然他有所准备，但实施起来才知道困难很大。比起义乌戚家军对军令的绝对服从，蓟州当地的士兵只能用败坏来形容，打仗怕死，纪律糜烂，违反军法的事时有发生，另外当地原来的将领，也有很多人不服从戚继光的调度，对戚继光阳奉阴违。为此张居正曾多次撤换当地守将，但这种方式治标不治本。为树立军威，隆庆三年春天，戚继光从浙江调来了 3000 戚家军驻守长城，部队抵达当天，正赶上蓟州大雨，戚继光在雨中训话，整整一天，部队在大雨中肃立，军容齐整。此情此景把蓟州当地将士镇住了，纷纷感叹"今始知军法之严也"。这以后，以 3000 北调的戚家军为核心，戚继光放手实施他的蓟州练兵计划，之后裁撤冗兵，惩办军官，阻力就小了很多。他一面严格训练，一面借着修筑空心敌台的机会，将新招募的士兵分批派到空心敌台驻守，名为分操，让战士们在实战中锻炼。与江南抗倭时期的鸳鸯阵不同，为对付迅疾的蒙古骑兵，戚继光独创了步、骑、车协同作战的新阵法，将鸳鸯阵的经验移植到多兵种大兵团作战中。具体的操作方法是：遇到敌人，先以车兵装载火枪火炮的战车对敌，用火器打乱敌阵，然后步兵从中路出击，骑兵两翼包抄截断敌退路，借此重创敌人。美国华裔学者黄仁宇说："戚继光的这个新思路，因为蒙古部落与明王朝的和解，并没有得到实战的检验，不能不说是个遗憾。"空心敌台落成两年后，一场大的检验降临了。

　　镇守蓟州的戚继光，面临的对手有两个：一个是蒙古朵颜部落。所谓朵颜部落，就是明朝初期招降蒙古人，为抵御鞑靼而设立的朵颜三卫，但到此时，朵颜部已和蒙古土蛮部勾结，成为明朝边防的大敌。另一个，就是黄金家族的土蛮，土蛮的侵扰对象主要是辽东，但也常和朵颜合兵南攻蓟州。戚继光刚刚到任蓟州时，即隆庆二年十二月，朵颜部就曾给了戚继光一个下马威，他率军屯兵蓟州北面的青山口，企图南下。戚继光得到消息后立刻主动出击，在青山口击败朵颜部酋长董狐狸的前哨部队，迫使董狐狸退兵。此战虽未能重创敌人，却也使朵颜部一时不敢南下，为加强蓟州防御争取了时间。此后几年里，朵颜部多次小规模骚扰蓟州，皆被击退。隆庆五年空心敌台全线竣工后，蒙古人破关南下更是难上加难。但不甘心的朵颜部却另有打算：你的空心敌台厉害，那就把你引出来打。

明朝万历元年（公元1573年）春，朵颜部再次大规模南下，比起之前几年的骚扰来，这次他们集中了数万人，包括朵颜部名义上的首领长秃，实际首领董狐狸，董狐狸的侄子长昂，可以说是动了血本。朵颜军先在喜峰口外借口邀赏，然后在周边大肆烧杀抢掠，企图诱明军出塞，可他们显然低估了明军的战斗力，戚继光闻讯后立刻出兵，在喜峰口外重创朵颜部前哨。一计不成，朵颜部索性集中重兵攻打董家山要塞，这次戚继光也集中重兵，命令董家山守军主动出击，又让北面榆木要塞守军从后路夹击，硬碰硬地和朵颜骑兵打一场野战。明军先以战车阻遏蒙古骑兵，再以火炮轰击，朵颜骑兵在炮火下大乱，明军步兵冲锋，骑兵两翼包抄迅速冲乱了蒙古骑兵军阵，朵颜部苦心筹谋的引出来打，很快就成了崩溃屠杀。明军一路追杀150多里，不但重创敌人，更活捉了朵颜部首领长秃。朵颜部下血本的进犯，却以完败告终。

长秃被俘，整个朵颜部上下炸了锅，群龙无首的朵颜部无奈，只得由董狐狸率亲族240多人，向戚继光叩关求降，明王朝顺水推舟，接纳了朵颜部，随后释放了长秃。万历三年（公元1575年）起，与明王朝相斗数十年的朵颜部，恢复了和明王朝之前的朝贡关系，原本是蓟州北部边防的一大威胁，从此成为屏障。

朵颜服了，土蛮却还嚣张，就在戚继光痛击朵颜时，朵颜北部的土蛮也大肆入寇辽东。辽东总兵李成梁虽多次重创土蛮，但战火却始终不熄。对土蛮的威胁，戚继光多次上奏明朝，要求主动出击，打垮土蛮。万历七年（公元1579年）十月，土蛮部集中5万人大肆攻掠辽东，明王朝命戚继光驰援，戚继光火速集中3万兵马北进，先在狗儿河击败土蛮，继而进军狗儿敦，再次大破土蛮。土蛮自知不敌，仓皇退却。戚继光与李成梁合兵，连续追杀百里。此战在明朝辽东历史上有重要意义，因此战伤亡惨重，土蛮部对辽东的侵扰渐熄，而辽东原本不起眼儿的女真部落，渐成坐大之势。

万历七年，戚继光进封正一品左都督，加封太子太保。这位戎马一生的名将，达到了人生的顶峰期。他镇守蓟州16年，原本是蒙古骑兵侵扰重灾区的蓟州，从此"烽火渐稀，边备修饬，蓟门宴然"。他着力修筑的空心敌台，也由最初的1000多座增加到3000多座，练兵十万的愿望虽未实现，但其12防区，也打造出了精兵近4万人，蓟门精兵，已是大明王朝劲旅。

有如此成就，除了戚继光本人的能力外，也与戚继光的后台张居正分不开。从戚继光执掌蓟州兵权之初，张居正就大力照顾，凡所需的军饷器械经费，皆是优先供应，此举甚至引发了其他军镇总兵的不满。戚继光就任后，凡是与戚继光为难的同僚官员，大多被张居正找借口调任降职，原任的蓟辽总兵戚继光的老战友谭纶去世后，张居正特意安排自己的心腹梁梦龙接任，并向戚继光保证梁梦龙会谅不相负。张居正待戚继光不薄，戚继光也知恩图报，张居正父亲去世后回家奔丧，戚继光特意选派了火枪兵随行护送，两人之间的经济往来，坊间也一直议论不断。但正处人生顶峰的戚继光不会想到，他的荣耀拜张居正所赐，他人生的低谷，也因此而来。

五

　　戚继光，乃至戚家军人生的再次转变，发生在明朝万历十年（公元1582年）。这一年，辅政十年的内阁大学士张居正去世，戚继光的靠山轰然倒台。接着万历皇帝开始清算张居正，追夺了张居正生前的所有封号赏赐，更以追赃为名，将张居正全家收押拷打。城门失火，殃及池鱼，戚继光也未能幸免，弹劾他的各类奏章云集，特别是戚继光曾派兵护送张居正回乡的旧事，更被御史严齐斥为"图谋不轨，危害社稷"。幸好此时担任内阁首辅的申时行赏识戚继光，在申时行的力保下，戚继光最终落了个平级调动，调任广东总兵。深知官场险恶的戚继光从此心灰意懒，就任广东后多次请求告退，终于万历十三年（公元1585年）年退休还乡，比起张居正诸多亲信好友的悲惨下场，戚继光尚能全身而退，殊为不易。

　　戚继光最后的去职，后人皆说因他是张居正的亲信，但人比人气死人，同样是张居正亲信的辽东总兵李成梁依然得到重用，且子孙加官晋爵，风光无限。相比之下，戚继光的下场，无外乎利用价值四个字。戚继光建戚家军，志在打造一支凭完备严格的制度，长期保持强悍战斗力的虎师，他做到了，但利用价值也到头了。特别是经过戚继光几次打击，朵颜部落投降，土蛮部落视蓟州为死地，蓟州边防早已太平，反观李成梁，他镇守的辽东连年有战事，他的李家军除了他谁也指挥不动，自然就离不得他。归乡后的戚继光，晚年寄情于著书立说，修缮宗庙，今天的蓬莱阁就是他出资修缮的。而他的两部军事著作《纪效新书》和《练兵纪实》，也是在这一时期刊刻出版。明朝万历十五年十二月七日，这位战功卓著的名将在家乡病逝，享年60岁。为戚继光写墓志铭的，是在福建剿倭时的戚继光老上级汪道昆，墓志铭中称戚继光的去世是"鸡三号，将星陨"，痛惜之情溢于言表。但直到戚继光去世两年后，明王朝才下诏祭葬，而一直到了明神宗去世前的万历四十八年（公元 1620 年），明王朝才追赠戚继光谥号为"武庄"。比起他生前的战功，可谓刻薄。

戚继光离去了，但戚家军的赫赫战功并没有结束。戚继光离开后，戚家军成了"后娘的孩儿"，特别是在赫赫有名的万历三大征里，基本是当炮灰团。万历十九年（公元 1592 年），宁夏爆发了哱拜叛乱，驻守蓟州的原戚家军 4000 人奉命开赴平叛，提督李如松命他们负责打援，结果戚家军以伤亡过半的代价，成功粉碎了土蛮蒙古援救宁夏的企图，宁夏叛乱终被平定。同年，日本关白丰臣秀吉发动侵朝战争，抗倭援朝战争爆发，由吴惟忠统领的 3000 戚家军奉命参战。平壤会战中，为保证主力部队顺利攻城，戚家军被辽东提督李如松派去攻打日军要塞牡丹峰。这是日军平壤防线的第一要塞，3000 戚家军面对 5000 日本守军前仆后继，最终成功牵制了日军主力，成就了歼敌数万的平壤大捷。后来的稷山之战，也正是由戚继光亲手打造的蓟镇军死守，击退数万日军进攻，终为明军大反击赢得了时间。围歼日军加藤清正部的蔚山之战，最早担任攻坚的，是陈寅率领的戚家军，戚家军势如破竹，连破日军两座大营，眼看可以取得全胜，然而统帅杨镐为了抢功，竟下令戚家军停止攻击，让自己的嫡系辽东军来打扫战场，谁想辽东军不争气，反被日军击溃，大好战机由此丧失。随后日军援兵杀到，明军溃退，又是陈寅的戚家军奉命阻击，方保证主力全身而退。抗倭援朝战争的末段，也是戚家军担任攻坚，攻破了日军在朝鲜的最后据点顺天郡，全歼日军小西行长部。抗倭援朝战争结束后不久，陈寅部的戚家军又奉命开赴播州，参加平定杨应龙叛乱。在整个万历朝的后半段，戚继光苦心练就的强军，就这样一点一点被拆分，投入到各个战场，分属于不同的军镇总兵。有历史记录的戚家军最后一场血战，当属明朝天启元年（公元 1621 年）的浑河之战。此时努尔哈赤进犯沈阳，明将童仲揆率领的 3000 浙军（戚继光留守在浙江的戚家军）在沈阳城南的浑河阻击努尔哈赤的八旗军主力。努尔哈赤集中了 4 万主力发起进攻，战斗从早晨打到深夜，八旗军始终不能前进一步，时任明朝辽东经略的袁应泰吓破了胆，拒绝救援，导致明军孤军奋战，至傍晚时阵地被八旗军突破。童仲揆抱定必死之心，率全军发动了最后一次反冲锋，全军 3000 余人壮烈殉难，将领童仲揆、袁起龙等 120 人殉国。此次战斗，八旗军也付出了惨重代价，清朝人魏源感叹此战是辽左用兵第一血战。努尔哈赤的白旗军、黄旗军等精锐在战斗中多次攻击失败，伤亡数千，为安抚军心，努尔哈赤在战后开了祭灵大会，祭奠浑河之战的死难者。这是戚家军有历史记录的唯一一场失败，也是悲壮的谢幕。

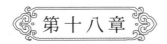

万历其实"四大征"

　　说起明朝万历皇帝朱翊钧（公元1573～1620年在位）在位时期的战争，除了晚年时期与辽东女真的战争外，今人耳熟能详的就是万历三大征。从万历二十一年（公元1593年）开始，经过张居正改革承平日久的明王朝，连续经历了三场大规模的战争：宁夏平定哱拜叛乱、抗倭援朝战争、播州平定杨应龙之战，三场大战的胜利，让亲征的万历皇帝找到了"君临天下"的感觉，万历中兴的文治武功，因此达到了顶点。

　　然而事实上，在明王朝正全力进行三大征时，在中国西北的青藏地区，还发生了第四大征——郑洛平定青藏之战。这场战争之所以今天提及不多，主要因为它不似三大征那般波澜起伏，但是对于维护明王朝在西北的统治，其重要意义，却不亚于前面三个。

　　关于万历时期这些征战的是是非非，今人说法甚多，清朝人编修的《明史》认为正是这期间的几次战争，耗尽了张居正改革留下的财政储备，明王朝长期陷入了财用匮乏的局面。而即使在当时，是否应当出兵作战，明王朝上下也是意见不一，是万历皇帝坚定的主战决心，才最终让战争顺利进行。那么这四场战争，究竟又有哪些影响呢？

还是让我们逐次来看。

一

要论三大征中，哪一场战争在今天知名度最高，当属 1592 年开始的明朝抗倭援朝战争，其实在当时，这是明王朝最不想打的一场战争。

抗倭援朝战争，在朝鲜叫壬辰卫国战争，日本叫文禄庆长之役，爆发于明朝万历二十年四月。导火线是日本实际统治者丰臣秀吉遣使者至朝鲜，要求朝鲜借道给日本，帮助日本攻打明王朝。实际原因是，丰臣秀吉结束了日本战国时代，统一日本后，为稳固统治，采取了对外扩张政策，提出自己是梦日而生，"凡是太阳照耀到的地方，就是日本国土"，这是日本最早的军国主义思想。在侵朝战争爆发前，丰臣秀吉早已做好了三步计划：第一步灭亡朝鲜，第二步灭亡明朝，第三步占领印度支那，称霸世界。而经过了几十年的内战，以及长期对中国东南沿海的骚扰，日本上下诸侯也早头脑发热，对中国明朝的态度渐转为平视，不再以天朝上国待之。整个日本上下，都弥漫着一股扩张好战的狂热情绪。借道要求遭朝鲜拒绝后，丰臣秀吉随即翻脸，派 20 万大军入朝，拉开了侵朝战争的序幕。

此时的朝鲜，正是李氏王朝统治时期，做了明朝 200 多年的藩属国，承平日久，战斗力自然不靠谱。四月十四日本出兵，五月二日日军即占领汉城，五月八日日军占领平壤，六月十一日，朝鲜国王李昖逃奔鸭绿江，朝鲜 8 个省已经丢了 7 个。眼看亡国在即，与此同时，朝鲜也火速遣使者至明朝，请求明王朝出兵援助。朝鲜国王李昖逃到鸭绿江后，再次向明朝万历皇帝递交国书，朝鲜的使臣也分别游说明朝各部大臣和内阁大员们，除了请求出兵外，更希望能够到辽东避难。朝鲜国王更在国书里向万历皇帝哭诉："与其死于倭寇，不如死于父母之国。"真的把大明朝当亲娘了。

对朝鲜战局，大明朝这个"亲娘"反应很迟钝，起初的时候京城甚至有传言，说是朝鲜国王和日本有勾结，企图将明军诱到朝鲜全歼，以达到侵略大明朝的目的。朝鲜7省沦陷后，明朝才派辽东鸭绿江宽甸堡副总兵佟养正率8名士兵渡江侦察敌情，佟养正回报说："倭兵人少，可破也。"明朝内部，主战、主和两派更是争吵不休。兵部尚书石星主张火速出击，消灭倭寇，都察院的言官们大都反对，万历皇帝未表态。明朝态度犹疑的最主要原因，是此时宁夏发生叛乱（即三大征中的宁夏之乱），明朝的战略重点也在于平叛，双线作战，自然要慎重考虑。

随着宁夏之乱接近平定，万历皇帝终于下定了决心开战。他对群臣的诏书"无遗他日疆患"，可谓一眼看穿了日本人的真实目的。兵部尚书石星主动要求率兵去朝鲜，但万历深知此人志大才疏，选择了兵部侍郎宋应昌。十月明朝正式任命李如松为征东提督，与辽东经略宋应昌一起提兵入朝。在此之前，明军已经在朝鲜吃了两次败仗，先是辽东游击史儒于六月率3000部队入朝，对日军进行试探性进攻，反遭痛击。七月，辽东副总兵祖承训再率5000军队入朝，在平壤城下几乎被全歼。经过两次小规模的战斗，明朝对侵朝日军的情况依然一派模糊，甚至连日军侵朝部队的总数都没有搞清：朝鲜方面说有30万人，祖承训回报说有3万人。此时，盘踞建州的努尔哈赤也向明朝表忠心，表示愿意协助明朝作战，被明王朝婉拒。

日军在早期占领朝鲜7省后，之所以不能乘胜追击，按照朝鲜历史书的说法，是因为朝鲜水师名将李舜臣多次在海上重创日军，同时朝鲜当地起义军的抵抗也拖住了日军的脚步。中国方面主流的说法是，明朝委派海商沈惟敬为特使出使日本，用谈判方式迷惑了日本人，给明朝争取了集结军队的时间。从后来事情的进展看，中国方面的说法更靠谱——李如松于十二月入朝，于次年一月率4.5万大军抵达平壤城下，而平壤守将小西行长却以为明朝是来和谈的，差点儿让李如松奇袭平壤得手。另一个重要原因是，虽然丰臣秀吉本人头脑发热，但身为侵朝日军实际总指挥的小西行长却是明白人，他在给丰臣秀吉的战报里就建议丰臣秀吉不能急于进攻明朝，至少要等到稳定朝鲜局势再说，更断定明朝必定会重兵救援朝鲜。事实印证了他的判断，明军进抵平壤城下，李如松先假借封贡的名义，企图直接奇袭平壤，但因为攻击部队过于犹豫，被小西行长识破，奇袭功败垂成。在出兵之前，明朝的作战计划就不是打持久战，而是毕其功于一役，以一场大胜彻底消灭日军。如明朝使臣葛昆对朝鲜国王所说："天朝（明朝）之计划，在于一战定乾坤，务使倭寇片甲不留。"

公元 1593 年 1 月 8 日，带着让倭寇片甲不留的目的，李如松指挥的平壤会战正式打响。李如松先命吴惟忠的戚家军攻打日军防守最严密的牡丹峰，不要求攻克，只要求拖住日军，继而三路大军齐出攻城，先以 300 门大小火炮轰击，再发起冲锋。日军抵抗极为顽强，虽在明军的炮火打击下伤亡惨重，却依然用火枪齐射还击。战局胶着时，戚家军将领骆尚志率所部戚家军奇袭南门，一举攻克，平壤防线就此击破。明军乘势追杀，攻克平壤城墙，日军退入内城，又和明军打起了巷战。李如松不想无谓牺牲，见日军缩入城内工事，干脆就用火攻，将城内日军烧得鬼哭狼嚎。次日，小西行长率领残部从平壤东南门出逃，谁想平壤东南门外是条大河，慌不择路的日军仓皇渡河，淹死数千人。渡河后又被早已在河边设伏的明将李宁截杀，砍死数百。至此，平壤战役结束，明军以阵亡 700 人的代价收复平壤，而日军的伤亡，根据日本人自己的军事书《日本战史》里记录：日军此战共投入兵力 3 万多人（包括小西行长的 2 万守军和黑田长政的一万援军），阵亡高达 2 万多（受伤的还没算进去）。

平壤战后，明军一路追击，先前牛气哄哄的日军却被打出了"恐明症"，几乎对明军望风而逃。在上甘岭，竟出现了 3 个明军士兵俘虏 100 多日军的闹剧。李如松火速追击，欲一举收复朝鲜王京（今首尔），然而溃败的日军并不甘心，日本大本营经过精心筹谋，制订了一个聚歼明军的计划，即将明军诱到首尔城下，然后以优势兵力围歼。为此日军在首尔集结了6万军队，并用小股部队诱导明军南进。谁料计划赶不上变化，日本用来诱敌的1000多军队，在首尔北部的碧蹄馆遭遇明军前锋查大受，几下子就给打得全军覆没。日军主帅黑田长政当机立断，就在碧蹄馆设伏，就地歼灭明军。查大受的先头部队，一下子遭到数万日军包围，但明军士气高昂，用车阵迎战，且不断用骑兵发起反冲锋，战斗打了一天一夜，几万日军竟吃不下这支明军小部队。就在僵持不下间，不明情况的明军提督李如松率亲兵侦察前线，竟然一头撞进了碧蹄馆，和查大受一起被日军包围。捞了彩票的日军欣喜若狂，立刻集中兵力发起冲锋，意图擒贼先擒王。久经沙场的李如松毫不慌乱，出乎日军意料，劣势兵力下，李如松反而发起了反冲锋，以3000名骑兵向数万日军攻击。日军猝不及防，包围圈一下子被冲开了口子，李如松趁机率部突围，日军紧紧围困，不断缠斗，恶战从一月二十六日早晨打到黄昏，李如松冲不出去，日军攻不上来，双方陷入僵持。此时，李如松部将杨元得悉情况，率1000名骑兵从外围发起攻击，筋疲力尽的日军登时大溃，李如松趁机突围而出，一场惨烈的遭遇战就此结束。

碧蹄馆之战，明军前后共动用兵力5000人，并非大规模战斗，但战斗过程却异常艰辛，李如松在战后的奏报里称自己被围匝数重，可谓艰苦之至。明军伤亡过半，但日军的情况更惨，仅黑田长政上报的阵亡名单，将领就有30人，士兵数目高达8000人。这场日军苦心发动的围歼战，并未阻止明军进攻的脚步。碧蹄馆一战死里逃生让李如松明白，日军实力犹存，很难一下消灭，因此他开始用奇计，先是在二月，派数十敢死队奇袭王京城外的龙山，将侵朝日军的粮食全部被烧毁。断粮的日军无奈，在四月退出王京，同时遣使至北京，请求和平谈判。明朝方面，从内阁大学士赵志皋到兵部尚书石星，都建议明军尽早结束战争，次辅张位更以永乐时期征越南一事为例，建议明军谨防陷入朝鲜战争泥潭。见日本服软，万历皇帝也表态愿意和谈，双方起初达成协议，日军撤出朝鲜，只留少量兵力驻扎朝鲜沿海，明朝军队也只留6000人驻朝，其余撤回国内。朝鲜战争的第一阶段就此结束。

但丰臣秀吉不是真心和谈，只不过利用和谈做幌子借机备战。双方使者往来密切，日方也假意接受了明军的三大和平条件：册封丰臣秀吉为明朝藩属日本国王，从朝鲜撤军，放还掳掠的朝鲜官民。实际上，从公元1593年四月停战起，日本就开始了新一轮备战。公元1593年六月丰臣秀吉颁布了从军法，规定凡年满16岁男性都要服兵役，同时大力购买马匹，在朝鲜沿海和日本本土训练骑兵。公元1594年八月，丰臣秀吉更用重金收买葡萄牙人，得到了葡萄牙当时的主力战船蜈蚣船，并下令仿制演练。公元1596年九月，依照先前和日本达成的和平协议，明朝使者杨方亨至日本册封丰臣秀吉。自以为实力大增的丰臣秀吉，此时终于露出了獠牙，他先是当众羞辱明朝使者，将明朝使者驱逐出境，继而又行反间计，在朝鲜散布谣言，说朝鲜水师大将李舜臣要造反，导致李舜臣被下牢狱。公元1597年一月，丰臣秀吉再次出兵，派15万大军侵朝，朝鲜战争风云再起。

不巧的是，这次日本侵朝，明朝国内又有战事，西南播州土司杨应龙造反，明朝正在全力镇压。因此日军压境朝鲜时，驻朝明军仅有6000多人。朝鲜方面还是一如既往地不经打，日军势如破竹，再次逼近王京。碧蹄馆之战中救李如松突围的杨元死守南元，几乎全军覆没，危急关头，由解生统领的2000蓟州兵（戚继光当年在蓟州练兵的骨血）死守稷山，与2万日军血战，成功将日军打退，为明王朝稳住了战局。此时李如松已去世，明朝以兵部侍郎刑玠为蓟辽总督，麻贵为备倭总兵，杨镐为朝鲜军务经略，率4万大军入朝。

明军于公元 1597 年十月入朝，先攻打星州不克，继而在青州设伏，重创日军毛利秀元部，此战虽未全歼敌人，但日军从此再未发动进攻，明军转守为攻。十月二十三日，明军兵分三路包围蔚山加藤清正部，这是至关重要的一战，如果能成功攻克蔚山，就意味着日军的后路被断，侵朝日军将被分割围歼。但蔚山由日军苦心经营多年，其军队也是侵朝日军中战斗力最强的一支，明军进攻打响后，多次冲锋皆受挫，战事进行了十数日，明军寸步难行。关键时刻，游击将军陈寅率领浙江赶来的戚家军奋勇冲阵，连续攻破日军蔚山大营，明军乘胜追击，攻破日军大部分堡垒，将日军压制在蔚山最后的要塞——岛山营。眼看胜利就在眼前，未曾想指挥此战的杨镐为了让嫡系李如梅（李如松的弟弟）抢功劳，竟下令担任攻坚的戚家军撤回，由李如梅发起攻击，李如梅很不争气地被日军打退，而大好战机就这样消逝。随后明军多次抢攻皆不能奏效，又赶上大雨如注，明军火器无法轰击，战局骤然恶化。公元 1598 年一月，日军小西行长部率军驰援，冲破明军外围包围圈。明军总指挥杨镐竟然临阵脱逃，带头逃窜，明军登时大乱。幸亏戚家军的吴惟忠、陈寅两部坚决断后阻击，打退了日军的进攻，终让明军全身而退。蔚山之战在清朝人编的《明史》中一直被说成大败，有说法是明军损失 2 万多人。而根据朝鲜人的史料记载，明军损失的确切数目是 3258 人。日军方面也付出了重大代价：《日本战史》说，战前蔚山加藤清正部有 2 万人，战后只剩 5000 人。虽然如此，但蔚山之战并未达到切断日军后路的目的，可谓功亏一篑。

蔚山之战彻底把日军打醒，此战之后，日军的战略变成了龟缩堡垒，消极防御，即使总兵力远远多于明军，却不敢与明军野战。之后明军多次集中兵力，攻打日军盘踞朝鲜的蔚山、泗川、顺天三大要塞，日军严防死守，使明军一次次攻击受挫。同年十月，发动侵朝战争的丰臣秀吉去世，接替丰臣秀吉主政的日本五大老，此时的主要目的已变成如何让日军全身而退。

潜伏在日本的明朝锦衣卫，及时获知了这一情报。因此明朝蓟辽总督刑玠决定，趁日军撤退时，从海上阻截，彻底消灭日军。

公元 1598 年十一月，日本主力部队开始全线撤退。明军采取了围其必救的战术，由海战名将陈璘与朝鲜水师名将李如松合兵，在露梁海设伏，截断日军主将小西行长的退路。十一月十九日，日军岛津义弘部前来援救小西行长，结果被明军包围，露梁海战打响，明军以巨舰封锁海口，用炮火猛烈打击日军。当年俞大猷创建的抗倭英雄部队俞家军主动担任冲锋，由邓子龙率领快船攻击日舰，双方先是炮战，继而是白刃战。朝鲜水师特有的龟船甚至采取自杀式冲锋，用撞击的方式撞沉日舰。日本舰队左突右冲，始终无法突破明军包围，在观音浦，明军火箭齐发，焚烧日舰，丰臣秀吉苦心创建的日本海军陷入了一片火海之中。至二十日天明，战斗基本结束，明军击沉焚毁日军战船 450 多艘，歼灭日军近 2 万人。被断掉退路的小西行长也遭明军围歼，其部队 7000 人阵亡，只有他本人带几十个亲兵夺船而逃。此战明军也付出了惨重伤亡，水师副将邓子龙和朝鲜水师主将李如松双双阵亡。至此，持续七年的抗倭援朝战争彻底结束。

战争结束后，对明朝的付出，朝鲜方面感激不尽，朝鲜国王特意在王京设立了大报坛，用以感恩明王朝。而此时已经十多年不上朝的万历皇帝，也破天荒地接见群臣，于万历二十四年（公元 1596 年）在北京举行盛大献俘仪式。七年朝鲜战争，花费白银近 800 万两，不过此战让日本元气大伤，乖乖龟缩日本岛 200 多年。继丰臣秀吉后统治日本的德川家康，乖乖向明朝称臣，重新给中国当小弟，即使是 200 多年后甲午战争开战前，日本国会依然有议员以抗倭援朝战争为由，反对向中国开战。

二

抗倭援朝战争结束了，按照一般人的猜想，参战的明朝军队应该在接受赏赐之后得到休整。但事实上，大部分参加抗倭援朝战争的将士，如指挥露梁海之战的陈璘等人，在接受完万历皇帝的接见后，立刻又被派遣参加了另一场战争：播州平定杨应龙之战。这场战争，就是万历三大征中的"播州之乱"。

说到播州之乱，不得不说说明王朝建国后的西南形势。明朝统一全国后，在西南少数民族聚居区，大部分采取土司方式统治，即册封当地少数民族首领为土司。这些土司们虽然是明王朝的朝廷命官，但其独立性极强。尤其是那些地处偏远的土司，有些人自恃天高皇帝远，对明王朝只保持表面的臣服，其实是独霸一方的独立王国。比如明朝播州土司杨应龙。

播州，就是今天的贵州遵义，明朝时隶属于四川省。播州地区的统治，从明初开始，就由播州杨家把持。杨家执掌播州，最早开始于宋朝。杨家祖上本是太原汉人，唐朝时随大军南征，流落到播州，在当地与苗族通婚杂居，渐成一方领袖。宋朝大观二年（公元 1108 年），宋王朝封杨氏先祖杨光荣为播州军节度使，正式承认了杨家对播州的统治。元朝时，忽必烈又封杨家先祖杨邦宪为播州安抚使。到明朝时，在播州设播州宣慰司，杨家继续得到册封。明王朝还给了播州优惠政策，免除播州税赋，只需三年朝贡一次。明朝立国之初，杨家甚为守法，明成祖征讨安南，明英宗征讨麓川，播州都曾出兵助战。播州成为边患，是由明宪宗成化皇帝朱见深在位时开始的，成化年间，播州开始聚众寇边，被明王朝击退，随即上奏谢罪了事，明王朝也就不予追究。从成化年间到嘉靖年间的 100 多年里，播州与明朝中央政府虽有摩擦，但多是小打小闹，未引起明王朝的重视。

隆庆五年杨应龙承袭土司后，情况迅速恶化，杨应龙本人性格残暴，在当地横征暴敛，民怨极大，他岳母一家也因得罪他而遭灭门。与此同时，杨应龙大肆扩充地盘，掠夺治下苗民村落土地，在激起苗民反抗后，又唆使苗民去袭击周围汉族村寨，挑拨民族仇杀。从万历年间开始，就有播州当地苗民控告杨应龙，明朝四川、贵州地区的官员也有人向朝廷上奏，说杨应龙有造反之心。此时，明王朝土地兼并严重，为缓和土地矛盾，明王朝多次将大量无地农民向西南地区迁移，这些农民许多都是今天西南客家人的先祖。对此杨应龙大为抵制，多次组织武装，残杀南迁汉族，甚至发生了血洗汉族村落的事情。杨应龙也很有头脑，他雇用了一个四川落地举子孙时泰为军师，像诸葛亮一样供养起来，就是这个孙时泰，不但多次给杨应龙出谋划策，还建议杨应龙伺机脱离明朝统治自立为王。

虽有地方官屡屡弹劾杨应龙，但明朝政府对此，却采取了睁一只眼闭一只眼的态度，多次事件都是大事化小。万历二十一年，贵州巡抚叶梦雄揭发杨应龙图谋造反，明王朝一度把杨应龙抓到重庆受审，经地方官审判，本来判了斩首，但没想到朝鲜战争爆发，杨应龙立刻表忠心，说愿意率兵去朝鲜助战。明朝随即顺水推舟，赦免了他的死罪。没想到杨应龙回到家就变卦，不但拒绝出兵，还把播州与外界的道路全部隔断，以图死守。明王朝四川巡抚王继光率3000人进剿，却被打得大败。打赢后的杨应龙立刻耍诈，对明朝说此事是他部下所为，并把手下12人送交明朝治罪。明朝又一次上了当，对杨应龙暂不追究。此后几年，杨应龙屡次侵扰周边州县，甚至把重安知县全家灭族。但明王朝正忙于和日本和谈，没顾上管他。如此一来养虎为患，万历二十五年（公元1597年），自以为羽毛丰满的杨应龙扯起了反旗，派兵大举进犯四川地区，甚至一度侵扰到湖广。明王朝这才发现，这个反复无常的土司而今已成大患。震怒之下，明王朝决定进剿。万历二十七年一月，贵州巡抚江东之率 3000 明军攻打杨应龙，在宽练堡遇伏，3000 明军无一生还。明军之所以两次进剿都只出动 3000 人，是因为此时明军精锐多集中在北方，又值抗倭援朝战争时，多线作战实在力不从心。

直到抗倭援朝战争胜利结束，明王朝终于可以集中力量解决播州问题。万历二十八年（公元 1600 年）五月，曾在抗倭援朝中担任过辽东巡抚的李化龙受命，节制湖广、贵州、四川三省兵马，承担起了平叛重任。明军集结时，杨应龙继续作恶，先攻陷了四川綦江，又攻克了四川秦江，令人发指的是，他在秦江搞起了大屠杀，"士民死伤万人"。明军因为兵力不足，只能分路防守，双方开始了相持。李化龙步步为营，逐渐压制住了杨应龙，到万历二十九年（公元 1601 年）一月，明军终于兵临播州。李化龙分八路进剿，总兵刘铤出綦江，总兵马礼英出南川，总兵吴广出合江，副总兵曹希彬出永宁，总兵童无镇出乌江，参将朱鹤龄出沙溪，总兵李应祥出兴隆卫，总兵陈璘出白泥，每路兵马 3 万，共计 20 余万人。李化龙手中最大的王牌，是赶来参战的陈寅部戚家军 3000 人。明军节节胜利，终于逼近了播州的要塞娄山关，名将刘铤率部强攻，遭杨应龙顽强抵抗，陈寅的戚家军则发挥山地战素质，奇袭了与娄山关遥相呼应的海龙囤，明军随即一马平川，至六月完全攻破。六月初六，明军已经占据了播州大部分地区，杨应龙全家退到一处要塞内，走投无路的杨应龙上吊自杀，其狗头军师孙时泰，其子杨朝东等 69 人被俘，押解北京后被斩首。至此已传 29 代的杨家播州土司，就此终止。战后明朝在当地改土归流，设立府县，由中央直接统治。

这场持续 3 年的战争，以明王朝养虎遗患为开始，以杨家举家灭族为结束，对于明王朝的西南统治，意义可谓重大。播州战后，许多同样是独立王国的土司大为惊惧，主动向明王朝交出政权，明朝对于西南的控制从此大大加强。

三

在公元 1597 年的抗倭援朝战争里，明朝遭受了双线作战的困境，而在公元 1592 年的抗倭援朝战争中，明朝也遭到了同样的困境，就在日本侵朝战争发动前，即公元 1592 年二月二十八日，宁夏发生了一场声势浩大的兵祸——哱拜之乱。

说到这场兵祸，就要先说说作乱的主角哱拜。他本是蒙古鞑靼人，在嘉靖年间投降了明朝，起先表现很好，曾经在宁夏总兵郑印麾下效力，因他熟知蒙古军作战特点，多次献计献策，屡立战功，职务也节节攀升，到了万历初年，已经官至宁夏总兵，在明朝武将的升迁速度里，算是比较快的了。

对于他早年的行为，今天的历史书上说他"多蓄死士"，意思是他早有谋反之心。明朝在嘉靖、隆庆两朝边防吃紧，哱拜的问题虽常被揭发，可用人之际，也就睁一只眼闭一只眼。此外哱拜本人也很会来事，对明朝边防将领多有结交。明朝北部边防，有吸纳蒙古族士兵入伍的传统，其中任军官的被称为鞑官，哱拜与许多鞑官都多有往来。万历年间哱拜继续升官，一直做到宁夏副总兵，成为执掌宁夏地方军政的大员，在军中任人唯亲，树立多处心腹。真正激起哱拜反心的，是万历十七年（公元 1589 年）的河洮之变，鞑靼部窜犯青海，哱拜出兵援救，立下大功。哱拜因胜而骄，回军时竟然纵兵抢掠，遭宁夏巡抚党馨斥责。与此同时，哱拜贪污军饷事发，因他有大功，明王朝最终从轻处理，仅发文申斥了事。哱拜却因此更加怀恨，反心日起。河洮归来后，哱拜借口整顿军务，在军中撤换多名将领，换上自己的亲信，此事遭到明朝宁夏御史孙立的揭发。接到奏报的明朝，还是希望能息事宁人，因此折中处理，并未追究哱拜罪过，只以年老为名命哱拜退休，由其子孛承恩继承他副总兵的职务。但此举治标不治本，哱拜的造反转入了地下活动，大乱已经一触即发。

万历二十年二月十八日，筹谋已久的哱拜正式发难，伙同亲信刘东洋、土文秀等人发动叛乱，先杀宁夏巡抚党馨，又逼宁夏总兵张唯忠上吊。哱拜驻守在宁夏各地的亲信们也趁机作乱，因事发仓促，明朝政府来不及反应，短短一个月间，宁夏境内只有平掳城因城防坚固，未被攻克。与此同时，哱拜也接洽了鞑靼扯力克部与土蛮部，以出让宁夏北部草原为厚酬，换取了他们的支持。有人撑腰的哱拜更是有恃无恐，在宁夏倒行逆施。宁夏本地的汉民、回民土地尽被他掠夺变成了牧场，大批百姓遭驱逐屠杀。最荒唐的是，哱拜想在宁夏自立为王，手下谋士纷纷给他想王号，可谓狂妄之至。

明王朝当然容不得他的狂妄，哱拜二月叛乱，三月四日明朝大军就前来进剿，最早负责平叛的是宁夏总督魏学曾。明朝调度的军队，多来自河南、陕西内地，都是未经过大战的"和平兵"，自然不是宁夏叛军的对手。初战受挫后，明王朝调已经退休的原大同总兵麻贵驰援，麻贵不负众望，进展顺利，很快击败了宁夏外围的叛军，明军转守为攻，将哱拜打得节节败退，不得不溃退至老窝宁夏城（今银川）。但就在这时意外发生了，哱拜的外援扯力克与土蛮相继派兵救援，麻贵将重兵驻扎在贺兰山，与蒙古援军血战，虽击退敌援兵，攻打宁夏城却力不从心，战局一下子进入僵持。

久攻不下时，明王朝再出重手，调山西总兵李如松平叛，他是原辽东总兵李成梁的长子，可谓将门虎子。明王朝还开了一个先例，命李如松提督宁夏，这是明王朝第一次由武将提督军队。先前作战不利的魏学曾也被撤换，由叶梦雄接任。在军队上，明王朝调集精锐，蓟州的戚家军，辽东的辽东铁骑，宣府、大同的宣大精骑，尽皆调至宁夏，可谓志在必得。

至七月，明军已将宁夏城团团包围，与此同时，在贺兰山打援的麻贵也捷报频传。七月十二日，麻贵以戚家军为先导，捣毁了蒙古援军的大营，并一路追杀 70 里，差不多全部消灭鞑靼援军。至此被明军包围的宁夏城，已然成了一座死城。哱拜的抵抗相当顽强，宁夏城是九边重镇，城防坚固，且配有数十门火炮，明军强攻两月，伤亡惨重却始终无法破城。李如松想尽办法，用麻袋堆积登城，被打退，命部队挖掘地道，反被哱拜灌水，李如松干脆铸造堤坝，放水淹城，整个宁夏城成了一片泽国。弹尽粮绝之下，哱拜终于支撑不住了，九月十七日，明军趁水发动总攻，哱拜仓皇逃窜，被明将杨登文阻截，哱拜之子孛承恩被生擒，明军趁势进入城内。哱拜走投无路下，在家中自焚而死。至此宁夏之乱平定，得胜的李如松以及辽东军，也得以从宁夏抽身，开赴朝鲜战场。

哱拜之乱，是明朝自建国以来发生的持续时间最长、规模最大的一次鞑官叛乱，明军的胜利不但稳定了宁夏的局势，更震慑了一直骚扰明朝边境的蒙古部落。宁夏战役之后，宁夏周边的蒙古部落"求归顺者甚众"，而明朝之所以能在第一次抗倭援朝战争中摧枯拉朽，打得日军狼狈不堪，也是因为朝鲜战争的参战部队，大多经受了宁夏战役的洗礼，尤其是作为统帅的李如松，宁夏城顽强的抵抗给他留下了深刻的印象，才有了他吃一堑，长一智，在平壤战役中声东击西，歼灭数万日军的妙笔。

四

比起上述耳熟能详的万历三大征，16 世纪最后 10 年的明王朝，其实还经历了一场今天提及不多，却绝对重要的战争——郑洛平定青藏之战。

说到这场战役，其实和前面的宁夏战役也不无关系。哱拜生出反心的导火线，是万历十七年的西征河洮之战，这场战争在明朝史书里有一个名字：河洮之变。

河洮之变的主角，是蒙古土默特部可汗扯力克。

这个人虽不太有名，但是他的祖父却很有名——制造了庚戌之变的蒙古鞑靼可汗阿勒坦。阿勒坦接受明朝册封后，被明朝封为顺义王，明蒙之间大规模的战争已告结束，此后双方和平往来。阿勒坦死后，其子黄台吉也承袭了对明朝的友好政策，外加明、蒙之间的互市贸易，给大部分蒙古人带来的实惠，原本是战场的山西、陕西等地，早已经是一片和平景象。作为阿勒坦的孙子，扯力克承袭了顺义王的爵位，但他并不满意，开始了不断的扩张，一边兼并周边蒙古部落，一边开始向汉地发展。此时明朝陕西、山西等地皆兵强马壮，轻易惹不得，所以他的矛头，就对准了明朝防御相对薄弱的青海、甘肃地区。

明朝中期以后，青海草原地区渐成蒙古部落的活动区域，阿勒坦可汗受封"顺义王"初期，因他在蒙古部落中的巨大影响力，尚能震慑各部，他死后，继任的黄台吉无力约束青海蒙古部落，因此明朝西部边患日重。扯力克受封顺义王后，对青海蒙古部落采取联合方式。这时候由于明蒙互市，许多青海蒙古部落皆经过甘肃参加互市，扯力克便时常纵兵抢掠，不断吞并当地部落。万历十六年（公元1588年），扯力克进入青海，与当地部落联合，攻打西部的瓦剌部落。次年又在西宁修筑寺庙，与明朝甘肃总督梅友松发生冲突。除此以外，他们还时常打劫经丝绸之路进入中原的各国商旅，掠夺财物。对明朝而言最严重的事情是，这些蒙古部落进入青海地区后，大肆屠杀当地原本忠实于明王朝的藏族部落，迫使他们南迁，明朝甘肃御史严振就在万历十二年（公元1584年）上奏说："长此以往，边境藩篱渐少，必为大患。"根据明朝兵部尚书郑洛的统计，从阿勒坦去世的万历十年开始，至万历十七年，蒙古部落多次进入甘肃劫掠，累积杀害边民2000多人。从万历十五年起，明朝方面要求对青海动武的呼声甚高。但这时期西部的边患，多是小打小闹，直到万历十八年（公元1590年），一场大的变乱发生了。

万历十八年六月，自以为实力强大的扯力克和明朝翻脸了，先是4000蒙古军袭击明朝甘肃临洮、渭州、河州三地，明军严防死守，击退了蒙古军的进犯，临洮副总兵李连芳意图乘胜追击，反中了蒙古军埋伏身亡。一个月后，蒙古军又攻打河州，河州沦陷。蒙古军在进攻西宁时遭到西宁守将李奎拦截后，一番激战击毙李奎。短短一个月间，明朝两位总兵战死，五座军镇沦陷，边境军民死伤无数，一时间西北大震。

边报传来，明朝上下群情激奋，小小扯力克，竟然敢打天朝的主意，如此耻辱败仗怎堪忍受？各级官员纷纷上书，要求明王朝调重兵至青海平叛。明朝甘肃总督梅友松因战败免职，原宣大总督郑洛接替。同时明朝还停止了与扯力克之间的通贡贸易，对扯力克进行经济封锁。眼看一场大规模战争就要爆发，此时，一个改变战局的人物登场了——郑洛。

对蒙古人来说，郑洛是个老熟人了。隆庆年间（公元1567～1572年）阿勒坦在山西接受册封，与明王朝化干戈为玉帛时，郑洛就是山西参政，这以后又做过山西巡抚，一直在和蒙古人打交道，蒙古人的内部情况非常清楚。正因如此，面对朝野上下一派主战的呼声，他却非常冷静。他到任后，并没有立刻集结重兵发起反击，反而给扯力克使阴招。十月抵达兰州后，第一件事就是切断青海与河套草原之间的一切通道，断绝两地蒙古部落的联系，同时警告河套地区蒙古部落，谁敢帮扯力克闹事就治谁。盘踞青海的扯力克，一下子成了断绝外援的孤军。另外派人在青海各地蒙古部落里广发告示，重金悬赏缉拿扯力克等人，并声明"胁裹者无罪"，引得不少部落纷纷投诚。接着郑洛又拉拢青海当地受扯力克欺压的藏族部落，给予优厚的赏赐，策动他们协同明军作战。当然舆论攻势也没少，青海当地纷纷传言，明朝大军来了，有50多万……

几番攻势下来，扯力克势力大减，原本和他合伙攻打甘肃的火筛、脱

216

脱等部落，不是仓皇逃窜，就是向明朝投降，诸路蒙古部落也纷纷和扯力克划清界限。原本被扯力克赶离青海的藏族部落，也有不少纷纷北归，甚至助明朝进攻。阴招使完了，郑洛又使明招，他带来的军队里，包括戚继光留在蓟州的3000戚家军骑兵，这是彼时明朝最精锐的骑兵部队，但郑洛却不正面进攻，他把骑兵分散在青海与蒙古草原之间的各个要道上，专打扯力克的辎重队伍，打完了就走，和扯力克拼速度。从是年十月开始至次年一月，3个月里明军没打大仗，小仗却接连不断，"斩获辎重无算"，彻底给嚣张的扯力克断了奶。原本在河洮之变后牛气哄哄的扯力克，不到几个月，就陷入了众叛亲离、四面楚歌的境地。

但扯力克毕竟是明朝册封的顺义王，如果消灭，又有可能激反其他的蒙古部落，郑洛的办法很简单：让他自己离开青海。他一面通过各种小规模的军事行动打击扯力克，一面向扯力克下最后通牒，声称若扯力克继续留在青海，明王朝将剥夺他顺义王的封号。同时他命山西明军集结边境，随时准备直捣扯力克的河套老家。利弊权衡下，扯力克服软，公元1591年一月，扯力克离开青海，回到了他的老窝。扯力克走后，滞留在青海的蒙古部落群龙无首，郑洛随即开始了攻击，当年伙同扯力克组织联军的巴都尔、超呼尔等部落纷纷被打垮。公元1598年，明军发动大小松山战役，攻破最后一支扯力克青海嫡系势力阿图海，迫使其西逃。至此，青海蒙古部落作乱问题彻底解决。

纵观郑洛在青海7年恩威并施的过程，并未发生大规模的战役，但意义却非同一般。明朝稳定了青海的局势，保证了西部丝绸之路的畅通，并通过打击扯力克，震慑了西部蒙古诸部。而另一个现实意义是：就在河洮之变发生的第二年，即爆发了宁夏战役和抗倭援朝战争，如果当年明朝在青海投入重兵开战，那么很可能就陷入三线作战的泥潭了。

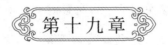

第十九章

辽东是如何丢的

说起明亡清兴的整个过程，不得不提到发生在万历四十六年（公元1618年）的萨尔浒之战。是役，新崛起的女真努尔哈赤部，以6万劣势兵力，打败明朝10万大军，从此雄霸辽东，成为明王朝重大边患。现代许多学者都认为，这场以少胜多的战役，不但是清王朝建国的起点，更敲响了明王朝300年灭亡的丧钟。

细观这场战争的来龙去脉，却不得不感慨：不但这场悲惨失败的命运是可以避免的，甚至清朝王朝崛起于辽东，也是一个可以避免的事情。在辽东问题上，明王朝，从最早的永乐皇帝，到后来的万历皇帝，再到末世的崇祯皇帝，始终是昏招不断，错误连连。就好比一支足球队，在面对对手的时候，不但战术布置严重错误，后卫线更不断地给对方前锋送大礼，最终落得个耻辱惨败的结局。

且去看看，明王朝究竟送了哪些大礼。

一

第一个给努尔哈赤送大礼的人，或许要追溯到明王朝的一位明君——永乐皇帝朱棣。

明朝获得对辽东的主权，是洪武皇帝朱元璋在位的事情。元王朝败退漠北后，朱元璋乘胜追击，一举击破了盘踞辽东的元朝纳哈出部，并降服了先前臣服于元王朝的朝鲜。对于这片新的土地，早期的明王朝极为重视。比如开国名将蓝玉就曾奏报说："辽东虽地广人稀，然南接长城，东连朝鲜，实系天下安危，当为边防之重也。"后来蓝玉案爆发，朱元璋却并不因人废言。洪武二十八年，洪武三十一年，朱元璋曾两次大规模移民辽东，在当地屯垦驻守。与此同时，朱元璋大封藩王时，更将他的三个儿子封在开原、沈阳、广宁，分别为韩王、辽王、沈王。如果这个政策可以继续下去，后来的努尔哈赤想要统一辽东，恐怕会困难得多。

事情在朱元璋过世后发生了变化，朱棣凭借靖难之役夺权成功后，生怕其他藩王有样学样，开始大规模的内迁边境藩王。尤其是东北三王，更连同家眷一道被迁入内地。辽东大地，一下子形成了真空地带。当然此后明王朝也在不断派驻军队，屯垦戍边，但是比起册封藩王式的大规模迁移，实在不能同日而语。

而从明王朝建国后的战略重点看，明朝的边防，首先的针对对象，是北方的蒙古部落，辽东虽然也驻扎重兵，但主要对手同样是蒙古人。对于当地的原住民女真人，在明朝立国的大部分时间里，都缺少足够的重视。明朝辽东边防吃紧，是嘉靖时代的事情，当时东迁的蒙古黄金家族土蛮部，以及作为朵颜三卫存在的朵颜部，都把辽东当作侵扰对象。此时明朝的军队，大多数针对西面的蒙古部落，而不是开原以北的女真部落。明朝隆庆（公元 1567～1572 年）、万历（公元 1573～1620 年）年间，明王朝以戚继光守蓟州，李成梁守辽东，对蒙古部落采取"树德于西，耀威于东"的政策，即对西面的阿勒坦等蒙古部落，用通贡互市的手段进行笼络，对东面的土蛮，则采取坚决的打击，这种政策保障了明朝边防的平安。曾是黄金家族的土蛮部，在明朝的持续打击下日益衰落。尤其在李成梁就任辽东总兵后，对土蛮采取主动出击的战术，几乎年年出击，从隆庆四年（公元 1570 年）开始至万历八年（公元 1580 年），李成梁的辽东军累积斩首土蛮军达五万人，强大的土蛮几乎被打得奄奄一息。而另一个蒙古部落泰宁部也遭到毁灭性打击，其首领速巴亥被李成梁击毙。到了张居正改革的末期，无论是土蛮还是朵颜三卫，都已大为衰弱，不再是明王朝在辽东的主要威胁。之前不显山水的女真部落，就这样浮出水面了。

二

说到女真部落的壮大，不得不说说李成梁的功过。

在隆庆、万历两朝，辽东总兵李成梁是公认的天下第一名将，明史上说他的战功"二百年未有"，即使是流芳百世的戚继光，与他相比也相形见绌。李成梁，祖上是陕西人士，后来迁移到朝鲜，在明朝时期又归国内附。40 岁之前，他只是个穷困潦倒的秀才，靠借钱行贿才承袭了祖上的官职，当上了铁岭指挥使，之后他否极泰来，连打胜仗。隆庆四年（公元 1570 年）辽东总兵王首道阵亡，李成梁补缺，从此独当一面，连续重创蒙古军，成为当时第一名将。此后，李成梁的李家军盘踞辽东 50 年，俨然一方诸侯。

李成梁之所以能打仗，一是因为他善于使用诡计，经常以少胜多，但最重要的一条，就是他善于树私恩。比起戚继光来，李成梁的军队，算是私家军，他用优厚的赏赐招揽壮士，甚至将辽东的军屯土地拿给士兵们私分。在军队里树立他自己的绝对权威，他的部队，不是李家自己人是休想指挥动的。而另一方面，李成梁很善于养寇、玩寇，消灭掉一股势力后，总要对敌人网开一面，保证辽东年年有仗打，他年年有胜利，就可以年年要赏赐。因此几十年来，他战功卓著，在明朝大将中无出其右。

辽东女真，从明太祖朱元璋时代就开始接受了册封，各部落都是明朝的朝廷命官，比如努尔哈赤的六世祖猛哥帖木儿，就在明成祖朱棣迁走辽东三王后，被册封为建州卫指挥使。辽东女真开始成为边患，是从嘉靖末年开始，先前的他们，大部分时间都站在明朝一边，经常随明朝攻打蒙古部落，也曾有个别时期被蒙古部落胁裹，跟着蒙古一起打明朝，比如土木堡之变时，就有女真部落参加瓦剌对明朝的作战。但一直以来，明朝都视女真人为小角色。嘉靖四十五年（公元 1566 年），海西女真 5000 人侵扰明朝辽东重地抚顺，这是女真部落有历史记载的第一次大规模侵扰。之后的四五年时间里，建州女真、哈达女真都曾和辽东明军发生摩擦。此时的明朝财政正紧张，辽东明军也多为步兵，骑兵甚少，因此对于女真部落的侵扰，多是消极防御，凭城坚守，直到李成梁的到来。

李成梁是一个擅长打骑兵战的将领，但明朝战马匮乏，让他巧妇难为无米之炊，为拥有一支强大的骑兵，李成梁做出了一个决定：重修宽甸六堡。宽甸六堡，即孤山新堡、新甸堡、宽甸堡、大奠堡、永甸堡、长甸堡，东起鸭绿江，绵延 200 多里，由正统年间（公元 1436 ～ 1449 年）名将董鄂修筑，至明朝后期已废弃。李成梁重修六堡后，不但拓地 700 里，更把六堡变成了贸易集市和战马产地。当地水草丰美，适合放牧，且临近女真控制区，便于贸易，更重要的是，它是抵御女真骑兵进入辽东的屏障。宽甸六堡的繁荣，不但让李成梁迅速获得了巨额的财富，更得到了充足的战马来源。从此之后，李成梁的嫡系辽东骑兵开始壮大，并终成劲旅。

实力壮大后的李成梁，发动了对蒙古、女真部落的全面清剿，在重创蒙古部落后，李成梁将矛头转向了女真。万历元年，李成梁以诱敌深入计，重创建州女真。建州女真首领王杲被俘，后送到京城处死。万历十一年（公元 1583 年），李成梁假装与叶赫女真做生意，将叶赫女真头领海清努诱到开原城袭杀。同年李成梁又向哈达部发动总攻，全歼女真哈达部。万历十九年（公元 1591 年），一度声势浩大的女真部落，相继被李成梁重创，几乎奄奄一息。

然而李成梁却独独漏掉了一个人——努尔哈赤。

努尔哈赤是建州女真的世袭贵族，先前被李成梁杀死的王杲，是努尔哈赤的外祖父。万历十一年（公元 1583 年），李成梁发动了对建州女真阿台部的攻击，全歼阿台部，努尔哈赤的父亲、祖父，也皆在这场战斗里被明军误杀。事后努尔哈赤忍气吞声，投靠了李成梁。之后就是清史稿里津津乐道的"努尔哈赤十三副铠甲起兵"。努尔哈赤回到家后，用 13 副铠甲做本钱，起兵四处攻打其余部落，李成梁也乐得见女真部落自相残杀，对努尔哈赤大肆笼络。从万历十一年开始，努尔哈赤相继灭掉了海西女真、叶赫女真，统一了建州女真。到万历二十一年，努尔哈赤在古勒山之战里以少胜多，击败海西女真、叶赫女真、蒙古科尔沁联军，正式确立了他在辽东诸部落中的最强地位。

对努尔哈赤的所作所为，李成梁始终纵容。究其原因，一者李成梁治理辽东的方式，就是通过挑拨各部落争斗从中渔利，乐见女真部落相互攻杀。二者李成梁始终把海西、叶赫女真当作最强敌手，早期的努尔哈赤实力弱小，自然不被李成梁当作敌人。最重要的，是努尔哈赤对李成梁始终恭顺有加，每年不惜血本贿赂，其讨好李成梁的方式，按照明史学者孟森的说法是"无所不用其极"。公元 1592 年抗倭援朝爆发后，大批驻辽东明军进入朝鲜作战，辽东成为真空地带，这给了努尔哈赤扩充地盘的机会。

抗倭援朝战争胜利结束后的万历二十八年，努尔哈赤创立了满文，分散的女真族，已然被他整合成一支团结的力量，成为明王朝大敌。

对于即将到来的危险，明王朝还是浑然不觉，李成梁于明朝万历十九年（公元1591年）退休，其长子李如松接替他的职务，却在1597年遭蒙古泰宁部伏击阵亡。这时候的努尔哈赤依然比较老实，除了继续攻打不听其节制的女真部落外，对明王朝依旧毕恭毕敬。此时，他还顶着明朝册封他的"龙虎将军"头衔。16世纪的最后十年，骚扰辽东最猖獗的，是短暂复苏的蒙古泰宁部和土蛮部，驻辽东明军的战略重点，也一直集中在辽西地区。十年之间，明朝辽东总兵一职先后换了8人，除了李如松战死沙场外，其余7人，都是因为指挥不动辽东军而去职。李成梁以私恩带兵的弊端，在此时暴露无遗：早年跟随李成梁征战的猛将们，大多腐化，全不复当年之勇，连李成梁的儿子李如梅、李如柏等人也不例外。万历二十八年，辽东明军和女真部落发生了一次罕见的摩擦，辽东总兵马林被女真哈达部击败。马林被降职，李成梁得明朝重新启用，回任辽东总兵。李成梁到任后不久，努尔哈赤顺势出兵，彻底剿灭了哈达部，既向李成梁表了忠心，又乘机扩大了实力。李成梁在奏折里称赞努尔哈赤忠勇可嘉。即使如此，李成梁也不得不承认，他辛苦打造的辽东军，已不是当年光景。掌控辽东局势，80岁的他已力不从心。

李成梁回任后，面对老部下日渐腐化，长子战死，其他儿子不争气的境况，选择了对努尔哈赤继续毫无保留的信任。明朝的辽东驻军继续西倾，东面抚顺、清河地带的明军，被大批调去抵御蒙古，对六堡北面的努尔哈赤毫不设防。明军接连击败蒙古泰宁部和土蛮部，辽东局势再次稳定。从公元1599年李成梁复职到公元1616年李成梁去世，这17年的时光，是辽东最和平的17年。蒙古部落的气焰再次被打下去，努尔哈赤依旧表面恭顺，因此史书评价这段时期辽东"烽烟渐少，百姓安居"，明王朝也因此册封李成梁为太子太傅，然而明王朝并没有想到，这 17 年的和平，是暴风雨前夜最后的平静。

事实上，即使此时的努尔哈赤已然羽翼丰满，明王朝还是有能力遏制他的，遏制的棋子，就是作为辽东屏障的宽甸六堡。六堡是早期李成梁镇守辽东的杰作，是辽东铁骑发家的本钱。只要六堡在明朝手里，辽东大地就有屏障保护，努尔哈赤也冲不出白山黑水，最多只能像杨应龙一样，当几年土皇帝。然而李成梁在万历三十四年（公元 1606 年）做出了一个令人瞠目结舌的决定——放弃六堡。数十年辛苦经营就此毁灭，十几万边民流离失所，700 里肥沃的土地，近万匹精良战马，皆落入努尔哈赤之手。李成梁还借此向明朝表功，说自己"招抚流民十万"。此举的直接后果，就是努尔哈赤获得了充足的战马，建立了他的王牌军队八旗铁骑。长远的后果，就是辽东再无险可守，努尔哈赤夺取辽东，已经一马平川。

努尔哈赤当然不会放过这个机会，万历四十三年（公元 1615 年）李成梁去世，次年统一女真的努尔哈赤正式在赫图阿拉建立政权，取国号为后金，并自称天命可汗。他之所以没有立刻对明朝发动进攻，是因为他在做另一件重要的事——创建八旗制度。经过两年打造，八旗军制终于定型。万历四十六年正月，努尔哈赤向明王朝亮出了他隐藏已久的獠牙：今岁，必征大明国。同时他也抛出了他举世闻名的开战理由：七大恨。

四月，努尔哈赤连续攻破抚顺、清河，掠夺财物无数，并正式致书明朝，要求明朝对他进行册封。明王朝与努尔哈赤的战争开始了。万历四十七年（公元 1619 年）正月，被努尔哈赤挑衅激怒的明王朝，在三大征结束近二十年后，再次吹响了集结号。以兵部侍郎杨镐为辽东经略，调全国七省精兵 12 万人，兵分四路剿灭努尔哈赤。二月十一日，杨镐在辽阳誓师，四路大军分别由杜松、刘綎、马林、李如柏率领，分别从朝鲜、抚顺、开原、清河四个方向发起进攻，意图直捣赫图阿拉，剿灭努尔哈赤。努尔哈赤以 6 万人以寡击众，采取"凭尔几路来，我就一路去"的战术，集中优势兵力各个击破，仅用 5 天时间，即彻底击败明军。明朝四路大军里，杜松、刘铤两部全军覆没，马林部惨遭重创，只以身免，李如柏部仓皇逃回，明军损失士兵 45800 多人，阵亡将领 312 人。这场近乎耻辱的失败，就是历史上著名的萨尔浒之战。当年对明王朝毕恭毕敬的女真部落酋长，拍李成梁马屁无所不用其极的小马仔，此时终成辽东枭雄。明王朝再次尝到了养虎遗患的苦果，承平 17 年的辽东大地，从此将迎来持续 25 年的兵灾。

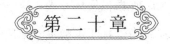

第二十章

东林党毁灭了明王朝

今人说起明朝灭亡，嗟叹较多的一句话是"明实亡于万历"。从万历皇帝朱翊钧在位，到天启皇帝朱由校登基，这段时期的明王朝可谓内忧外患不断。外患方面，南方有西南土司造反，东南有荷兰殖民者入寇，北方边境，后金日益强大，威胁明朝东北。内忧方面就更热闹，先是围绕着立太子问题的争国本案，万历皇帝与群臣关系僵持数年，而后又碰上针对太子问题的"三大案"，万历皇帝去世后，又爆发明光宗朱常洛死亡谜团的"红丸案"，驱逐明光宗宠妃李选侍的"移宫案"。各方势力闹哄哄你方唱罢我登场，大明政坛城头变换大王旗，变到最后，变成了"九千岁"魏忠贤的阉党掌权，怎一个乌烟瘴气了得。

然而说到这段黑暗岁月，各类历史书中，无不提到了其中一个短暂的光明时期，即天启皇帝朱由校登基初期，不管是《明史》还是《罪惟录》，皆称这段时期为众正盈朝，即正义力量掌握了国家大权，这支曾带给无数人希望的正义力量，就是大名鼎鼎的东林党。

在这段明王朝权力交接、政坛风云变幻的大戏里，东林党一直被各类史书评价为正面角色，也是出镜率最高的角色。争国本的时候他们凑热闹，

"红丸案""移宫案"时期他们力挽狂澜，挽救危局。魏忠贤的阉党夺权时期，他们毫无惧色，慷慨斗争，最终落得悲壮失败，壮烈殉节。其诞生、发展、壮大，以至最终失败的过程，无不渗透着慷慨激昂、可歌可泣的故事。后人翻阅史书，读到东林党三字，扑面而来的总是阵阵浩然正气。

然而当我们透过浩然正气，真正触摸到历史的真相，会看到一个完全不一样的东林党，这些立志匡扶天下、缔造中兴的热血书生们，很多时候非但没有成为历史的推动者，相反却成为了历史的破坏者，甚至可以毫无怀疑地说：明朝灭亡，东林党亦难辞其咎。

一

要了解东林党的真实情况，必须从东林党的诞生壮大说起。

说到东林党的诞生，世人普遍的说法，是万历二十二年（公元1594年），吏部文选司郎中顾宪成罢官后归乡，在常州知府欧阳东风、无锡知府林宰的资助下，修复了宋朝人杨时讲学的东林书院，从此开坛讲学，渐成规模。其言论被称为清议，社会影响力日增，大批士人、书生，乃至新兴商人、绅士皆云集于此，终成一系。之后其成员渐次步入政坛，形成了这一政治派别——东林党。然而如果追根溯源，东林党的产生，却更多的是拜张居正所赐。

明朝中后期以后，原有的理学思想遭到强烈冲击，自由思潮兴盛，士大夫言论自由成风。张居正改革时期，他加强个人威权的做法，成为社会舆论批判的标靶。为压制言论，张居正毁天下书院，严禁议论时政，其在世时，暂时将自由思潮压制住，但明王朝的思想活跃仍在。张居正改革十年，明朝经济大为发展，资本主义萌芽勃兴，思想上的开放自由，也暗流涌动。这股思潮在张居正去世遭清算后反弹，万历皇帝亲政后，君主专制已不比从前，明朝士人议论朝政乃至批评君王，都是社会主流风气。万历皇帝在立太子问题上始终不能压倒群臣，双方僵持数十年，文官集团团结一致，不怕杀头获罪与万历相抗，其思想基础正是来自于此。而东林党，这个不同于先前中国任何一个政治流派的组织，也就应运而生。

东林党的创建者是顾宪成。在东林党诞生前，他只是官场上一个不起眼儿的小人物。万历二十二年（公元1594年），他作为吏部文选司郎中，向万历皇帝举荐内阁人选，所推荐的人选不符合万历皇帝心意，在拒绝万历皇帝让他修改名单的要求后，遭万历皇帝罢官。此后建东林书院，开堂讲学，应者云集。之所以产生轰动效应，主要是他硬抗万历的行为，得到了民间诸多知识分子的倾慕。明朝的君臣关系一直是对立的，朱元璋建国时，用极端高压的政策打压文官集团，然而随着文官集团的壮大，明朝皇帝对文官集团的控制力日益下降。到了晚明，常有官员用向皇帝发难的方式，来提高自己的知名度，顾宪成做到了。此时正是万历皇帝与文官集团围绕着立太子问题争国本时期，双方互相僵持，大批官员因卷入争国本而遭罢免，相似的际遇、相同的愤然，自然令许多人志同道合到了一起。东林党的三杰顾宪成、邹元标、赵南星，都有着类似的际遇。另外，此时东南沿海资本主义萌芽勃兴，许多新兴商人，也通过结好东林党的方式，以图将来谋得利益。从东林书院建立的第一天起，这个隐藏于民间的组织就是一股沉默的暗流，默默积攒，待它破土而出时，将震撼整个明王朝的朝局。

东林党逐渐渗透入明朝国家政权，是通过与朝中诸多实权派人物合作开始的，其中最重要的两个人物，就是凤阳巡抚李三才和内阁大学士叶向高。在后来阉党编的《东林点将录》（东林党罪犯名单）里，每个上榜的东林党成员，都拉出一个水浒人物进行类比，其中李三才被阉党比作托塔天王晁盖，叶向高被比作及时雨宋江，足见二人在东林党这个"梁山泊"上地位之重。李三才，字道甫，陕西临潼商人家庭出身，巡抚凤阳时，曾严惩当地的矿税太监陈增，并多次奏请减免商税，是当时出名的诤臣。他与顾宪成要好，不但为顾宪成做内应，通报朝局的变化，且多次推荐顾宪成为官。而另一位政治人物叶向高更重要，他于公元1635年晋升为内阁大学士，次年由于内阁大学士朱赓辞官，内阁中只剩他一人，因此人称独相。借此机会，他向万历皇帝提出增补空缺官员，乘机将大批有东林党背景的官员安插在要害部门。不过东林党第一次引起关注，主要与李三才有关：万历三十八年（公元1610年），叶向高推荐李三才入阁，遭到许多人反对，有人攻击李三才是东林党，这是东林党第一次在朝局中亮相。围绕着李三才入阁问题，东林背景的官员与反对派针锋相对，互相攻击，最后以李三才愤然辞官不了了之。次年正好是京察（干部大考核），东林党反戈一击，利用叶向高主持京察的机会，大力排斥异己。不过反对东林党的力量也很强大，经过几番较量，许多有东林党背景的官员遭到裁撤，反对派占据了六部显要位置。作为东林党的"托塔天王"，叶向高开辟了第二战场，将许多新近东林党成员安排到了刑部、大理寺等部门，因都是六品主事级别的小官，这个安排并未引起太多重视，而正是这个安排，给东林党留下了翻身的本钱。

万历三十八年的京察，以东林党失败而告终，这以后的几年，东林党人员大减，讲学凋零，最困难的时候，东林书院前来听讲的人数，只有之前的二成。次年东林党的创建者顾宪成郁郁而终，时年62岁。他不会想到，在他过世后仅4年，一场突然爆发的意外，打响了东林党的翻身仗。

这就是万历四十三年著名的梃击事件，即谋杀太子案。是年五月初四，一个叫张差的农民混入太子朱常洛居住的慈庆宫，挥棒袭击太子，幸好被随身太监拿下。案件发生后举朝震惊，许多官员要求追查真相。此时正是敏感时期，万历虽然在争国本中认输，但一心想让自己儿子当太子的万历宠妃郑贵妃并不甘心。事件一出，满朝都将怀疑目光对准了郑贵妃。毕竟是皇家丑事，明王朝从一开始就力图遮掩，三堂会审了几遍，认定这个张差是疯子。在即将定案前，叶向高在京察时安排在刑部的六品主事王之寀，设计夜审张差，先饿他一顿，然后以"给饭吃"为诱惑，戳穿了张差装疯的把戏，继而东林党成员纷纷行动，要求重审此案，迫于舆论压力，明皇室只得同意，再次会审，终让张差供出了此案的幕后指使：郑贵妃的贴身太监庞公公和刘公公。满朝文武一片哗然，最后万历皇帝无奈，只得安排郑贵妃当场向太子求救，斩首了张差以及两名太监，才把这个糊涂案了结。这场啼笑皆非又几经反复的闹剧，却成了东林党命运的转折点：因东林党的追查，太子地位得以稳固，而东林党也成了太子的盟友，更从此声名大震。而先前东林党的反对派，为应对东林党日益壮大的势力，也开始拉帮结派，形成了齐、楚、浙三党。明朝党争，从此越演越烈。

万历四十八年，万历皇帝在内忧外患中去世，争国本的主角太子朱常洛即位，东林党地位也因此提高。朱常洛即位后纵欲过度，导致身体大坏，又服食红丸（壮阳药）中毒毙命，在位仅 8 个月。局势再度紧张起来，朱常洛之子朱由校即位，次年改年号为天启。这期间朱常洛宠妃李选侍企图挟持朱由校以把持朝政，在东林党直臣杨涟等人的逼迫下，李选侍被迫离开乾清宫，朱由校在东林党的拥立下顺利登基。至此东林党俨然成为朱常洛、朱由校父子两代人的登基功臣。顺利即位的天启帝也知恩图报，登基伊始，东林党人分别占据了礼部尚书、吏部尚书、大理寺卿等要职，其后通过分化瓦解的手段，击败了反对派齐、楚、浙三党联盟，东林党"托塔天王"叶向高坐上了内阁首辅的位置，至此执掌了大明朝文官集团的大权。史书上所说的众正盈朝，就是这个时期。

二

纵观东林党的发迹过程，表面看是正义战胜了邪恶。看东林党的成员，基本都是道德高尚、志向远大的君子，东林书院的对联"家事国事天下事，事事关心"，直到今天依旧深入人心。东林党长期的政治主张，包括减免商税、与民休息、开放言论，现代有不少人因此拔高东林党，说这是"带有资产阶级性质"的思想主张。而细细审看当时明王朝的内外形势，却不得不承认：东林党心忧天下没错，但多是空想，现实意义甚少。

东林党之所以壮志未酬，一个重要原因就是，他们中的精英人物，没有一个人有张居正那样，可以切中明朝时弊，且思虑成熟，行之有效的革新思想。即使间或有一两句闪光的豪言，却也不成体系，难成气候。一个先天的差距是，东林党的最初创始人，如顾宪成等人，多是罢官后回乡讲学，生活圈子极其狭窄，不像张居正等人，曾真切接触到民间的世情百态。他们的所谓改革思想，自然就成了浮华泡影。另外东林党的要员们，虽然论权谋手段尚有高手，可论施政能力，除了孙承宗、叶向高等少数人外，大部分人都是菜鸟。既无脚踏实地的构想，又无行之有效的施展能力，仅靠道德说教，从来都是无法成事的。

而在道德层面上，尽管东林党的大部分人，论人品都是真君子，但治理国家不是选雷锋。在封建社会，官员的道德水平与实际工作能力，很多时候并不成正比，有时候甚至成反比，如张居正所说"十清流不如一胥吏"。张居正改革之所以成果卓著，一个重要原因就是用人用其长，比如平定西南的名将殷正茂，贪污问题一直被诟病，但无论高拱还是张居正，都始终用人不疑。相比之下，东林党人的行政方式，却是道德压倒一切，道德问题一刀切，为人处世，更拿道德帽子压人。比如赵南星做吏部尚书时，就以清廉为标尺一刀切，罢免大批不合格官员，其中不乏行政能力卓越者。山东的"廉政标兵"袁应泰也因廉洁官升蓟辽总督，然后被努尔哈赤打得丢盔卸甲，害得明朝失去沈阳、辽阳等重镇，一时间边防大警。起家阶段的努尔哈赤，也正是拜东林党的愚蠢才节节胜利。

而从明王朝当时内忧外患的局势看，明朝面临的两大迫切问题：一是边关告急，二是财用匮乏。前一个问题，在东林党败招迭出，努尔哈赤步步逼近时，幸亏东林党内还有孙承宗这样的人才，他只身赴辽东督师，提拔了名将袁崇焕，打造出了女真人到明朝灭亡时也无法攻破的关宁防线，为明王朝稳住了边防大局，可这样的人物在东林党内凤毛麟角。后一个问题，道德高尚的东林党也有非常自私的一面：明朝税收最突出的问题，是税收的不平等，明朝中后期以后，土地兼并严重，商品经济高度发展，国家可收的农业税越来越少。要解决财政问题，就需要建立新的财政体系，扩大税源特别是商业税的收益。张居正改革时期，一面重新丈量土地，一面针对东南沿海商人依托豪门地主偷税的行为进行严查，增加了国家财政收入，但张居正去世后，他的改革措施也戛然而止。到东林党众正盈朝时期，由于东林党的大部分成员都有商人背景，因此极力反对国家加收商业税，根据现有的奏折和《明实录》记载，一旦国家有加收商业税的动机时，东林党官员就全体反对。比如崇祯元年清算魏忠贤后，兵部尚书申用懋请求国家整顿商业税，扩大财源，随即遭到刚刚平反的东林党人攻击，黯然去职。结果明王朝只能不断增收农业税，最终落得被农民起义灭亡的结局。

三

在众正盈朝的前后时期，东林党成员做的最大的一件错事，就是坑害了战功卓著的辽东名将熊廷弼。这件错事的当事人之一，就是生前身后被赞誉为东林党楷模，后来冒死弹劾魏忠贤，死后被崇祯追谥为"忠烈公"的杨涟。

萨尔浒之战后，明朝辽东形势一时危急。万历三大征的胜利，与万历皇帝正确的选人分不开。萨尔浒溃败后，万历皇帝知错就改，起用监察御史熊廷弼巡按辽东，节制辽东军务。闻听此人来，明朝降将李永芳慌忙对努尔哈赤奏报说："有此人在，我等危也。"

熊廷弼，字飞白，湖广江夏人，是个脾气和能力一样彪悍的人。做御史时，最大的毛病就是喜欢骂人，到哪里都得罪人。他水平更强悍，李成梁放弃六堡时，当时满朝皆赞叹李成梁招抚十万的功勋，唯独他一眼看穿，惊呼"辽东从此无宁日"，事实果然印证了他的判断。正是他的这番表现，令万历慧眼识英雄，委任他镇守辽东的重任。

熊廷弼到任后不负所托，先整顿军纪，把萨尔浒之战中临阵脱逃的李如柏下狱，逼得李如柏上吊谢罪。继而单骑闯辽东，勘察抚顺军情，在努尔哈赤的地盘上，上演了一番英雄虎胆，此举使他对辽东军情了然于胸，继而大刀阔斧，提出了先守后战的思想，一面加强防务，一面大搞人民战争，派大量游击队进入努尔哈赤统治区搞破坏。双管齐下果然奏效，熊廷弼到来后，努尔哈赤未敢有轻举妄动，熊廷弼乘机修缮工事，招抚流民，选练精兵，整军备战。萨尔浒战败后士气低落的明军一下子风纪大振。此时的努尔哈赤尚无生产能力，专靠劫掠为生，熊廷弼此举，等于卡了他的喉咙。

不甘坐以待毙的努尔哈赤，在熊廷弼到任后的第二年五月，即万历四十八年，发动了对熊廷弼的试探性进攻，结果在浦河遭到打击，损失700多人。熊廷弼的坐困转蹙作战思想（即依托防御工事和游击队骚扰困死努尔哈赤）开始奏效。晚清军事家曾国藩读到此事后曾感慨："若此人常在，我朝（清朝）何能取中原？"

　　脾气彪悍的熊廷弼能大展拳脚，主要得益于万历皇帝的支持，熊廷弼到任辽东后，骂熊廷弼的奏折没断过，其中骂得最狠的，就是东林党人杨涟。对此万历一律留中不发。七月万历去世后，攻击熊廷弼的奏折再次满天飞，失去靠山的熊廷弼黯然去职。然后就是东林党"廉政标兵"袁应泰接班，用兵沈阳、辽阳两场打败，将熊廷弼苦心打下的家底败得精光。

　　这只是熊廷弼悲剧的开始，沈阳沦陷后，天启元年七月，熊廷弼得以复职，以辽东经略的身份再次主持辽东防务。这次他的阻力更大，辽东当地的15万军队，都集中在巡抚王化贞手中。熊廷弼能调动的部队不过5000人。到任后的熊廷弼，很快就被王化贞彻底架空，王化贞的想法和熊廷弼完全相反，他主张收买努尔哈赤左右，里应外合，主动出击，迅速歼灭努尔哈赤。不但这样想他还这样做，拉拢了努尔哈赤身边的降将李永芳，谁知道努尔哈赤将计就计，利用李永芳，策反了王化贞身边的亲信将军。次年正月十八日，在确定熊廷弼被架空后，努尔哈赤再次发动了大规模进攻，将之前满嘴跑火车的王化贞打得全军覆没，里应外合一举拿下广宁城，幸亏熊廷弼带5000士兵阻击断后，才保护着当地十几万边民以及王化贞本人撤入山海关，免遭敌人屠杀。事后明王朝不分青红皂白，将两人一起下牢狱。熊廷弼之所以眼睁睁看着王化贞胡搞，不是他没能耐，实在是王化贞后台太硬，他的坐师，就是东林党的"托塔天王"叶向高。两次交恶东林党，第一次被骂走，第二次被陪绑，东林党真是熊廷弼的霉头。

　　东林党没想到的是，熊廷弼也成了东林党的霉头。天启四年（公元

1624年)四月,东林党在与魏忠贤阉党的争斗里已是下风,多名同僚遭排挤,要害部门也被魏忠贤亲信把持,刚直的杨涟决定冒死一搏,弹劾魏忠贤,结果反被天启皇帝下狱。魏忠贤决定彻底肃清东林党,此时被关押在牢狱里的熊廷弼,就是最好的由头。结果魏忠贤兴起"辽案",和东林党对骂了一辈子的熊廷弼"被东林党",杨涟等人全成了他的同伙。之后东林党多人被迫害致死,魏忠贤权倾朝野。被东林党坑了两次的熊廷弼,反倒成了东林党覆灭的导火索。

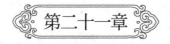

第二十一章

被崇祯坑死的三个能臣

要问中国历史上最得后人同情的亡国之君是谁，答案恐怕非崇祯莫属，比起历代亡国之君不理国事，荒废朝政，崇祯皇帝却是百分百的勤政。在位 18 年，先干掉"九千岁"魏忠贤，再拨乱反正平反冤案，启用袁崇焕，一心想着挽救危局。却不料内忧外患不断，外面清军不断进攻，多次破关南下，内部农民起义四起，天下大乱，又兼运气太差，西北、中原，连年自然灾害不断，终其在位一直没有消停。苦苦支撑了 18 年，最后还是落得国破身亡，自缢煤山的下场，怎么看，都是天字第一号的可怜人。

有一句说，可怜之人必有可恨之处，崇祯呢？

俗话说人之将死，其言也善，崇祯临上吊的遗言有两句，一句是"百官误我"，一句是"文臣皆可杀"。大体是说，亡国了，但自己的错是次要的，大臣的错是主要的。这句话，究竟是执迷不悟？还是真理？

以后世的眼光看，崇祯至少用错了三个人，很巧，都是文臣。

一

崇祯用错的第一个人，就是孙承宗。

孙承宗，字稚绳，河北高阳人，是天启皇帝朱由校的老师，天启年间官至大学士。对于这个人，清朝人编的《明史》里有一句至高无上的评价：令专任之，犹足以慎固封守。意思是说，明王朝如果给他百分之百的信任，保卫现有的国土，是完全可以的。

观孙承宗的履历，这句话毫不过分。

孙承宗在参加科举前，一直在做游学教师，特别是常年在边境给边将家做家教，边关形势早已尽察。万历三十二年（公元 1604 年），他 42 岁的时候参加科举，谁料一鸣惊人，竟考取了榜眼，之后官运亨通，先做明光宗朱常洛的老师，又做明熹宗朱由校的老师，可谓是两代帝师。尤其难得的是，一生沉迷木匠活的明熹宗朱由校，唯独对孙承宗格外尊重，自始至终称他为先生。朱由校登基后，作为东林党的一员，孙承宗入阁拜相，官居内阁大学士。

这时候的辽东战局，已经糜烂触底，熊廷弼下狱了，辽东几乎全境沦陷，明朝之后连着换了几个辽东经略，不是去了临阵脱逃，就是被打得丢盔卸甲，后来兵部侍郎王在晋甚至建议明军全面退守山海关，加强山海关防御。孙承宗经过实地勘察后，否决了王在晋的荒唐建议，主动要求督师蓟辽。

到任蓟辽后，孙承宗采取了稳扎稳打的战略，趁努尔哈赤松懈时，先在宁远筑城屯垦，然后推进到锦州，经过 3 年稳扎稳打，终于于天启五年（公元 1625 年），建成了一个立体防御体系——关宁防线。这条由宁远、锦州、山海关三地为核心的防御体系，成功阻滞了后金军南下。与此同时，孙承宗大胆卓拔了袁崇焕，打造出一支堪与女真八旗抗衡的强军——关宁铁骑。东林党覆灭后，孙承宗也遭株连，被迫退休归乡。他走后，袁崇焕在宁远之战中力挫后金，击败努尔哈赤，令努尔哈赤含恨而死。皇太极即位后，又在宁锦会战中击败皇太极。这场胜利让躲在深宫里做木匠活儿的天启皇帝也兴奋不已，下诏书表彰道："十年之积弱，今日一旦挫其狂锋。"

随着魏忠贤专权日重，同属东林党的袁崇焕也遭排挤去职。崇祯即位后诛杀魏忠贤，为蒙冤的东林党人平反，大批当年遭迫害的东林党纷纷得到启用。在担负防御辽东重任的蓟辽督师一职上，崇祯舍孙承宗不用，反而启用了孙承宗的爱将袁崇焕。之所以老姜不敌新葱，恐怕还因孙承宗是天启帝老师的缘故，年轻的崇祯担心不好驾驭。和孙承宗相比，袁崇焕的最大欠缺就是战略眼光，他就任后，先夸下五年平辽的海口，接着杀掉驻守皮岛多年、牵制后金军的大将毛文龙，令朝野上下哗然。还没等袁崇焕去平辽，崇祯二年（公元 1629 年）皇太极却绕开关宁防线，取道蒙古入寇河北，杀气腾腾地来平大明了。北京周边明军哪里是八旗铁骑的对手，被打了个溃不成军。率军回援的袁崇焕虽然在北京城下重创皇太极，但最终落了个被崇祯下狱处死的结局，直到今天，袁崇焕是不是汉奸的话题，依然被人津津乐道。

袁崇焕下狱后，崇祯根本顾不上想他是不是汉奸，因为后金军虽然暂撤，但北京北面的遵化、栾城、永平、迁安四城却被皇太极占据，北京城依然岌岌可危。危急之下，孙承宗被崇祯拉来救火了，崇祯命他回任兵部尚书，负责京城防务。此时的局面，万分糟糕，因袁崇焕下狱，本来救援北京的辽东军哗变，竟跑回辽东去了。周边明军虽然有 20 多万，却慑于八旗军的兵威不敢进攻。孙承宗沉着应对，先劝服辽东军众将，再缜密制定作战计划。次年二月，孙承宗发动反击，仅用 4 天时间就收复沦陷四城，重创留守后金军近万人，将后金军彻底赶出了长城。这场力挽狂澜的胜利，史称遵永大捷。

遵永大捷使孙承宗在时隔6年以后，再次得到了经略辽东的机会。而雄心勃勃的他，也希望完成天启年间（公元1621～1627年）未完成的事业。遵永大捷后两个月，孙承宗向崇祯打报告，要求在锦州以东的大凌河铸城。大凌河，是辽东战略要地，一旦明军在这里站住脚，就可以威逼后金都城沈阳。如果成功的话，即使不能迅速平定后金，至少不会再发生崇祯二年后金绕过关宁防线破关南下的事。但后金不是傻瓜，孙承宗派祖大寿筑城，刚修了一半，后金军就打来了。战端突起，孙承宗急忙组织援军，但未曾想，他遭到了当年熊廷弼同样的命运——经抚不和。此时辽东的留守部队，大多掌握在辽东巡抚邱禾嘉手里，对修造大凌河一事，邱禾嘉本来就反对，开战了更来了一个非暴力不合作，孙承宗要兵，他阳奉阴违，本来应该立刻派出的援军，他竟然一拖就是数月。无奈之下孙承宗只好四处调兵，直到第二年初才终于凑齐一支4万人的援军。而在大凌河外围，8万后金军已经严阵以待。以寡击众下，明军终于不支，4万援军全军覆没，而驻守大凌河的祖大寿，用假投降的方式放弃了大凌河。大凌河之战，成为戎马一生的孙承宗唯一的败仗，却是最致命的败仗。

大凌河败后，明朝言官炸了锅，本来对此败负有主要责任的邱禾嘉，把战败的罪过全算给了孙承宗。众议汹汹下，孙承宗黯然去职。纵观大凌河之战全过程，并非孙承宗无能，实在是他已没有天启朝初年的施展环境。此战过后，内地农民军战乱四起，明朝干脆撤了蓟辽督师一职，在关宁防线消极防御。崇祯十一年（公元1638年），清军攻破孙承宗的家乡高阳，孙承宗率全家人上城抵抗，被俘后壮烈捐躯，其举家6个儿子和12个孙子全部殉难。忠烈如此，崇祯却只是下令"复官职，允祭葬"，连个谥号都不给。

从始至终，他都没有得到崇祯完全的信任。

二

崇祯二年皇太极的破关南下，以及袁崇焕被汉奸的结局，对崇祯皇帝本人的打击是巨大的。不仅仅因为他一直倾心相信的袁崇焕最终让他失望，也不仅仅因为明军在大多数时间里丢盔卸甲，被打得溃不成军的惨状，更因为在整个战役中，外围赶来救援的明军，竟大多不敢主动向皇太极发起进攻。身为大明帝国的最高统治者，此情此景无疑是痛彻心扉的。有这么一个人，在这个痛苦的时候给他送来了春天般的温暖：一个不到30岁的大名府知府，竟然在当地招募了1万多民团，千里迢迢到京城来勤王，比起诸路军队的畏首畏尾，他多次主动请战，积极性相当高。

当然，由于不久后关宁铁骑在北京城外击退皇太极，敌人全线退兵，这支积极性很高的民团最终没派上用场。但老实人不吃亏，崇祯因此记住了这个人的名字，记住了他的慷慨忠义——卢象升。

卢象升，又一个最终被崇祯用错的人。

卢象升，字建斗，江苏宜兴人，天启二年（公元1622年）中进士。之后先做户部主事，又做大名知府，踏踏实实做事，清清白白做人。在崇祯二年那场兵灾前，他的日子过得很普通，当然也间或有些不普通的事。比如东林党众正盈朝时，大家都忙着巴结东林党，他偏不巴结。后来魏忠贤当权了，大家又忙着巴结阉党，他还不巴结。别人都忙着拍马逢迎混日子，他忙着埋头干活；别人闲着的时候喜欢看书下棋听戏，他闲着的时候喜欢骑马射箭练武；别人读的书，最多是四书五经，他偏爱读兵书，最喜欢的一本，多年来走到哪里带到哪里，就是戚继光的《纪效新书》。然后就是崇祯二年，他彻底不普通了一把，后金军来了，别人要么缩头要么逃命，

240

他招了1万人，雄赳赳气昂昂要上战场。

从这以后，不普通的卢象升，就走上了一条不普通的人生路。先是崇祯三年（公元1630年）升了官，提拔成负责练兵的昌平、大名、邢台三地练兵的参政。巧合的是，这三个地区，恰是当年戚继光蓟州招兵的地方。卢象升捧着戚继光的书，有样学样地摸索着干，外带自己一点儿发明创造。经3年努力，到了崇祯六年（公元1633年），真个练出了一支精锐来。这时明朝西北农民起义已经大起，李自成、张献忠、高迎祥，没完没了地在陕西、山西、河南等地折腾。卢象升临危受命，先率军开赴山西，在山西冷水村大破农民军数万人。此战异常凶险，卢象升先率军破敌，将农民军逼至山崖，对方用冷箭射伤卢象升额头，卢象升不惧，抹着满脸血提刀带头冲锋，终把这股农民军击溃。此战得胜后，卢象升有了一个绰号"卢阎王"。这支战斗力强悍的军队，被命名为天雄军。

天雄军之所以战斗力强，与卢象升对戚继光军事思想的研读不无关系，但他同样也有自己的发明。天雄军的士兵，大多来自同一个地方，且相互之间多有亲属关系，凝聚力极强。与此同时，天雄军的中级军官，许多都是由富有战斗经验的文官担任，这些人无匪气有血气，打起仗反而更勇猛，纪律性更强。当然如此凝聚力，也得益于卢象升本人的干部带头作用，每次打仗，他都是冲在最前面，另外军队有军规：冲锋时，军官要冲在士兵前面，军官落在士兵后面的，战后定斩不饶，真个是吃苦在前享受在后。从崇祯六年起，卢象升率领他的天雄军，先战湖北旬阳六县，率孤军深入山谷绝地，九战九捷，消灭农民军马回回部数万人，继而又在崇祯八年（公元1635年）官升五省总理，节制江北、河南、山东、湖广、四川军务，并被赐尚方宝剑。6个月后，卢象升在洛阳大破李自成，并一路追杀到滁州，与30万农民军血战，经一天一夜战斗，再次打垮李自成，迫使李自成逃往陕西。短短3年间，卢象升大小百余战，先后击败李自成、高迎祥、张献忠等部，可谓大明朝的擎天柱石。

此时的大明帝国，已经是内忧外患，如此擎天柱石，自然是哪里有裂缝往哪里顶。内战的裂缝刚刚顶住，外战又来了。崇祯九年（公元 1636 年）一月，清军（此时后金已经改国号为清）大举进攻宣府、大同地区，这两地自隆庆年间和蒙古封贡互市以来，已经六十年不识兵革，自然不是八旗军的对手。当地守将不敢接战，只是龟缩堡垒消极防守，清军撤退时，甚至在沿途树上写下百官莫送几个字，以示羞辱。二月，明王朝把正在与农民军血战的卢象升调任宣大总督。之后两年，卢象升在当地整顿军队，修筑边防工事，宣大兵威大震。他更将一直跟随自己南征北战的天雄军带来，在当地吸纳精壮，扩军备战，到崇祯十一年时，已有了 2 万人规模。他深信，这支彼时中原战场最精锐的军队，将是他匡扶天下的利器。

这段时间，崇祯对卢象升保持了推心置腹的信任，期间朝中不断有言官弹劾他，有人说他杀良冒功，也有人说他在宣大滥用民力，崇祯皆充耳不闻。特别是崇祯十年（公元 1637 年），卢象升的好友户部尚书侯恂（即戏剧家侯方域的父亲）获罪，刑部尚书郑三俊意图从宽发落，被大怒的崇祯连带陪绑，眼看两人性命不保，远在宣大的卢象升主动为二人说情，崇祯随即应允，将两人开释。这时期的崇祯，对卢象升是信任备至的，然而到了崇祯十一年八月，卢象升遭遇了崇祯最大的信任危机。

这年八月，清军再次集结 8 万大军，由多尔衮率领经蒙古草原绕道南下，进攻北京外围。九月二十二日，清军破密云，杀蓟辽总督吴阿衡，兵下通州，眼见北京城危在旦夕。卢象升火速驰援，临危受命被崇祯委任"总督天下兵"，赐尚方宝剑。比起崇祯二年率 1 万民团救援京城的情况，彼时卢象升，手握宣大精骑、关宁铁骑等诸路劲旅，旌旗招展，与清军八旗相持。

深知责任重大的卢象升决定主动出击，九月三十日，卢象升进军保定，决定先打保定清军。是日深夜，卢象升发起夜袭，派3000精锐奇袭，战前下死命令"刀必见血，马必喘汗，人必带伤，违者斩"。战事爆发后，卢象升身先士卒，明军奋勇冲杀，清军反应不及，一度溃却。当卢象升欲主动出击时，却惊讶地发现，他的后续部队竟突然消失了。原来崇祯派来的监军太监高起潜竟擅自撤退，把率先冲阵的卢象升给"晒"了。还好明军死战，终从清营突围而出，但是伤亡过半。经此一战，保定清军稍却。可兵部尚书杨嗣昌却大肆渲染，指责卢象升擅自出战，以致大败。次日卢象升被崇祯下诏申斥，满腔杀敌之心，连遭冷水。

高起潜给卢象升捣乱，是因为人品问题。高起潜此人性情贪婪，是崇祯信任的御马监总管，出外监军时常大肆索贿，如洪承畴、邱禾嘉等人皆大笔贿赂，唯独卢象升不买账，自然结了梁子。杨嗣昌整卢象升，是因为路线问题，彼时明朝内忧外患，杨嗣昌坚信攘外必先安内，主张与清军媾和，卢象升坚决反对，在驰援京城面见崇祯时，就曾以"臣只知带兵打仗"一句，讽刺杨嗣昌的求和政策，二人因此结怨。而崇祯本人也在战和之间犹豫不定。卷进这个漩涡，卢象升自然处处掣肘。保定之战后，崇祯求和之心大起，杨嗣昌又添油加醋，说卢象升坏事，为不让卢象升给议和大事捣乱，崇祯一面命卢象升进兵巨鹿，一面将卢象升本部兵马尽数拆分。十一月，卢象升进抵巨鹿抗敌，身为总督天下兵马的他，手里竟然只剩下1万兵马，他的精锐天雄军大部以及原本应由他指挥的关宁铁骑，皆被高起潜扣着。巨鹿地处要冲，是清军必争之地，见卢象升兵少，清军起初存轻视之心，多次发动进攻，都被卢象升奋力打退，整整一个月，清军竟数度攻巨鹿不克。这时杨嗣昌又添乱，将卢象升的士兵又调出5000归高起潜。十二月，多尔衮集中8万主力围攻巨鹿，开战之前，卢象升抱定必死之心，召集当地乡民哭泣说："我等死在旦夕，不愿连累百姓遭兵。"为免当地百姓生灵涂炭，决定主动进攻，向清军主力发起自杀式攻击。百姓无不感动，纷纷捐出家中仅有口粮。十二月十五日，卢象升率部在蒿水桥与清军接战，8 万清军将卢象升部重重包围，战斗从中午打到深夜，在付出了巨大代价后，清军终于全歼了卢象升部 5000 兵马，卢象升本人在格杀了 20 多名清军后，率仅有 20 余人冲向清军军阵，乱箭之中壮烈殉国。

可恨的是，卢象升血战时，高起潜率领的数万精兵与他相隔 50 里，却见死不救。卢象升殉国后，杨嗣昌还在拼命整他的黑材料，甚至逼迫巨鹿知府诬陷卢象升畏敌怯战，卢象升尸首被杨嗣昌扣押 50 天不上报。卢象升死后，崇祯竟然两年多不给抚恤，直到崇祯十五年（公元 1642 年）才给予追谥，可谓刻薄之极。崇祯之所以如此，主要还是卢象升坚决主战，不合他的心思。一根擎天柱石，虽是被清军杀死，不如说是被崇祯坑死。

卢象升的死，对明王朝的打击是沉重的，在明末农民起义时期，卢象升是对农民军胜率最高的将领，高迎祥、李自成、张献忠等皆一度被他打得奄奄一息，他亲手打造的天雄军，即使在对阵满洲八旗时也毫不逊色。人品上，卢象升属于绝对苦行僧式的人物，为官清廉，作战身先士卒，公平处事，凡事起带头作用，比如部队缺粮，他就带头断粮，部队打仗，他就带头冲锋。其人格魅力，就连许多嚣张跋扈的兵匪也格外敬服，比如关宁铁骑的悍将祖宽，镇压农民起义初期，是个出了名的贪婪横暴的角色，洪承畴、杨嗣昌皆不能节制他，他唯独对卢象升服服帖帖。如此人物，竟无法在崇祯手下施展拳脚，晚清名臣左宗棠西征时，读到卢象升传，不禁感叹道："如此际遇，诚为天下志士恨。"

三

孙承宗和卢象升的悲剧，证明了崇祯拙劣的用人水平，但即使崇祯十一年两人双双殉难后，崇祯依然有再造社稷的机会。因为在明朝灭亡后，后人有一句通用的说法：传庭死，明朝亡，这里的传庭，就是彼时和卢象升齐名的另一杰出人物：孙传庭。

孙传庭，字伯雅，山西代县人，和卢象升相似的是，史书上说他"性沉毅，多筹略"，是个性格内向多谋的人物。他也是在天启年间就入京为官，担任过吏部主事。魏忠贤当权时，孙传庭干脆辞官回家，此后十多年一直在家闲住。崇祯年间农民军大起，清军入寇不断，与孙传庭交好的京中陕西、山西籍官员不断有人举荐孙传庭出山，而真正让崇祯动心的，是彼时内阁大学士温体仁（此人后来被编入《明史·奸臣传》）的评价。曾与孙传庭在吏部共事过的温体仁说孙传庭"可比唐之郭子仪也"。崇祯八年，孙传庭得到启用，先调为顺天知府，次年又擢升为陕西巡抚。此时陕西农民起义四起，孙传庭临危受命，仅用一年的时间，就将当地马金忠、刘国能等17路农民军尽数剿灭。与卢象升一样，他的方法也是练兵，不同的是，卢象升的天雄军，是集中训练数年后拉出来作战，孙传庭却是在实战中锻炼。他的兵源主要来自陕西北部，多是兵户家庭的子弟，号称秦兵。不容易的是，明末用兵军饷多依靠上级调度，孙传庭到任后整顿当地军屯，发展生产，特别是清理被势豪大户侵占的土地，保障士兵利益，真正让麾下将士感激不尽，殊死为他效命。仅是西安一地的秦兵，每年靠自力更生就能收税银10多万，行军打仗，基本不花朝廷的钱。也正因如此，孙传庭曾遭人弹劾，说他"拥兵自专，置国家法度不顾"。用人之际，崇祯并未追究。

这以后的孙传庭大展拳脚，崇祯九年七月，孙传庭经过数战，多次击败农民军高迎祥部，终在子午谷设伏，将高迎祥部全歼。高迎祥，这个一度是明末农民起义最强领袖的"闯王"束手就擒。崇祯十一年一月，孙传庭率部在陕西宝鸡击败农民军，并以围点打援的战术，在陕西潼关重创李自成，打得李自成只带8人仓皇逃窜。孙传庭乘胜追击，又南进河南，在河南灵宝大败农民军十三家联军。眼见就要取得全胜，又是那个坑死卢象升的杨嗣昌，向崇祯提出招安，结果张献忠等农民军残部被招安，彻底全歼农民军的机会，就这样功亏一篑。

杨嗣昌之所以和孙传庭过不去，也是因为路线问题。作为兵部尚书，杨嗣昌提出了"四正六隅十面网"的剿灭农民军计划，孙传庭同意这一方略，却坚决反对借此方略增兵加饷，认为这样是以火浇油。对招安的农民军，孙传庭更不放心，建议留部队在当地监视，以防他们造反。崇祯十一年的清军入寇事件里，孙传庭也奉命入京救援，但杨嗣昌怕他立功，竟严令不许孙传庭部出战，战后又主张将孙传庭本人调离，留孙传庭的部队拱卫京城。如此"下山摘桃子"，把孙传庭气得急火攻心，竟致耳聋，但灾祸还没完，得病的孙传庭请求告假，崇祯竟认为孙传庭在推卸责任，一纸诏书把孙传庭下狱。就在孙传庭下牢狱期间，诚如孙传庭所预料的，农民起义叛而复起，当年因杨嗣昌阻挠而逃生的张献忠部再次扯旗造反，而"四正六隅十面网"的恶果也凸显，被租税逼得活不下去的农民纷纷响应，李自成也再次出山，声势浩大。崇祯十五年五月，李自成横扫河南，二围开封，明王朝岌岌可危，无奈之下，崇祯只得再次启用孙传庭。但此时，孙传庭苦心打造的精锐秦兵，已多被裁撤解散，重回陕西的他，手中只有1万多新招募士兵，毫无作战经验。面对如此烂摊子，孙传庭尽心竭力，死守潼关。他认为，只要潼关不丢，保住陕西，明王朝就能保住平定农民起义的机会。但崇祯却瞎指挥，是年五月，崇祯连发诏书，催促孙传庭进兵。带着这支毫无作战经验的军队，孙传庭在河南遭到败仗，不得不退回陕西。他深知李自成下一步的目标必定是入陕，因此在潼关整顿城防，制造火器，意图坚守。然而崇祯十六年（公元1643年）五月，明王朝再次严令孙传庭主动出击，和李自成决战，孙传庭接诏后痛哭道："吾固知去而不返也。"明知必死的孙传庭，开始了他人生最后一战，八月十二日，在襄城之战中，面对李自成的50万大军，孙传庭再度战败，全军覆没下，孙传庭单骑冲入敌阵，壮烈殉国。

孙传庭的战死，让明朝失去了最后一支可以挽救危局的军队，和最后一个可以挽救危局的人，与卢象升一样，孙传庭不但是被瞎指挥坑死，更在死后遭到冷遇，一直到明朝灭亡，他都没有得到崇祯的追谥。孙传庭战败后，李自成轻易占领了陕西，继而东进夺取北京，灭亡了明王朝。

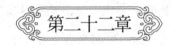

第二十二章

明末为什么这么穷

要说有一个字可以概括明末最主要的特点，那恐怕就是一个"穷"字。

明末最大的特点就是穷，尤其是末代皇帝崇祯在位的时候格外穷。先是政府穷，北方九边的军饷，除了辽东部队可以保证足额发放（也经常晚发），其他的地区大都欠着。不管是打仗还是赈灾，统统没钱。当兵的也穷，拿不到军饷就要闹事，闹事了就造反，造反了就要镇压，但连镇压造反的钱也没有。没有钱只能加税，可老百姓也穷，交不上税，就官逼民反，激起民变，民变了还是没钱镇压。如此下来，内忧外患十几年，拆了东墙补西墙，最后亡国，有说亡于李自成，有说亡于清朝，但观整个过程，更像是经济破产。

可就是这个穷得叮当响的明末，是现代中国经济学家们津津乐道的中国资本主义经济萌芽勃兴的时期，中国的南方，特别是东南沿海，那真是富得流油。苏杭自然是天堂，吟诗弄月，小资情调的日子过得有滋有味，福建、广东的海商们，也多富可敌国。后来清军南下的时候，劫掠当地明朝退职官员的家产，好多都装了几艘船。像东林党的那些骨干们，比如"及时雨宋江"李三才，家中存银就有 470 万两，折合人民币上亿。如此富庶的一个王朝，怎么会穷死？

明朝灭亡，一个重要的原因，就是没搞清一个问题：为什么会穷？

一

说明朝的穷，第一个致命问题就是税收。

明王朝的税收体系，是朱元璋建国后建立的，主要是以收农业税为主。世人都说明朝重农抑商，但明朝建国后，首先减免的就是商业税，废除了元王朝时期许多苛刻的税务条令。明朝商税主要分两种，分别是过税和住税。过税即货物过境要缴纳的税赋，住税即货物储藏、交易、买卖所要缴纳的税赋。明朝的农业税，却从一开始就不合理，虽然明朝的田税总体很低，但是江南地区却要征收重税。农业税的收入，在朱元璋时期占到国家税收的九成，此时可以收取农业税的土地总数，是中国历史最高，有850多万顷，比康乾盛世的最高水平640万顷要高得多。所以从明朝建立后开始，明朝的政府收入一度很高。永乐皇帝在位的时候，可以五征蒙古，大修运河，威服四夷，做成生前身后的帝王们都做不成的事，经济基础即来自于此。

事情到后来就起了变化，明王朝税收里有一个重要漏洞，就是士绅以及公爵王室可以免税。也就是说，整个国家的税收，都是由中下层来完成。这个政策后来越发被人钻空子，比如土地税，许多地主乃至小民，都把田地寄放在有免税特权的地主家中，美其名曰为寄主，以用来逃避赋税。而后来明朝土地兼并严重，大量地主阶层兼并土地，他们拥有广袤的土地却不用交税，无地的农民，反而要承担苛刻的税赋，因此民变也就不断。到了明朝弘治中兴的时候，明王朝可以用来收取农业税的土地，已经由朱元璋时期的800多万顷下降到此时的400多万，足足缩小了一半。为了应对税收危机，从明孝宗朱祐樘开始，明朝主要是通过扩大税源，即向人少地多的湖广地区移民的方法来增加税收，对于要承担重税的江南地区，明王朝也一直在进行改革，通过减免税收流程，增加税收效率的办法，来尽可能地解决税收矛盾。特别是到了正德皇帝朱厚照在位的时候，第一次开始大规模的征收海关税，对外国贡使来华贸易，也开始征收百分之二十的关税，但这些措施治标不治本。到了明朝嘉靖皇帝在位的时候，明王朝税收几乎到了匮乏的程度，北方蒙古部落不断侵扰，军费激增，南方倭寇不断进犯，东南的税赋大半泡汤，在这样的情况下，明朝只能不断在中路地区，尤其是江西、湖广地区增税，以及在西南地区把持贸易特权，通过与西南民族的茶马贸易来扩大财源，这样的方式只是拆东墙补西墙。明朝虽然平定了倭寇，抚和了蒙古，但到公元1566年嘉靖皇帝去世时，明王朝的政府存粮，竟然只能支持一个月。经济问题，已经到了不得不解决的时候了。

这时候，解决问题的办法出现了，这就是历史上著名的张居正改革。

二

今天说起从万历元年至万历十年的张居正改革，总把其中的一条鞭法作为张居正的独创成就。其实早在此之前，一条鞭法就已经产生。最早出现在宣德年间的江南，只是当时叫征一法。明朝经济的重新整合，开始于张居正之前的隆庆皇帝朱载垕在位时期，当时主政的大学士高拱，已经开始在全国进行一条鞭法的试点，河南、江苏、安徽，实行一条鞭法，几年之后张居正推广全国，已经是水到渠成。

一条鞭法的着眼点，是明朝此时可以用来缴纳田赋的土地减少，且税收的名目多，给了地方官员贪污截留的机会。一条鞭法把所有的农业税，都统一成一样，化繁为简，折合成白银一次性征收，这样既能使小民百姓少受盘剥，也能将国家的税收效率发挥到最大。在一条鞭法之前，中国老百姓缴纳的主要是实物税，一条鞭法实行后，就变成了货币税，从经济方面来说，这不仅发展了国家的商品经济，也提高了货币流通效率。

在一条鞭法实行的同时，张居正大刀阔斧，开始了全国的清丈土地，主要是清查那些用各种名义寄存，偷税漏税的土地。清丈的结果，就是明王朝可用来征收赋税的土地，由过去的400多万顷，变成了此时的700多万顷。虽然不及朱元璋时期，但是税收效率却远高于那时，因此这也是明王朝税收效率和税收总数最高的一段时期。张居正改革的最高峰时代，明王朝的年税收是800万两，如果结合当时白银的购买力，不但远高于明王朝建国时，也远高于后期清王朝康乾盛世时，这可以说是中国封建王朝历史上税收最高的时候。明朝末年的崇祯，通过各种方式增加田赋，但最后的结果，每年的赋税也不过400万两，而军费开支却增加到了600万两，年年财政赤字，以至于最后破产。

农业税的整顿并不是张居正改革的全部，张居正改革的另一个着眼点，是商税改革。张居正主张农商并举，他的方式，是减少税收环节，减免商税，增加税收的效率。一方面，他将海外贸易机构市舶司的权力下放，将贸易的权力完全下放给沿海商人，并且根据每次贸易的数额和利润征税，而不是像过去根据出海时间的长短来征税，这样就保证了大部分商人的利益。另外张居正减免走税的关卡，减少走税，增加贸易税，也就是根据商业贸易的利润征税，并且严禁商人与当地势豪大户勾结。到了万历九年（公元1581年）的时候，明王朝的商业税收益，占到了明王朝国家年收入的四成，这是明王朝建国以来从未有过的事情。

但是张居正的改革，在1582年他去世后遭到了废止，他的考成法被废除，一条鞭法成为仅有的保留项目，清丈土地也因此停止。万历在位的后期由于大批东南商人背景的官员当职，开始了对商税的调整，将主要的商税，分摊到了中小商人身上，大商人们通过与势豪大户的合股经营，获得了免税的特权。万历后期工商业勃兴，万历也希望增加商业税，但他采取的是简单粗暴的办法，即派太监做税使收税。这样的做法自然收上了钱，却让大批中小商人破产，更开罪于商人，因此举国反对，除了太监以及万历本人捞了钱外，几乎是得罪一大片，对商品经济的打击也是惨重的。

三

到了明朝末年，特别是崇祯时期财政之所以困难，主要是两个原因。

第一是土地兼并以及连续的天灾，导致国家无法收上农业税。明末极端天气四起，陕西、山西、河南、河北，瘟疫灾害不断，百姓流离失所，他们的税收，也被转嫁到了其他无灾的地区。到了崇祯当政时，国家可以用来收取税赋的土地，已经下降到了300多万顷，内忧外患下要增加赋税，自然激得民乱四起，恶性循环。天灾，收税范围少；税重，王朝的根基，自然就摇摇欲坠了。

和土地兼并同样重要的问题是明王朝失去了对国家最富庶的东南地区的经济控制。明末东南，是商品经济最发达的地区，也是偷税漏税最严重的地区。东南海商云集，但此时的海商们，大多选择了与当地有免税特权的家族合伙，以达到免税的目的，这样的结果就是民富国穷，农民和中小商人成了税收的承担者。百姓无力缴纳税务破产后，土地被大地主兼并，国家收不上税；中小商人破产后，产业被大商人兼并，国家的税，是越收税源越少，竭泽了却连鱼都打不到。比如福建郑芝龙，就通过结好当地官员，获得免税特权，最后迅速壮大，甚至操控了南明的政权。

其实往根上说，明朝的问题，根本上在于国家政治体系和经济方向的脱节。在国民经济向近代化转变的时候，国家的税收体系，却依然保持在农业社会。明朝张居正改革，其主要目的就是让国家跟上这个转型，但可惜张居正改革只维持了 10 年，整个转型因此戛然而止，裹足不前，最后造成了亡国的恶果。世间已无张居正，诚非虚言。

第二十三章

南明的灭亡之路

一

明朝崇祯十七年（公元 1644 年）三月十九日，大顺朝皇帝李自成率军攻破北京，文武官员大多投降，崇祯帝煤山上吊，天子守边关，君王死社稷。统治中国 276 年的明王朝至此灭亡。而后宁远总兵吴三桂向清朝投降，四月十三日，吴三桂与清军联军，在山海关之战中大破李自成 20 万大军，昙花一现的大顺政权就此崩溃。随后吴三桂充当清朝急先锋，先追杀李自成，再南下进攻南明政权，终助清王朝一统天下，建立了全国一统的大清帝国。

后人皆把 1644 年看作历史的拐点，特别是看成明王朝结束。而事实上，崇祯自尽后，明王朝并未完全丧失生机，当时忠于明王朝的遗臣们，在那一年并未认识到明王朝即将垮台，相反大多认为南明就要开始。在明朝灭亡后继续建立政权的南明王朝，完全有机会免于灭亡，甚至统一天下。然而历史的机会，被一次次无情地错失。

且让我们来看看整个过程。

公元 1644 年吴三桂借清兵入关，后人皆认为他是汉奸，但是在当时，许多人不这么看。比如南明名臣，后来死守扬州，不屈而死的南明弘光政权督师史可法，就曾对吴三桂，乃至对清军寄予厚望。在吴三桂山海关破李自成，引兵南下时，史可法大为兴奋，对好友刘宗周赞叹说："吴将军（吴三桂）忠义，欲效忠武也。"把吴三桂比作唐朝平定安史之乱的郭子仪，吴三桂借清兵的行为，被看作是郭子仪借回鹘兵平定安禄山的翻版。在彼时南明政权内部，借掳平寇是许多大臣的共识，包括史可法、钱谦益等名臣，眼中的首要敌人，依然是逼死崇祯的李自成。

今人在说清朝南下时，总说是筹谋已久的雄才大略，其实在占领北京后，在以后怎么办的问题上，清朝方面也是几度犹豫。比如和多尔衮同为辅政大臣的郑亲王济尔哈朗，就曾对多尔衮说："占中原不足持久，不如尽早北归。"而许多王公贵戚也担心清朝难以立足，皆主张抢掠后北撤。真正力主清朝建立政权的，是洪承畴等降清的汉官，在几度犹豫之后，彼时执掌清朝大权的摄政王多尔衮最终决定在中原立足。为了争得皇室贵族的支持，清军在占领北京后不久即发布圈地令，允许王公贵族在中原圈地，并有免税待遇。有了既得利益，清朝上下这才同心同德，开始了全国统一战争。

从当时的实力分布看，局面对清王朝未必有利。清朝在赶走李自成后，控制区域不过是淮河以北、陕西以东的土地。在当时，江南大地依然掌握在南明政权手里。公元 1644 年五月，福王朱由崧在南京登基，建立了南明弘光政权。从军事力量看，南明弘光政权拥有兵力 100 余万，且拥有富庶的东南大地，即使不能收复中原，划江自保绝无问题。外加张献忠尚在四川，李自成余部也四处活动，清朝统一全国，论局面，远难于北宋灭亡后的金朝。

但南明政权自己给清朝帮了忙。今人皆说南明弘光帝荒淫，但南明最大的问题却是党争。朱由崧登基前，围绕着谁继承帝业，各方势力相互冲突，南京兵部尚书史可法主张立桂王朱常瀛，以钱谦益为首的东林党人则想立路王朱常芳，冲突的结果是折中了——福王朱由崧即位为帝，改年号为弘光。弘光政权的势力，主要就是东林党和阉党。东林党以礼部尚书钱谦益为首，阉党以马士英、阮大铖为主。这里要说说马士英，许多史书以及戏曲里，马士英都被划作奸臣，因他举荐魏忠贤的党羽阮大铖复出，东林党也说他是阉党，但他在崇祯时期就历任封疆，建树颇多。早年做过宣府巡抚，崇祯十五年时，又总督过泸州、凤阳军务，在农民军烈火燎原的局面下，数次在当地击退农民军，江南未打击农民军袭扰，也有他的功劳。南明建国初期，比起诸多无实际政务能力的书生，他当属一员干才。

南明的内耗，从立储就开始了。最后朱由崧之登基，是因为此时总督凤阳军务的马士英率军 5 万军队携朱由崧入南京，制造了既定事实。然后东林党人失势，当年的阉党阮大铖经马士英举荐重新出山。东林党人遭排挤后有样学样，高宏图密信勾结此时手握重兵的宁南侯左良玉，请他出面清君侧，即帮助东林党夺权。弘光元年（公元 1645 年）三月，左良玉正式出兵，兵逼九江。为防左良玉，马士英急命此时督师扬州的史可法抵抗，江北防线尽撤。此时，清军由阿济格、多铎统兵大举南下，趁南明政权内耗之际，兵不血刃渡过长江。左良玉在清君侧的路上病逝，全军降清，史可法部署在扬州北面的江北四镇也尽数沦陷，弘光政权大局已不可挽救。五月十三日，清军攻陷扬州，史可法不屈遇害。五月十四日，清军占领南京，南明上下文武百官多成俘虏，阮大铖、钱谦益之流投降。马士英逃跑后携太后退守浙江，后被清军擒杀。南明弘光政权仅存在了一年即告灭亡。观整个灭亡过程，实祸在党争。一直被认定正义的东林党，先勾结左良玉起兵在先，钱谦益之流主动投降在后，可以说是清军南下的推手。

现代人说起弘光政权的灭亡，总把那时期遭排挤的东林党说成正义，马士英、阮大铖之流说成邪恶。但双方均无正义可言，说起抗清的实事，反而是奸臣马士英出力多些。南朝如果没有党争内耗，清朝想迅速平定江南，几无可能。

<h1 style="text-align:center">二</h1>

弘光政权灭亡后，南中国曾出现了多个南明小朝廷，但都各自为战，昙花一现。而且小朝廷之间的相互残杀，比抗清的战斗更多。之后的十几年间，清军一路南下，攻城略地，并颁布剃发令，强令百姓剃发易服，引起反抗无数。真正给清王朝制造巨大麻烦的南明朝廷，是最后一个南明王朝永历王朝。

永历政权，建立于公元 1646 年十二月二十二日，永历帝朱由榔，是万历皇帝朱翊钧的直系孙子。南明隆武政权灭亡后，他在广西巡抚瞿式耜的拥立下在广东肇庆即位。同其他南明诸帝相比，永历帝是一个苦命人，登基只有 7 天，清军就迅速扑来，赣州失守。永历朝廷只得迁往广西，定都于桂林。艰难困苦下，永历帝当机立断，决定联合散落在各地的原农民军余部，共同抗清，这个决定为南明政权迎来了曙光。永历政权先后接纳了大顺军郝摇旗部、李过部，与湖广总督何腾蛟一起联合破敌。同年四月，南明军取得湖南大捷，何腾蛟在湖南九战九捷，几乎收复湖南全境。与此同时，清军中李成栋、金声恒等汉将也纷纷起事，叛清降明，永历政权的控制区域，到公元 1649 年时，已扩展到云南、广西、四川、湖南、江西、贵州、广东七省，几乎坐拥南中国。

党争——这个明王朝的魔咒再次接踵而来，和弘光政权一样，永历政权也是鱼龙混杂，既有大顺军余部，也有东林清流，还有阉党成员，各方势力相互牵制，局面危急下或能同心，一旦局面转好，内部问题就浮出水面。永历政权内部的党争，主角是吴党和楚党，起义军中，正规军和投降的农民军矛盾不断，正规军普遍歧视农民军，时常激起兵变。公元1649年，清军进攻湖南，驻守当地的总督何腾蛟指挥失误，遭清军孔有德部偷袭，被俘遇害。同年四月，起义不久的永历大将李成栋，在江西信丰全军覆没，永历王朝局势急转直下。公元1650年底，永历帝的辅国大臣瞿式耜兵败全州，杀身成仁。这几次失败，表面看是军事原因，其实是内部矛盾。比如湖南之战，清军大兵压境时，发生了南明正规军与农民军之间的兵变内战。李成栋战败，也是因永历宠臣马吉祥作梗，断绝了李部的军粮供应，孤军奋战终全军覆没。公元1651年，农民军将领李来亨宣布脱离永历政权独立抗清。大好的形势，至此已完全葬送。虽然永历帝又联合大西军，一度由李定国发动北伐，击败清军，但此时已无法力挽狂澜。公元1662年，逃亡缅甸的永历帝被缅甸方面遣返后，遭清朝平西王吴三桂绞死于昆明，一度轰轰烈烈的南明抗清大业，就此彻底失败。

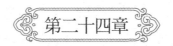

第二十四章

草原枭雄噶尔丹

说到清朝康熙帝在位时期的几次大战争，除了八年平定三藩外，打得最漫长、最反复的战争，就是历史上赫赫有名的三征噶尔丹之战。作为准噶尔的杰出领袖，噶尔丹雄踞西北，与清王朝分庭抗礼，他和他的部族与清王朝的战争，几乎贯穿整个康乾盛世，令"满万不可敌"的清朝八旗军屡遭惨败。说他是在位61年的康熙皇帝大半生的对手毫不过分。

这位草原枭雄，除了与康熙皇帝的几次大战外，史料里对他的记录甚少。而事实上，他不仅是一个影响了中国历史的人物，也同样是一个影响了今天中亚版图的世界性人物。在我们的邻国俄罗斯和哈萨克斯坦，一百多年来，对于噶尔丹以及准噶尔蒙古的研究从未间断过。在清朝君臣的观念里，他是一个叛乱分子、乱臣贼子，然而纵观他一生的功业，却不是这样简单。

一

说噶尔丹，得从他的部族——准噶尔蒙古说起。在许多影视剧甚至历史书中，噶尔丹都被说成是蒙古准噶尔部的创始人，但事实上，他是一个继承人，一个继承了准噶尔蒙古，并一度让准噶尔蒙古走向强大的人。

准噶尔蒙古，是蒙古瓦剌部落的一支。明朝后期，蒙古部落逐渐分成了漠南蒙古、漠北蒙古、漠西蒙古三大势力。其中的漠西蒙古，前身就是瓦剌。努尔哈赤崛起后，一面与明朝战争，一面也开始对草原蒙古部落的吞并。努尔哈赤和皇太极父子两代，经多次战斗，从东蒙古追杀到青海，终于彻底消灭了蒙古黄金家族的最后一代可汗——林丹汗。与此同时，漠北喀尔喀蒙古的三大可汗——土谢图汗、札萨克图汗、车臣可汗，也相继归顺了后金。之所以如此，要拜明朝崇祯皇帝所赐，漠北蒙古在明朝中后期，一度是明朝的"铁杆儿"。崇祯即位后，因国库空虚，索性停掉了所有对蒙古部落的赏赐，如此一来，给了后金机会。皇太极在明朝灭亡前，能够数次轻易绕道蒙古南下，原因也在于此。明朝灭亡以前，清朝用通婚、册封等各种手段，已经完全控制了漠西蒙古和漠北蒙古。尤其是"盟旗"制度，通过封号的赏赐和游牧区域的划分，将蒙古部落分割成势力分散的数百小区域，再无力整合成一个对抗国家政权的力量。唯一的例外，就是漠西蒙古。

漠西蒙古的前身，是明朝时赫赫有名的瓦剌部。土木堡之变后，瓦剌势力日益衰落，部分瓦剌部族西迁中亚一带，也有部分迁入青海地区。到明末的时候，瓦剌分裂成杜尔伯特、准噶尔、土尔扈特、和硕特四部，其中尤以准噶尔实力最强。公元 1640 年，在新疆塔尔巴哈，准噶尔部首领巴图尔召集漠西蒙古各部，颁布了《卫拉特法典》，这部法典划分了漠西蒙古各部落的游牧范围以及各项法律。从此以后，准噶尔汗国俨然以漠西蒙古领袖的身份壮大起来，和硕特部被排挤到青海地区，土尔扈特西迁到中亚，杜尔伯特臣服于准噶尔。巴图尔统治时期准噶尔的势力范围，包括今天的巴拉喀什湖东段、吐鲁番地区，首府为今天新疆北部的博赛列地区。与其他游牧民族政权不同的是，准噶尔部不仅游牧业发达，南部还出现了农业与城市。此时，俄罗斯帝国的势力也渗入中国西北地区，在公元 1640

年十月，巴图尔就曾与俄罗斯打过交道。当时俄罗斯的探险队进入准噶尔地区，屠杀准噶尔部居民，巴图尔坚决反击，不但击退了俄罗斯探险队，还派使节警告俄罗斯。从公元 1640 年到 1647 年，准噶尔部与俄罗斯在边境上发生了 13 次摩擦，其强硬的态度令俄罗斯使臣感慨"这将是帝国东进最大的一块石头"。如果没有准噶尔的存在，沙皇俄国侵略中国新疆，恐怕会容易得多。

公元 1653 年巴图尔去世后，其子僧格即位。公元 1670 年，僧格被异母兄弟暗杀，准噶尔部陷入内乱。巴图尔一个在西藏出家的儿子，返回准噶尔夺取了政权，他就是大名鼎鼎的噶尔丹。

噶尔丹生于公元 1644 年，他出生的时候，阿尔泰山上空出现了五彩祥云，令巴图尔大为欣喜，随后噶尔丹被送到拉萨出家，与五世达赖成了好友，还和藏王第巴桑结嘉错是同学。政变发生后，噶尔丹本无意争夺可汗位，只愿在西藏研究佛学，其母去西藏劝说，让噶尔丹动心。噶尔丹离开西藏前，五世达赖授予噶尔丹"博硕克图"的称号，这也成为后来噶尔丹拉拢蒙古部落的一个招牌。公元 1671 年，噶尔丹击败反对派，成功登上准噶尔可汗的宝座。这以后，就是准噶尔汗国的一段征服史：他先利用自己与达赖喇嘛的关系，劝说卫拉特其他部落归顺自己。同时还四处征伐，打击的目标首先对准了东迁青海的和硕特部。公元 1677 年，噶尔丹发动进攻，击败和硕特部，获得胜利后，又采取怀柔政策，招降了和硕特部的车臣可汗。夺取和硕部是准噶尔汗国的重要一步：和硕部一直是瓦剌四部中的盟主，此时的瓦剌四部，除了土尔扈特西迁外，其他三部已尽被准噶尔吞并。公元 1680 年，噶尔丹颁布法令，取消了原本松散的瓦剌联盟，解除了明、清两个王朝曾册封各部落的所有封号，建立了他自己的独立王国——准噶尔汗国。公元 1680 年，噶尔丹发动西征，灭亡了天山南路的叶尔羌汗国。至此，噶尔丹已经完全建立了他在西北一统天下的地位。

二

　　说到噶尔丹的发迹，不得不提沙皇俄国。巴图尔可汗在位时，对沙皇俄国一直采取抵制措施，双方冲突不断。噶尔丹即位后，对俄罗斯采取了软硬兼施的策略，一面他允许俄罗斯与准噶尔进行贸易，大力引进俄罗斯火器装备部队，同时又积极向俄罗斯学习先进的农业技术和手工业技术，沿伊犁河兴修水利，发展农业。尤其是引进了俄罗斯的制绒技术和冶炼技术，沿伊犁河建冶炼高炉，发展手工业，可称是一位洋务运动先驱。这时候的清帝国正忙于平定三藩之乱，无暇西顾。对清帝国，噶尔丹一开始也采取了恭顺态度，定期入贡朝见。清王朝也乐得西北无事，默许了他在西北的半独立状态，但这样的和平注定是暂时的。清朝建国后，推行盟旗制度，蒙古各部落实力日益分散衰落，只有准噶尔部日益强大。这样的情况下，与准噶尔毗邻的蒙古部落，自然成了他眼里的肥肉。公元1688年，噶尔丹开始试探清政府的底线。他先越过燕然山，攻打土谢图可汗，逼迫土谢图部整族南迁。对此事清政府只是派使者调解，并未干涉。公元1690年六月，噶尔丹又发兵攻打喀尔喀部落，再次获胜。值得一提的是，这两次战争之所以速胜，重要原因是噶尔丹在战争中大量使用火器技术，原本以冷兵器为主的蒙古部落自难抵挡。如果清政府继续坐视，一统蒙古部落的噶尔丹，势必会成为清王朝的巨大威胁。

　　噶尔丹在主政准噶尔后屡屡扩张，除了俄罗斯支持外，另一个人也极其重要：藏王第巴桑结嘉错。早在噶尔丹寄居西藏时，第巴桑结嘉错就与他结交。僧格遇刺时，也是第巴桑结嘉错的力劝，才坚定了噶尔丹的夺位之心。彼时游牧在青海的，是瓦剌蒙古的和硕特部，与藏族部落冲突不断，因此支持准噶尔部驱逐和硕特部，就成了第巴桑结嘉错的选择。而第巴桑结嘉错的支持，也有助于噶尔丹借助黄教势力向各部发号施令，两人互相利用。噶尔丹攻打和硕特部时，第巴桑结嘉错意识到，若噶尔丹一意进兵，势必引起清政府动怒，因此极力劝阻，也正因如此，噶尔丹在初战告捷后，对和硕特部改为招抚政策。即使如此，战事爆发时，康熙即严令甘肃总兵张勇严密监视噶尔丹动向。此时的噶尔丹，一面结好沙皇俄国，一面与西藏遥相呼应，一旦吞并漠北、漠南蒙古得手，这些对于清王朝来说，势必将成包围之势。

苏联历史学家潘诺夫曾形容噶尔丹是"一只凶悍的老鼠"，在俄罗斯的有关史料记录中，噶尔丹最擅长的，就是猫捉老鼠游戏。在他实力弱小时，常故作低调，但只要有机会，就会向对手发出迅猛一击。早年噶尔丹夺位时，他先声称此行是来祭奠，麻痹对手之后发动突袭，一举夺位成功。袭击和硕特部前，和硕特部的车臣可汗，早年一直是噶尔丹父亲巴图尔的好友，登位初期的噶尔丹对这位世伯也极其友好。后来噶尔丹欲袭取和硕特的传言不断飞来，车臣可汗闻讯后先下手为强，抢先向准噶尔进兵，收服了归附噶尔丹的杜尔伯特部。当时的噶尔丹并未做出反应，其忍让的态度让车臣可汗大意。可就在一年后，噶尔丹秋后算账，集中重兵攻打和硕特，将损失连本带利收了回来，完成了他对瓦剌四大部落的吞并。在相继击败诸多对手后，噶尔丹的目光，对准了清王朝这只"大猫"。

对噶尔丹，清政府其实非常重视。只是康熙登基后，一直将战略重点放在平定三藩上，不过从未放松警惕，康熙帝曾经多次派人考察蒙古，绘制地图，研究噶尔丹入侵的要道。大学士李光地曾以明朝瓦剌为例子，要求康熙正视噶尔丹的威胁。在雅克萨之战中遭受挫败的沙皇俄国也没闲着。公元 1687 年，参加《尼布楚条约》谈判的沙俄特使戈洛文，就曾与噶尔丹秘密接触，承诺沙皇俄国愿提供一切帮助，帮助噶尔丹统一蒙古。公元

1690年六月，在做好充分准备后，清军由康熙皇帝御驾亲征，率大军北上蒙古迎击噶尔丹。横扫蒙古无敌的准噶尔骑兵，与赫赫有名的清朝八旗，迎来了第一次碰撞。

三

公元1690年6月，清朝康熙皇帝兵分两路，从喜峰口和古北口两路出击，御驾亲征噶尔丹。在这场亲征开始前，京城已是人心惶惶，北京城店铺大多关门，米价竟上涨到3两白银一石，坊间四处传言噶尔丹即将攻陷北京。为削除噶尔丹外援，康熙帝先派使节出使俄罗斯，向俄罗斯提出严正警告，在权衡利弊后，俄罗斯对这场战争选择了观望态度，并扣下了噶尔丹先前购买的3000支火枪。与此同时，俄罗斯也在蒙古北部集结部队，观测战事动向，一旦清军作战不利，就企图浑水摸鱼。这次远征，清王朝动用了其在盛京、吉林、北京三地的所有精锐兵马，可谓志在必得。行军路上，噶尔丹和康熙两人都在互相麻痹对方，噶尔丹派使者给康熙送信，声称这场战争并非为对抗清廷，只为向喀尔喀蒙古报私仇。康熙也顺水推舟，向噶尔丹送去牛羊一百头、绸缎千匹，声称此行并非为了讨伐，而是为了订立合约。双方互相忽悠中，清军右路军常宁部进抵西林格勒，遭噶尔丹部前锋挫败。旗开得胜下，噶尔丹自信心大涨，索性命全军南进。八月三十日，噶尔丹进抵乌兰布通，清军左右两路军也在此地会师。

九月四日，乌兰布通战役正式打响。噶尔丹依山扎阵，摆出“骆驼城”，用上万只骆驼捆绑好排列作防御工事，噶尔丹军以此为掩体释放火器，阻遏清军冲锋。清军先以重炮轰击，噶尔丹军顽强抵抗，双方进行了大规模炮战，始终相持不下。大将军福全以骑兵从两翼突击，被噶尔丹击退，清朝一品侍卫内大臣佟国纲也被击毙。战事不利下，清军不少八旗军官㞞了，正白旗副都统色格印竟临阵脱逃，谎称自己中了暑。但佟国纲的牺牲是整个战局的转折点。在这次冲锋中，清军摸清了噶尔丹骆驼城的主要构造，接着集中火力轰炸骆驼城的薄弱处，坚固的骆驼城终于被打开了缺口。与此同时，佟国纲的弟弟佟国维绕道骆驼城后方，抄了噶尔丹的后路。前后夹击下，噶尔丹不支，到黄昏时分，噶尔丹被迫放弃骆驼城，率领残部撤入背后山中。至此，横扫草原的噶尔丹，已然陷入清军全线包围中。

此时的噶尔丹，部队伤亡已经过半，一旦清军继续进攻，很可能会全军覆没。危急之下，噶尔丹再次要诈，当天夜里，他主动派使者找到清军抚远大将军（前敌总指挥）福全，要求议和，且言辞极为恭顺。福全顺水推舟，答应了噶尔丹的请求，命令部队停止追击。趁此良机，噶尔丹发动突围，深夜突破清军包围圈，向西北方向逃去，沿途还焚烧草原，阻止清军追击。一度面临灭顶之灾的噶尔丹，就这样成功逃出升天。后人皆说福全被忽悠了，但事实是，清军此时伤亡同样惨重，科尔沁方面的援军正在火速赶来，福全本意，是想等科尔沁援兵到后，集中力量围歼噶尔丹，但聪明反被聪明误。战后，福全遭康熙罚俸惩罚，而噶尔丹也祸不单行，逃亡路上，军中瘟疫四起，部队损失大半。败回准噶尔后，所部只剩下千余人。

乌兰布通之战后，噶尔丹很是老实了一段时间，他一面以科莫多为基地，发展生产恢复实力，一面向康熙遣使谢罪。此时清朝上下，也有声音要求乘胜追击，彻底剿灭噶尔丹，由于清朝此时财用匮乏，康熙并未采纳，只是命蒙古各部对噶尔丹严加监视。同时，清朝在蒙古地区修缮驿道，设立军队，以防噶尔丹入侵。

在经过数年休养生息后，噶尔丹气焰再起，开始四处劫掠周边蒙古部落。公元1695年，噶尔丹再起3万大军，从科莫多东下，康熙决定再次御驾亲征。次年二月，清朝9万大军分三路齐出，包括黑龙江将军萨布素的东路军，抚远大将军费扬古的西路军，以及康熙亲自率领的中路军，三路大军夹击，意图彻底围歼噶尔丹。此次战役的关键在于，西路费扬古部进展神速，火速过土拉河，从后面截杀住了噶尔丹，后路被断下，噶尔丹仓皇后撤。三路清军在大草原上与噶尔丹"捉迷藏"，经一番围追堵截，终将噶尔丹围困在昭莫多。五月十三日，清西路军费扬古部在昭莫多与噶尔丹决战，面对噶尔丹密集的火器防御，清军并未像乌兰布通之战那样死打硬冲，相反只派小股骑兵诱敌，急于突围的噶尔丹果然上当，立刻率精兵冲锋，双方激战一天，就在相持不下时，清军另派骑兵，一举端了噶尔丹的大营，将噶尔丹军中家属尽数俘虏。噶尔丹军登时大乱，清军奋力冲杀，噶尔丹的妻子阿奴也在此战中阵亡，最后，噶尔丹仅率数十人狼狈北逃。

就在噶尔丹与清军激战时，准噶尔部后院起火，噶尔丹的侄子策妄阿拉布坦发动政变，占领了噶尔丹的老家伊犁地区，自立为准噶尔可汗。众叛亲离的噶尔丹走投无路，率千余残部流落宁夏河套草原。次年四月，在清军的打击下，噶尔丹服毒自杀，结束了他征战的一生。闻听噶尔丹死讯后，一生历经数度考验的康熙皇帝欣喜若狂，竟在黄河岸边（当时康熙正在视察黄河大堤）当场跪倒，敬谢苍天。

噶尔丹死了，但是准噶尔与清朝的对抗并没有结束，策妄阿拉布坦起初对清朝采取归顺政策，全力在中亚地区进行扩展，甚至两次击败俄罗斯东征大军。随着实力的增强，他终于在康熙帝在位的最后时期发动叛乱。从此之后，雍正皇帝在位的 13 年以及乾隆皇帝在位前半段，准噶尔与清王朝之间战火不断，相持不下。直到乾隆时期兆惠大将军西征准噶尔，这支古代史上最后的蒙古政权，才完全被平灭。

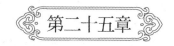

第二十五章

清初贰臣的不同结局

　　清朝官修史书中，有一本极具特色的史书——《贰臣传》，这是乾隆皇帝弘历在位时，由乾隆四十一年（公元 1776 年）开始编纂的。书中的人物，都是在明、清交替之际，曾先为明朝效力，后投降清朝的贰臣。编这样的一本书，自然是为了弘扬封建社会的忠君思想。书中的人物，也就毫无例外地被列为叛徒，毕竟投降是一件不光彩的事。

　　清朝能够以落后的文化、劣势的人口，最终成功取明朝而代之，建立一个延续 300 多年的大帝国，所倚重的不仅仅是八旗军的骁勇善战，更因诸多明朝降臣鞍前马后的出力。从皇太极盘踞辽东开始，清朝就一直重视对明朝人才的吸纳，通过战争、收买等手段，不断笼络明朝的人才，尤其是知识分子。然而这些人怎么也未想到，在清王朝根基已稳，国家强盛的康乾盛世时代，他们当年的行为，会用这样一种方式，被牢牢钉在历史的耻辱柱上。

　　不过即使是编《贰臣传》，乾隆皇帝也格外重视甄别。《贰臣传》共收录叛徒传记 120 多人。这 120 人，又被划分成了两类，其中的甲类，是归顺之后为大清建国建立过功勋的人物；乙类，是归顺后毫无建树，为统治者所不齿的人物。在成为叛徒之前，他们大多名声在外，是受人敬仰的君子能臣，一念之间，生前身后之名就格外不同。

且挑出几个典型的贰臣，看看他们成为叛徒的过程，究竟有哪些可怜、可悲、可恨、可叹之处。

一

贰臣中的甲类人物里，最戏剧性的，当属洪承畴。

在成为清朝开国功臣之前，很长时间以来，洪承畴都被看作挽救明朝危局、匡扶大明社稷的希望。

洪承畴，字彦演，号亨九，福建泉州人。出身当地一贫寒家庭，自小刻苦耐劳，勤学苦读。万历年间高中进士，先任浙江提学，因他极善选人，一时名动官场，到崇祯年间，洪承畴已官升陕西参政。崇祯二年，陕西民乱四起，洪承畴自募兵马，在陕西韩城击退农民军，因此一战成名，从此后官运亨通，仅用两年时间就官至三边总督，此后他一直战斗在镇压明末农民起义的第一线。他曾与孙传庭合兵，在陕西潼关将李自成打得全军覆没。崇祯曾评价说："卢象升督东南，洪承畴督西北，天下必平。"可见其可谓是明末政局中举足轻重的力量。洪承畴从崇祯四年（公元 1631 年）开始剿杀农民军，历经近十年，被他先后平定的农民军势力有二十多股，高迎祥、李自成、张献忠等农民军领袖皆曾遭他重创，可谓对明朝尽心竭力。

洪承畴从忠臣到贰臣的人生转折，发生在明朝崇祯十五年。是年皇太极集中大军攻打辽东重镇锦州，洪承畴以督师身份率军救援，双方相持在锦州外围的塔山、杏山一带。面对清军的强大攻势，洪承畴主张步步为营，以守为攻，双方相持近一年，清军进军不得。关键时刻，兵部尚书陈新甲向崇祯进言，怀疑洪承畴有拥兵自重嫌疑，崇祯多疑，数次发诏书催促洪承畴与清军决战。无奈之下，洪承畴只得主动出击，却被清军断绝粮道，以至13万大军全军覆没，这就是历史上有名的松锦之战。松锦之战后，坊间传言洪承畴已战死，向来对功臣刻薄的崇祯帝也悲叹不已，曾辍朝3日以示悼念，却不料洪承畴竟然在兵败后降清。明朝因边关大帅之死而辍朝的事，之前只发生过一次，是明孝宗时为击破蒙古的大英雄王越之死而辍朝，当时只是一日，这次更加隆重，却未料被烈士之人却成了叛徒。

有关洪承畴的叛变，历史上流传的说法是，本来洪承畴意图绝食，但皇太极亲自接见，嘘寒问暖，终感动了原本打算杀身成仁的洪承畴。另有比较悬乎的说法是，皇太极派自己的宠妃庄妃勾引洪承畴，终把洪承畴拉下了水。两种说法，皆未得到确切证实。而另一个事实是：洪承畴镇压农民军时，就常遭崇祯宠臣杨嗣昌刁难，后来的松锦大战，与其说败北于清军，不如说是被崇祯皇帝的瞎指挥坑死。明朝遗民王邦稷对此评价说："（洪承畴）非不忠，乃心死也。"

招降心死的洪承畴，不但明朝方面一片哗然，连清朝内部也反对声连连。皇太极却说："洪承畴乃我进中原之向导也。"虽如此，皇太极在世时，洪承畴只得到一闲职，并未被重用。他真正大展拳脚，是在皇太极病逝，多尔衮成摄政王后。多尔衮对洪承畴分外倚重，引以为师。明朝灭亡后，正是洪承畴向多尔衮建议，将境内15岁以上男丁尽皆编入部队，集中20万大军入京。清军赶走李自成，夺取北京后，也是洪承畴提出出榜安民，严肃军纪，同时主动出面，大力招降前明汉族官员，使清王朝很快在北方站稳脚跟。同时，"替崇祯复仇"的口号也是洪承畴提出，此举甚至将南明诸臣也骗了过去，一心以为清朝是来助南明剿灭流贼的。

洪承畴对清朝的大功，主要是在平定南明政权上。公元1646年，清王朝发布剃发令，江南反抗四起，洪承畴临危受命，就任两江总督。他一改先前清王朝残暴的镇压政策，提出以抚为主，在江南减免赋税，赦免罪臣，稳定当地局势，使江南的反清烈火很快被扑灭。与此同时，黄道周、金声、夏完淳等抗清义士也惨死在洪承畴手中。因此污点，洪承畴的母亲与弟弟皆以洪承畴为耻，其母几十年来拒绝与洪承畴相认。这以后，洪承畴受命总督南方五省粮饷，他多次减免赋税，减轻百姓负担，用抄没前明官吏家产的方法解决军饷问题。清朝最终平定诸路南明政权，离不开这位后勤部长的功劳。

因如此，在清朝建国的早期，洪承畴官运亨通，在顺治年间，他是太子太师兼东阁大学士，是清朝历史上第一位汉人宰相，其60大寿时，顺治皇帝甚至亲自到洪府祝寿，可谓荣宠至极。但清王朝统一全国后，洪承畴渐被冷遇。永历政权灭亡的同年，就被解除兵部尚书职务，只保留大学士的虚衔，识趣的洪承畴急流勇退，以目疾为由辞官，从此淡出政坛，于公元1665年病逝。他死得极为幸运，因为正是他举荐吴三桂镇守云南，最终造成了三藩之乱。如果不是死得早，吴三桂叛乱时，他也免不了株连。

二

《贰臣传》里的人物，不管是甲类还是乙类，无论生前身后，都是被世人唾弃的叛徒。唯独有一个人例外，他虽然也历仕两朝，但大部分人却对他极为谅解，甚至还有人把他看作耿耿忠臣——祖大寿。

祖大寿，辽东宁远人，明末名将，他的亲外甥，正是放清军入关的吴三桂。比起这位汉奸外甥，祖大寿从军甚早，在投降清朝以前，他是横扫辽东的八旗军最难对付的对手之一。

祖大寿在天启年间时，就在王化贞手下做过游击，真正得到赏识，是在孙承宗督师辽东时。击毙努尔哈赤的宁远之战，他是袁崇焕的亲信参将，对袁崇焕死心塌地，是关宁铁骑的骨干力量。袁崇焕督师蓟辽后，祖大寿被任命为前锋将军。后来袁崇焕被汉奸，祖大寿起先一气之下率军回到辽东，在孙承宗的劝解下才重新回师救援，于解围京城的战斗中身先士卒。在当时明朝军中，他是出了名的作战勇敢，且极重义气的角色。

对这样的角色，皇太极也极为欣赏。崇祯三年的大凌河之战，祖大寿受命在大凌河铸城，皇太极亲率大军进攻，战前就曾下令，务必活捉祖大寿。清军在击退明朝援军后，将大凌河团团包围，祖大寿在外援断绝的情况下顽强抵抗，苦苦坚守数月，弹尽粮绝之际，祖大寿使用"诈降"之策，率数千残部假装投降，又"忽悠"皇太极说可以帮他劝降锦州守将，皇太极果然中计。祖大寿到锦州后，反而留守锦州，继续和清军作战。直到十年后的松锦战役，洪承畴全军覆没后，祖大寿坚守锦州，最终兵败被俘。对这个"忽悠"过自己的人，皇太极格外宽容，再次极力招降。这次走投无路的祖大寿选择了归顺，被委任为总兵，但他很快就以生病为由请求辞官。此后十多年，他一直以"总兵"官衔在家闲住，直到公元1659年病逝，终其一生，未给清王朝打一仗。

三

在《贰臣传》里，有今人评价尚不错的祖大寿，有褒贬不一的洪承畴，还有一个人，降清之前的名声，远大于洪承畴，堪称是明朝楷模一类的人物，降清后的故事，却被后人演绎成一场笑话——钱谦益。

钱谦益，字受之，江苏常熟人。在明亡之前，他是晚明文坛领袖，号称"当代文章伯"。15岁时他就写出了《留侯论》，气势纵横，令人惊叹。万历三十八年，钱谦益科举考试一甲三名探花，开始崭露头角。他既是明代文学魁首，又是东林党领袖，被阉党列入黑名单——《东林点将录》："天巧星浪子左春坊左谕德钱谦益"，因此免职回乡。可谓是国学大师兼政治精英。八卦事也不少,他的妻子就是秦淮名妓柳如是,两人之间的爱情故事至今流传后世,为人津津乐道。

就是这样一个人物,在清朝占领江南后,曾慷慨激昂,宣称要举家殉节。就在殉节当日,眼看着他就要投身湖中自尽,却借口说水太凉,怎么都不肯殉难了。不几日,他主动响应剃发令,彻底投降了清朝。如此行为,在当时自然被唾弃,连他的妻子柳如是也离他而去。偏偏清王朝也看不起他,只给了他一个秘书院学士的虚衔,连俸禄都没有。公元1646年五月他借故辞官,但随后两次遭清王朝下狱,家产被充公。晚年穷困潦倒,靠给人写墓志铭为生。临终之前,明朝遗民黄宗羲登门探望,钱谦益如遇知音,痛诉艰辛,声泪俱下半天,只换来黄宗羲嘲笑的一句:当初不死,现在不是晚了吗?

到了乾隆编《贰臣传》的时候,还是没有放过他,把他列为贰臣中的乙类之首,销毁他的《初学集》等一百多部著作,还亲自写诗嘲笑他,五律诗写得尤其刻薄。

平生谈节义,两姓事君王,进退都无据,文章那有光。真堪覆酒瓮,屡见咏香囊,末路逃禅去,原是孟八郎。

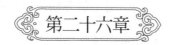

第二十六章

一个真实的鳌拜

在清朝的开国元勋之中，鳌拜是个知名度甚高的人物。拜康熙计除鳌拜的故事所赐，这位清初权倾朝野的名臣，在文学作品和历史资料中，多是作为反面角色出现。比如今人津津乐道的武侠小说《鹿鼎记》里，大奸臣鳌拜这个词汇出现率甚高，仿佛在当时，这是一个闹得民怨沸腾、人人恨不得除之而后快的角色。说起他来，世人普遍把他与恶魔、禽兽、恶棍之类的形象连接在一起。

然而事实真的是这样吗？

一

鳌拜，满洲镶黄旗人。论出身，鳌拜可谓根正苗红，当年努尔哈赤以十三副铠甲起兵时，鳌拜的伯父费英东，就是其中穿铠甲的十二壮士之一，可谓是努尔哈赤创业阶段最早的伙伴。鳌拜的出生年份，历史上没有确切的记载，《清史稿》说他从努尔哈赤起就"从征，屡立功"，可谓是清朝开国诸将里的老资格。

鳌拜的兵种比较特殊，在努尔哈赤时期，他的兵种叫"死兵"，也就是敢死队。努尔哈赤早期与明朝作战时，明军多用火器对付女真骑兵，努尔哈赤则常用死兵冲锋，消耗完明军弹药后即发起攻击。萨尔浒之战就是凭此战术打赢的。鳌拜属于天生勇猛的人物，每次做死兵都冲锋在前，率先攻破明军阵营，因此立功颇多。这时候的鳌拜，还是努尔哈赤身边的一个小人物。皇太极即位后，鳌拜成为皇太极身边的甲喇额真，他真正崭露头角，是因为崇祯七年（公元 1634 年）一场至关重要的战役：皮岛之战。

皮岛位于鸭绿江口，与朝鲜只有一水之隔。天启年间明将毛文龙占领此岛后，将它变成了明朝牵制清军的根据地。清军多次向明朝发动进攻，皆因为皮岛明军从后方袭扰，不得不临阵退兵，可谓是明朝插在清军后方的一根钉子。为了拔掉这根钉子，从努尔哈赤到皇太极用尽了办法，强攻不行，因为清军当时没有水师，招降也被毛文龙拒绝。崇祯元年（公元 1628 年），复任蓟辽督师的袁崇焕杀掉了驻守皮岛的毛文龙，本意是统一事权，却使皮岛的局势陷入混乱。毛文龙麾下的三员悍将耿精忠、孔有德、尚可喜集体降清，给清朝带去了精锐的水师和火器，清军攻取皮岛的把握大大增加。此后清军曾多次发动攻击，皆被这时的皮岛总兵黄龙击退。崇祯七年，皇太极决心彻底拔掉这根钉子，以阿济格为帅，再次大举发动进攻。这次清军采取了声东击西的战术，先以战舰从正面列阵，再派精兵绕道背面奇袭，担任奇袭任务的正是鳌拜。鳌拜战前立军令状"若不得此岛，必不来见王"。战斗打响后，鳌拜率部抢滩登陆，上岛后发现明军严阵以待，密集的火炮压得清军抬不起头来。危急时刻，鳌拜再现死兵本色，冒着枪林弹雨奋勇冲杀，一举攻克明军阵地。战斗结束后，鳌拜全身受伤竟达 40 多处，阿济格在给皇太极的奏报里感叹道："久不见如此善战者。"

皮岛大捷，令鳌拜声名鹊起，战后被授予"巴图鲁"称号，鳌拜的"满洲第一勇士"称号即从此开始。此后他又多次参加清朝对明朝的战争，入关前后皆屡立战功，尤其是公元 1646 年四川西充一战，他一战击杀农民军领袖张献忠，为清朝夺取了四川全境。在清王朝的统一战争中，鳌拜以及他的军队，时常充当先锋，经历的多是硬仗恶战，却鲜有败绩，其作战之勇猛，在当时清朝诸将中，可谓无出其右。但他的仕途充满波折，曾经因为被诬陷勾结肃亲王豪格谋反而遭下狱，在顺治亲政后，也曾因小错而官降一级，郁郁不得志多年。不过顺治皇帝以及孝庄皇太后皆对他赏识有加，当顺治皇帝亲政时，鳌拜已经是领侍卫内大臣，成为清朝权力机构里的核心人物。

二

鳌拜之所以能掌握大权，一面是因他战功卓著；另一面，也因他粗中有细，在政治上站对了队伍。可以说，他是顺治皇帝得以继承帝位的绝对功臣。

公元 1643 年皇太极去世时，并没有指定继承人，当时的清朝朝野，公认的继承人，是皇太极的弟弟多尔衮以及皇太极的长子豪格，双方分成两派，一派主张兄终弟及，一派主张子承父业。两派实力相当，冲突一触即发。而当时任镶黄旗护军统领的鳌拜手握重兵，自然成为双方拉拢的对象。鳌拜是豪格的亲信，他与索尼、谭泰等大臣盟誓，绝不能让多尔衮继承帝位。八月十四日崇德殿议政时，多尔衮一派渐占上风，关键时刻鳌拜持剑上殿怒斥多尔衮，甚至横剑于脖颈前以死威胁。因为他和一批武将的坚持，多尔衮不得不让步，最后双方折中，由皇太极的小儿子福临子承父业。忠于豪格的鳌拜，无意间成了顺治帝登基的第一功臣。

也正因如此，多尔衮以摄政王身份掌权期间，鳌拜成了多尔衮的眼中钉。在顺治即位的当年，鳌拜就被多尔衮安了个谎报军情的罪名，险些下狱处死。7 年以后，鳌拜当年拥立肃亲王豪格的事被人告发，又遭多尔衮下狱，这次幸好顺治皇帝下旨赦免，方才捡回一条命。多尔衮死后，鳌拜终于扬眉吐气，先是被提升为领侍卫内大臣，而后多次被委以重任。鳌拜生病在家时，顺治皇帝曾亲自去看望，鳌拜也知恩图报。顺治的母亲孝庄皇太后有次病重，鳌拜竟端汤端药，7 天 7 夜侍候在旁边，可谓忠心耿耿。国事方面，鳌拜也十分尽心，今人多说鳌拜曾制造冤狱，但在顺治年间，鳌拜曾请旨复查刑部案件，纠合多尔衮时代冤假错案 30 多起，被平反的大多是平民百姓。无论是多尔衮掌权时期还是顺治亲政后，他都是顺治母子最为倚重的柱国大臣。

鳌拜为人，若论性格，可以说是一个"直"字。武将出身的他性格耿直，没有文官的虚伪，且性格极为倔强，如他战场上不畏枪林弹雨一般，政治上的风雨他也无所惧。多尔衮的多次打击未让他屈服，始终对顺治母子忠心耿耿。在日常工作中，他也尽是武将的专断作风，对皇帝说话，争辩到激烈处都粗声粗气。比如公元 1659 年，南明郑成功兵临南京，顺治皇帝欲南下御驾亲征，鳌拜认为不可，争辩到激烈时，竟然拽住顺治皇帝的衣袖咆哮。孝庄皇太后闻知后却不恼，反赞叹说：国有直臣，乃社稷之福。

公元 1661 年，在位 18 年的顺治皇帝去世，年仅 8 岁的皇三子玄烨即位，这就是大名鼎鼎的康熙皇帝，鳌拜被任命为四位辅政大臣之一。他的个人荣耀到达了顶点，命运也从此时开始转折。

三

康熙初登基时，鳌拜只是四大辅政大臣里排名最末的一个，但很快他就权倾朝野，成为其中势力最大的一个。原因很简单：四大辅政大臣里，索尼年老多病，早早退休；遏必隆性格懦弱，凡事忍让；苏克萨哈是当年多尔衮的党羽，因此无论是施政能力还是信任程度，无人出鳌拜其右。

鳌拜之所以会渐渐遭康熙厌恶，并非飞扬跋扈这么简单。事实上，鳌拜是栽在了两个历史遗留问题上。

第一个历史遗留问题，是清朝镶黄旗和正白旗两大势力的矛盾，这两旗之间矛盾由来已久，从努尔哈赤创立八旗的时候就存在。皇太极去世时，正白旗拥立多尔衮，镶黄旗支持豪格，一度险些火并。到鳌拜辅政时，他的政敌苏克萨哈就是正白旗。现在有许多影视剧把苏克萨哈说成主持正义的能臣，而事实上，此人是清朝官场上出了名的墙头草，多尔衮当政时他死命效力，顺治亲政后又主动投靠。在当时，他与其他三个辅政大臣都有矛盾。因此在三人构陷下，苏克萨哈被定了24条大罪，康熙起先不允，鳌拜又拿出直臣作风向康熙咆哮，逼得康熙不得不让步，将苏克萨哈处死。从此开始，鳌拜在康熙的心里"挂了号"。

第二个是历史遗留问题，是清朝初年开始的圈地运动。清军入关初期，为激发众将积极性，颁布了圈地令，大肆圈占土地，导致中原大批农民流离失所。到康熙当政时，为恢复发展经济，要废除圈地政策。鳌拜是圈地政策的维护者。户部尚书苏纳海，直隶总督朱昌祚反对圈地，鳌拜深以为恨，罗织罪名将两人处死。至此，鳌拜党羽遍地，独揽大权，已成康熙的眼中钉、肉中刺，杀死鳌拜，不仅仅是掌权的需要，也是康熙调整内外政策、稳定清王朝统治的需要。鳌拜之死，不可避免。

说到康熙计除鳌拜，除了历史上津津乐道的安排十几个少年在皇宫中擒拿外，康熙实际上还做了其他准备。比如康熙将爱新觉罗家族、钮钴禄氏家族、赫舍里氏家族合兵，结成反对鳌拜的统一战线。鳌拜入宫当日，索尼之子索额图调任皇宫侍卫，早带兵埋伏在外面，即使十几个少年捉不住鳌拜，他也插翅难逃。然后，才是康熙八年（公元1669年）五月，鳌拜入宫觐见，被康熙手下十几个少年卫士擒拿，然后定了30条大罪，一年后死于狱中。想当年鳌拜在四川凤凰山击毙张献忠，立下不世之功时，曾高声放言：天下有谁可擒我。他万没想到，擒他的方式，竟是阴沟里翻船。

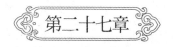

第二十七章

清朝火器大师戴梓

清朝中后期，西方列强用坚船利炮敲开了中国的大门。面对先进的西洋火枪火炮，昔日横扫天下的大清八旗勇士们竟然不堪一击。从鸦片战争开始，是接二连三的败仗。惨不忍睹的战斗过程，丧权辱国的卖国条约，无不让国人深恨。曾经担任英法联军军官的英国旅行家杰佛斯就曾在回忆录里说："那场战争（第二次鸦片战争）不是平等的战争，那是现代的军队和古代的军队的战争，特别是装备上，那是相差了几百年的不对等。"

所以鲁迅先生有言：我们发明了火药以后，用来放鞭炮，西方人用来制造武器。

在距离鸦片战争爆发近200年的清朝初期，中国也曾出现了一位杰出的武器制造专家。他精巧的发明，杰出的成就，远远的领先于当时的世界水平。他的武器发明，甚至是现代化武器的前身。而他悲惨的命运，也让人嗟叹。他精彩的发明，没有装备一支强大的军队，只成为贵族的玩物。作为一个发明家来说，世界上或许没有比这更不幸的事。

这个杰出的科学家，就是清朝初期的火器制造家戴梓。

一

　　戴梓，字文开，浙江杭州人，生于清朝顺治六年（公元 1649 年）。他出生在一个军人家庭，其父在明朝时曾做过监军道，对于行军打仗，从小就耳濡目染。戴梓自幼就胸怀大志，醉心于各类军事书目，研读最深的，就是明朝火器大师赵士祯的著作《神器谱》。戴梓 17 岁时，杭州当地山中狼群为患，戴梓自己研发猎枪交与官府使用，一举清除狼患，这是他最早的火器制造尝试，戴梓的声名也因此鹊起。7 年后三藩之乱爆发，康亲王杰书路过浙江时，闻听戴梓的贤名，便力邀他做自己的幕僚。在康亲王帐下，戴梓得到了重用，康亲王对他引为上宾。戴梓也不负所托，不但多次出谋划策，更改装了康亲王军中火器，发明了爆炸力强大的冲天炮。康亲王平定福建耿精忠之战，兵逼福州时，清军以戴梓的冲天炮轰城，仅开几炮，叛军便"尽皆惊"，然后献城投降。此外戴梓还曾临危受命，单枪匹马入敌营，说服耿精忠投诚。三藩之乱结束后，戴梓经康亲王举荐，被授予翰林院侍讲，从此正式入朝为官。

　　戴梓入朝后不久，即发生了著名的雅克萨战争。当时沙皇俄国入侵黑龙江流域，凭借先进的火器装备横行东北大地。康熙皇帝意欲进剿，却苦于火器落后，康熙信任的比利时传教士南怀仁吹嘘自己能造大将军炮，但实验多次都告失败。

　　戴梓主动受命，仅用 8 天就制造成功。这种新式的火炮，威力远胜于同时期的欧洲火炮。雅克萨之战中，清军正式凭借火炮攻城，迫使沙皇俄国投降，用极小的伤亡赢得了战争的胜利。这种戴梓发明的火炮，被康熙命名为"神威无敌大将军炮"。

在随后的征伐噶尔丹之战中，清军也正是用这种火炮击溃了噶尔丹的骆驼阵，保证了战斗的胜利。

除了火炮发明外，戴梓的另一大发明是改良火枪。当时的火枪还处于单发阶段，戴梓通过研究中西方火枪的优劣，依照明朝时赵士祯发明的五雷神机图样改良，造出了可以连发28发子弹的连珠神铳。连珠神铳制成后，康熙曾在接见荷兰使节的时候现场演示，令荷兰使节大惊，将此物作为礼物赠送。

二

作为一个学者，戴梓的成就不仅在于火器，在机械制造方面，他也建树颇多。

戴梓的一大功绩和清王朝收复台湾有关。当时清王朝正打造战船，准备渡海平定台湾，造船的图纸是由工部绘制的，戴梓看后发现了其中的错误，指出船身比例不合理，战船下水后容易倾斜翻船。这次康熙没有接受他的建议，事实正如戴梓所料，清王朝的第一次渡海攻台，果然发生了战船遇风翻船的事故，以至于大败亏输。

在施琅收复台湾时，戴梓设计了一种新型战船：明轮船。这种战船以踏板作动力，航速极快，可以说是最早的快速冲锋舟。施琅攻打澎湖时，正是用这种战船一举攻破了台湾水师，使台湾主动投降。值得一提的是，这种明轮船后来也保留了下来，到清朝中期的时候还是水师的主力战船。林则徐在广东禁烟的时候，就是用名轮船封锁了广东珠江口，查禁鸦片。虽然与当时的英国船相比，这种战舰已经落后，但是在戴梓生活的时代，这是最先进的轻型快速战舰。

戴梓的另一项贡献在于治河。清朝初期，黄河频繁泛滥，戴梓经过实地考察，写出了《治河十策》。后来清朝著名的河道总督于成龙治理黄河时，就是以戴梓的这篇著作为蓝本的。同时他也是一位杰出的文学家和书画家，他的字兼有宋朝苏黄米蔡四大家的特点，在当时颇有盛名。在清朝初期的中国文化界，他是一个全面发展的人物。

从人品上说，戴梓更是一个好官，他在 12 岁时，就写下了"有能匡社稷，无计退饥寒"的诗句，可见拳拳忧国忧民之心。入仕之后的戴梓为官清廉，颇有政声，在当时，可谓是德才兼备的名士。

三

但这位德才兼备的名士，结局却是悲剧的。

清康熙四十年（公元 1701 年），戴梓以私通东洋的罪名，被康熙皇帝削去官职，发配辽东。这样的罪名自然是莫须有，戴梓获罪的原因，一面是因为他得罪了康熙信任的传教士南怀仁，他多次出色的火器发明，让以制造火器为本钱的南怀仁丢尽颜面，因此极力在康熙面前诋毁戴梓。更重要的原因，是戴梓向康熙帝上过《论兵事五策》，在这本奏疏里，戴梓大胆预测，弓箭将退出战争的舞台，火器必然会取而代之。对以"骑射为根本"的清朝贵族来说，这篇奏折可谓炸了锅。因此攻击戴梓的人始终不断，最后被流放的结局也就无可避免。戴梓一直在辽东服刑到 78 岁才得到特赦，病死于回家的路上，礼亲王之子召连在记录此事时，也愤愤地说人共惜之。

更让人惋惜的是戴梓的发明，戴梓精心研究的连珠火铳以及兵丁鸟枪，而后只是被清朝历代皇帝用作木兰围场的打猎工具，从未用于实战。至于曾在雅克萨和乌兰布通立下大功的威远将军炮，此后也因后人不懂制作方法而废弃。即使到了鸦片战争前夕，一心抗击英国侵略的林则徐，也闹了不知威远将军炮为何物的笑话。威远将军炮重见天日，是在后来左宗棠收复新疆的路上，从甘肃发现了威远将军炮的文物，自然又是一番感慨了。